Часть I

Хочешь, я расскажу тебе, как нас учили рисовать?

Обучение классическому рисунку — штука нудная и малоинтересная, и начинается оно с правильной заточки карандаша. Господи, сколько карандашей я перезатачивал — триста, пятьсот, тысячу! — прежде чем освоил эту премудрость! Никаких точилок, никаких механических приспособлений — только нож и руки. Нож должен быть тяжелым, с бритвенно-острым лезвием. Некоторые пользуются скальпелем, но у скальпеля при завидной остроте недостает веса. Торопиться нельзя, плавность движений — залог успеха, очень важно воспринимать процесс не как досадную неизбежность, а как творческий акт: грамотно заточенный карандаш должен стать твоим первым произведением искусства.

Выбор бумаги тоже важен. Плотный и чуть шершавый ватман — вот идеальный вариант для классического рисунка. По гладкой бумаге графит будет скользить, как по стеклу, чересчур шершавая поверхность вроде торшона — бумаги, идеальной для акварели, — при штриховке проявит свою фактуру и даст грязь. Настоящий рисовальщик никогда не скручивает бумагу в рулон, этим художник отличается от чертежника. Ватман рисовальщика хранится в папке, именно по этим черным гигантским папкам всегда можно выделить из толпы будущего мастера.

1

Меня приняли в Брю, или, если официально, в художественно-графическое училище имени Карла Брюллова, в неполных восемнадцать лет. Я оказался самым юным в группе, не считая Людочки Беккер, которая, впрочем, и через пять лет, на дипломе, выглядела почти школьницей. Училище размещалось на задворках Лефортова, в бывшей Немецкой слободе, в старом школьном здании из красного кирпича с белеными колоннами. Фасад украшали мертвые часы, застывшие на половине первого, да еще цементные барельефы писателей: Толстой напоминал Дарвина, а Горький больше походил на Ницше. А может, это и был Ницше, коварно отлитый каким-то диссидентствующим скульптором. Парадный подъезд выходил на узкую улицу, которая упиралась в глухой зеленый забор. Из-за забора выглядывали макушки кленов и изредка доносилась заунывная музыка Шопена. Там начиналось Немецкое кладбище.

Весь третий этаж занимали классы живописи и рисунка, в коридорах терпко пахло масляными красками и скипидаром, вдоль стены на грязноватых тумбах стояли пыльные гипсовые головы — лобастый Цезарь, гладкий Аполлон, взъерошенный Сократ. До них мы добрались лишь к концу третьего семестра.

Первый курс начался с унылого натюрморта — щербатый гипсовый конус на фоне линялой коричневой тряпки. Через несколько занятий к конусу добавился шар, потом еще и цилиндр. Цель тоскливых упражнений сводилась не только к умению составить гармоничную композицию на листе, но и к освоению технических навыков — рука рисовальщика должна стать идеально точным инструментом.

Во время осады Флоренции принцем Оранским Микеланджело угодил в плен; ему удалось избежать смерти, убедив испанцев, что он не шпион, а художник, нарисовав с закрытыми глазами два идеальных круга метрового диаметра — одновременно правой и левой руками. На самом деле Микеланджело, не будучи лазутчиком, являлся одним из руководителей обороны города, гонфалоньер Каппони назначил его архитектором всех фортификационных сооружений Флоренции. Именно его стены превратили город в неприступную крепость.

Если вдуматься, то любой художник по своей сути — обманщик. Иллюзионист. Ведь что такое картина, если не визуальный фокус? На плоской поверхности путем разных художественно-графических трюков создается иллюзия трехмерного мира. Посмотрите на толпы зрителей, зачарованно блуждающих по галереям и музеям мира: с какой страстью и трепетом они вглядываются в эти старые холсты, натянутые на подрамники и покрытые разноцветными красками! Ради них идут на преступления. А какие сумасшедшие деньги платят на аукционах — и за что? За раскрашенные тряпки, вставленные в золоченые рамы.

Классический рисунок подкупает своим аскетизмом, своей честной простотой. Живописец вооружен палитрой с сотней оттенков каждого из цветов радуги, у него на выбор кисти всех размеров — от острой, как жало, нулевки до малярного флейца. Рисовальщик подобен матадору: в правой руке — карандаш, в левой — ластик. Перед ним — пугающий своей девственной белизной лист ватмана. Как страшно нанести первый штрих, испортить гармонию идеальной пустоты своей корявой линией!

К концу семестра мы перешли к капителям — три классических ордера: простой дорический, с плоским эхином, затем — ионический, с двумя волютами, напоминающими закрученные бараньи рога, и под конец — коринфский, без меры украшенный завитками и финтифлюшками. Рисовать гипсовые колонны оказалось не более интересно, чем дурацкие кубы и пирамиды.

Зато новый учебный год открылся сюрпризом: на подиуме, закутанном черной драпировкой, сахарной головой белел человеческий череп. Череп был гипсовой отливкой превосходного качества, отлично были видны соединения костей, из которых состоит человеческая голова. В следующем семестре мы уже рисовали скелет целиком. Покончив с костями, мы перешли к мышцам, а именно к знаменитым моделям Жан-Антуана Гудона: жутковатые для неподготовленного зрителя, они представляют собой копию человека в натуральную величину, только без кожи. Они так и назывались «экорше», что в переводе с французского означает «ободранный».

К концу зимы мы уже были готовы к главному испытанию — к обнаженке, или, если официально, к рисунку обнаженной натуры. Первой моей моделью оказался коренастый старик с большими желтыми ступнями и красными узловатыми руками. Он возвышался на подиуме, опираясь на палку от швабры, точно на копье, усталый, с выпяченным бледным животом и внушительными гениталиями, затянутыми в холщовый мешок на завязках. Людочка Беккер, ее мольберт стоял рядом с моим, наливалась румянцем, стараясь не пялиться на седые космы, торчащие из этого импровизированного гульфика. У ног старика тихо потрескивал рефлектор с жаркой оранжевой спиралью.

После старика, к началу марта, появилась крашеная тетка, которая требовала называть себя Ангелиной Павловной. Она была профессиональной натурщицей, по слухам, в молодости ее рисовал даже кто-то из академиков. Тетка по-барски долго раздевалась за ширмой, после томно выплывала оттуда в черном атласном халате с порочными кружевами. На стул она пристраивала подушку.

Нагота Ангелины Павловны была далека от эротизма — сероватые прожилки на парафиновых грудях, куриная кожа дряблой шеи, жирные ляжки и грязные плоские пятки производили скорее обратный эффект. Впрочем, значения это не имело, поскольку, стоило мне прикоснуться карандашом к бумаге, голая женщина в моем сознании исчезала, и на ее месте появлялась обнаженная натурщица, обращенная ко мне в три четверти. С этого момента Ангелина Павловна превращалась в гармоничную конструкцию из идеальных костей, обтянутых превосходно упругими мышцами. Динамичный поворот торса, сильная шея, горделивая посадка головы, энергичный угол локтя — вот что я видел. Даже складки жира неожиданно обретали визуальную привлекательность, варикозные вены и непробритые подмышки становились любопытными объектами для рисования.

В перерывах Ангелина Павловна отдыхала в преподавательской. Она курила длинные и тонкие, как гвозди, сигареты, оставляя на золотом ободке мундштука кровавую полоску жирной помады. Натурщица неспешно прохаживалась, стряхивая пепел небрежным жестом прямо на пол. С важностью королевы в изгнании она поглядывала в коридор, время от времени появляясь в открытом проеме распахнутой двери. Или, благосклонно наклонив голову, слушала байки Ильи Викентьича, нашего учителя рисования, мелкого и ухватистого мужичка, похожего на уволенного за пьянство сельского дьячка.

В начале апреля она заболела. Слегла с воспалением легких, о чем сообщил нам Викентьич, озадаченно почесывая репинскую бородку. Дело в том, что по рисунку обнаженной Ангелины Павловны нам должны были ставить оценку за семестр, а из семидесяти двух часов, отведенных на задание, мы отрисовали лишь половину. Викентьич пообещал к следующему занятию раздобыть нам новую натуру, юные рисовальщики возмутились: никому не хотелось начинать задание с нуля. Бунт закончился побегом с занятий, часть группы пошла в кино, другая, включая Илью Викентьича, — в пивную у трамвайного депо.

2

Пытаюсь вспомнить, как я тебя впервые увидел. Вернее, что почувствовал, ведь не мог не почувствовать, правда? Сейчас-то мне кажется, что был удар, глухой и мощный, точно столкнулись две вселенные. Ба-бах! — и эхо, как от дальнего грома... А за секунду до этого я ощутил, ощутил нутром, ощутил кожей, взмах больших и упругих крыльев над головой. Знак? — безусловно. Но ведь крылья бывают не только у ангелов — верно? — да и ангелы бывают разные.

В ту пятницу я опоздал. Утро выдалось сиротское, прищуренное, с неба сыпал мокрый снег — и это в апреле. Я забыл перчатки и плелся по лужам от трамвайной остановки в сторону кладбища. Дерматиновая папка с бумагой и метровым подрамником, к тому же набитая всяким художественным хламом, упрямо сползала с плеча.

В аудитории пахло сырой пылью и тряпками, точно в нетопленой лавке старьевщика. Студенты моей группы, человек восемь, уже расставили мольберты вокруг подиума. Я втиснул свой мольберт, неживыми пальцами прикнопил лист. Достал нож, начал точить карандаш. На подиуме стоял пустой стул. Точнее, стул был не совсем пуст, на сиденье сияла вишневым атласом кокетливая подушка с вышитым золотой ниткой петухом — все, что осталось от величественной Ангелины Павловны.

За окном снег сменился дождем, капли увесисто колотили по жести подоконника. Из-за драной ширмы выглядывали резиновые сапоги пронзительно желтого цвета — в таких гринписовцы спасают заляпанных нефтью пеликанов на Калифорнийском побережье. Тонкая струйка воды вытекла из-под литой рифленой подошвы. Людочка Беккер тронула меня за плечо и попросила нож, я взял нож за лезвие и хотел протянуть ей, но так и застыл на полпути. Замер, как истукан.

Именно в этот момент из-за ширмы появилась ты. Бесшумно ступая на цыпочках, ты в три шага поднялась на подиум, скользнула по мне взглядом и опустилась на вишневую подушку с золотым петухом. Три вещи произошли одновременно: в аудитории стало светлее — понимаю, звучит дико пошло, но это истинная правда, — словно солнце проклюнулось сквозь пелену туч и заглянуло в окно. Это раз. Вторая: за моей спиной тихо присвистнул Игорь Малиновский, талантливый мерзавец, с лицом парижского педераста, на которого (по непонятной причине) вешались все девицы курса. За этот свист я был готов вырвать его сердце голыми руками. И третья — с кладбища долетел траурный марш Шопена, а именно та его часть, третья, где неожиданно возникает мажорная мелодия, робкая и певучая, точно ангельский голос пробился сквозь черноту ада, намекая, что не все еще потеряно.

Поперек твоего живота отпечатался след от резинки — трусов или колготок. По неясной причине эта розовая, едва различимая полоска показалась мне невероятно эротичной и целомудренной одновременно. Не крупные темные соски и не плавная линия бедра, не сладострастная, почти животная, выгнутость спины и не золотистый пушок на полинявшем загаре рук — нет, невзрачный след от резинки. Я сглотнул слюну, чувствуя, как разгораются мои уши.

Описывать красоту женского тела — занятие безнадежное. Да и что есть красота? Восточные эротоманы воспевали женский пупок, особенно их возбуждала его вместительность — о, дивная пери, твой пупок вмещает сорок унций благовонного масла. Они же сравнивали женские ноги с мраморными колоннами. У Тициана есть загадочная картина, которая называется «Любовь небесная и любовь земная». Композиция проста: на мраморном саркофаге с барельефом каких-то затейливых узоров сидят две женщины. Слева — венецианская матрона в белом платье и с мандолиной в руках, справа — обнаженная дама с чашей, в которой пылает огонь. Я всегда считал мадам в белом платье аллегорией любви небесной — прилично одетая, да к тому же с музыкальным инструментом. Нагота же ассоциировалась с чувственностью, греховностью, безусловно, атрибутами земного бытия. Выяснилось, что все как раз наоборот — голая тетка олицетворяла чистоту чувств, а расфуфыренная модница в расшитом бисером платье, батистовых перчатках и розами в волосах — тщеславие и фальшь.

В аудиторию боком задвинулся Викентьич, прикрыл дверь. Начал говорить, закашлялся, махнул рукой, начал снова:

— Бездельники и оболтусы! Относится не ко всем. — Он бережно вытер губы белым платком. Викентьич был на редкость опрятным алкоголиком. — Но те, к кому относится, это знают. Не верьте, что с четвертого курса не отчисляют, отчисляют, и еще как! По результатам этого задания будет выставляться оценка за семестр, которая, безусловно, повлияет на оценку за год. Более того, для тех из вас, кто мечтает защищать диплом по моей кафедре или кафедре Шустова, наступает момент истины...

Он со значением посмотрел на меня, на Малиновского, потом на Заику. По слухам, отец Викентьича служил в личной охране Сталина, у них дома, на Кутузовском, якобы хранилась вересковая трубка вождя — подарок Виссарионыча верному телохранителю. Отца я не видел, но сам Викентьич был на удивление мелок, плюгав и тщедушен.

— Сорок два часа — уйма времени. Леонардо, Веласкес, Дюрер или Репин за это время создали бы шедевр. Хочу посмотреть, на что способны вы. Тем более с такой... — Викентьич замялся, неловко повернулся к подиуму, — м-м, э-э, с такой моделью. Прошу любить, как говорится... Наша новая натурщица — Лариса...

Он сделал паузу, взглянул на тебя, ожидая отчества.

— Лариса, — повторила ты. — Просто Лариса.

3

Смысл рисунка — не в копировании натуры, натура — всего лишь отправная точка, она — твое вдохновение. Нельзя по частям, как это делают новички, переносить натуру на бумагу: срисовать похожий глаз, к нему приделать нос, потом пририсовать плечо и руку. Перед тобой чистый лист, пустота. Ты подобен Творцу. Ведь недаром говорят, что творчество — единственная божественная черта в человеке.

Я чуть отодвинул стул — расстояние до мольберта должно быть равно вытянутой руке. Прищурился и сосредоточился. Начало процесса рисования подобно медитации. Еще до того, как карандаш коснется бумаги, важно увидеть, каким будет твой рисунок в законченном виде. Увидеть и попытаться удержать образ в своем сознании. Композиция в листе — первый шаг, ошибка здесь будет непоправимой. Как бы мастерски ты ни отштриховал модель, рисунок получится неудачным, если композиция не уравновешенна. Если изображаемый объект зажат в угол или уехал вниз. Или, наоборот, уперся головой в край листа. Или же выглядит карликом, или ему очевидно тесно в твоем формате. Такую ошибку исправить нельзя.

Первые линии. Рука движется легко и свободно, одновременно она обладает стальной точностью. Карандаш подобен острию рапиры, изящество движений передается твоему рисунку. Стремительно намечены пропорции, определено, где закончится голова, куда упрутся ноги. Вот локоть, тут колено.

Движения твои стремительны, это почти танец. Важно не упустить образ, не потерять ритм. Решительной вертикальной линией определяется динамика позы.

Модель сидит? Да. Но это не значит, что у нее нет внутренней динамики. Это же не мешок картошки, не прибрежный валун. Ради чего ты потратил годы на изучение всех этих костей, мышц и сухожилий? Именно ради этого. Именно для того, чтобы увидеть внутреннюю конструкцию, найти сжатую пружину, спрятанную под кожей. Невидимую никому, кроме избранных, посвященных в тайну мастерства.

В перерыве случилась драка. Я первый раз в своей жизни ударил человека в лицо. Мы курили на лестнице между этажами, в широком пролете окна виднелась высыхающая жесть крыш. Дождь кончился, по тюремной краске коридора хворое солнце раскидало молочные пятна. К куреву я пристрастился недавно, поэтому затягивался осторожно, стараясь не закашляться.

Малиновский изощренно куражился над Заикой: под маской сердечной заинтересованности ласково расспрашивал его о чем-то, тот простодушно вдавался в подробности, спотыкался на неизбежных «т» и «д», застревал, буксовал, пытаясь выговорить проклятое слово. Внизу какой-то псих непрерывно давил на клаксон, я выглянул в окно — караван из пяти похоронных автобусов с черными лентами по борту застрял на перекрестке. В одном из автобусов за янтарными стеклами сидели черные силуэты музыкантов с инструментами, в прореху неопрятных облаков брызнуло солнце, и тут же на меди труб вспыхнули обнадеживающие зайчики.

— Саламандра, зеленая саламандра. — Малиновскому наскучил Заика, он теперь обращался к Эдику, по кличке Дункель, из другой группы. — Клеймо! Помнишь, как лилия на плече леди Винтер?

— Какой Винтер? — Дункель выпустил клуб дыма в лицо Малиновскому. — Не говорите загадками, доктор.

— У нее татуировка на ноге... — Малиновский отмахнулся от дыма ладошкой.

— Ты ж говорил, на плече...

До меня дошло, что речь идет о нашей новой натурщице. О Ларисе. Это у нее на голени была выколота зеленая ящерица.

— Дункель, — проговорил Малиновский ласково, точно пытался объяснить что-то ребенку или идиоту, — ты про секту Костюковича слышал?

— Это который девками торгует?

— Не просто торгует. — Малиновский облизнул мокрые губы. — Он их зомбирует...

— Орально! — заржал Дункель.

— Осел ты. Зомбирует по полной программе. И если знать кодовое слово, то она становится как робот. Сечешь? Выполняет любое твое желание, как рабыня в гареме. Желаешь в рот — пожалуйста, хочешь в...

— А при чем тут саламандра? — перебил я и повернулся к Малиновскому, зло воткнув окурок в консервную банку, заменявшую пепельницу.

За окном продолжали настырно сигналить. К нам подошла Таня Зотова, красуля с пятого курса, томная, как экзотическая аквариумная рыба. Вынула длинную сигаретку и вставила в красный рот. Малиновский изящно щелкнул своим «ронсоном». Прищурясь, посмотрел на меня.

— Не уверен, что тема данного разговора подходит для твоих девственных ушей, Голубь, — усмехнулся он. — С твоей необузданной фантазией, боюсь, от таких историй тебя по ночам поллюции замучают.

Слово «поллюции» он произнес медленно и с удовольствием. Зотова глупо засмеялась, Дункель заржал. Малиновский хотел еще что-то добавить, но не успел.

Такого обилия крови я не ожидал. Если честно, то я вообще ничего не ожидал. Все произошло само собой — я сжал кулак и ударил. Кровь хлестала из разбитых губ, страшным мокрым пятном расцветала на пижонской белой рубахе, кляксами покрывала грязный кафель пола.

Последующие пятнадцать минут начисто выпали из моей памяти. Следующий эпизод — Людочка Беккер нашла меня на скамейке у кладбищенского входа. Костяшки моей правой руки были разбиты, я слизывал и сплевывал кровь на желтый песок аллеи. Слизывал и сплевывал, тупо разглядывая грязноватый песок, две горелые спички и сплющенный окурок. В голове пульсировала пугающая пустота.

Людочка села рядом, молча обняла меня за плечи. От ее льняных русалочьих волос пахло чем-то горьковатым, вроде подгорелого миндаля. Я слышал, как она дышит — аккуратно и размеренно, как большая и добрая собака. Я перестал лизать кулак, попытался попасть в такт ее дыханию, попытался успокоиться.

— Его мать их бросила, — тихо проговорила Людочка мне в ухо. — Их с отцом. И сбежала прямо под Новый год...

— Чья мать? — сипло спросил я.

— Малиновского. Сбежала под Новый год. С испанцем, представляешь?

Я кивнул. Представил испанца, злого и поджарого, в костюме матадора — рейтузы, золотое шитье. Шпага, спрятанная в мулету. Усы, как у Сальвадора Дали.

— Я думал, у них там уже запретили... это.

— Что — это? Адюльтер?

— Нет, корриду.

— Голубев, — Людочка строго посмотрела на меня, — при чем тут коррида?

— Коррида? Понятия не имею, — чистосердечно признался я.

Мы помолчали, и я ни с того ни с сего проговорил:

— Ты знаешь, ударить человека по лицу, вот так вот — в кровь... Знаешь, как это страшно...

4

Я остался один. Снова заморосило. Песок темнел на глазах, раскрылись зонты, становясь тут же сочнее и ярче, точно кто-то торопливый покрывал их лаком. Мимо прошла дама с рыбьим лицом, задержалась у старухи, торговавшей цветами из пузатой хозяйственной сумки. Выбрала сиротский букет гвоздик. Такой даже мертвому получить обидно, подумал я, и в этот момент в конце аллеи заметил желтые сапоги.

— Лариса, — прошептал я обреченно.

Она помедлила у входа в церковь, словно не решаясь, потом все-таки поднялась по ступеням и толкнула дверь. Вошла. Дверь медленно затворилась за ней. Сам не знаю зачем, я досчитал до ста, после почти бегом кинулся к храму.

Церковный сумрак, почти осязаемый от тяжкого свечного смрада и горького запаха нечищеной меди, протыкали пыльные лучи из узких окошек где-то наверху. Перед слепыми иконами леденцовым рубином сияли лампады. Тускло светилось серебро окладов. Христос, жутковатый своей натуральностью, раскинув парафиновые руки с плоскими ладонями, выплывал из алтарного мрака, точно пытался куда-то улететь.

С самого раннего детства православные храмы наводили на меня тоску: моя бабка, генеральская вдова, после смерти деда став неожиданно религиозной, таскала меня по московским храмам, несколько раз мы даже добирались до Загорска. В церквях она ставила свечки, что-то шептала, неловко крестясь. Я тихо цепенел рядом от мрачной торжественности, разглядывал фрески и иконы, тайком следил за бородатыми священниками в длинных одеждах.

Происходящее выглядело пугающе, излишне драматично, а главное, было лишено всякой логики: вместо того чтобы гонять в футбол, кататься на велике или просто гулять по солнечному парку, эти люди забивались в душное помещение и в полумраке слушали какие-то хоровые песни, в которых я мог разобрать лишь «Господи, помилуй».

— Лариса, — прошептал я, словно пробуя имя на вкус.

Не знаю, молилась она или просто стояла у иконы какого-то малоизвестного святого. Отчаянная желтизна ее сапог казалась почти кощунственной. На стене рядом темнела старая фреска, я узнал сюжет, один из бесспорных хитов Нового Завета — «Усекновение главы Иоанна Крестителя». В слове «усекновение» мне слышится некое псевдославянское кокетство. Впрочем, западный вариант «обезглавливание» немногим лучше.

Саломея, юное существо, едва достигшее половой зрелости, в награду за свой танец просит в подарок голову пророка. Буквально — отрубить и принести на блюде. Откуда в простой еврейской девушке такая кровожадность? Генетика тому виной, скверное воспитание или дурное влияние окружающих?

На фреске художник добавил ей лет десять; широкоплечая и сисястая, она напоминала бойкую ассистентку балаганного факира. Ухватив не очень умело нарисованными руками поднос, она показывала нам свой приз — отрубленную голову. Пророк, лохматый и бородатый, как хиппи, продолжал смотреть на мир большими черными глазами. Его голова плавала в алой лужице, красный пунктир изображал капающую с подноса кровь.

Иоанн, родственник Христа и его идейный предтеча, образец высокой морали в мире повального инцеста и изощренных половых извращений, глубокий философ и яркий оратор — именно он автор бессмертной фразы «Я есть глас вопиющего в пустыне», был убит по капризу испорченной девчонки. Казалось бы, Божья кара неизбежна, уж такой грех точно будет наказан. Ничуть не бывало, и более того: в пятнадцать лет Саломея выходит замуж за своего дядю, а после его смерти — за своего кузена по имени Аристобул Халкидский. Это очень удачный брак, поскольку муж успешно работает царем Сирии и Армении. Царица Саломея живет долго и счастливо и в семьдесят три года умирает в кругу любящей семьи. Воистину: неисповедимы пути Господни.

Я тихо подошел к Ларисе. Лица я не видел, и мне вдруг взбрело в голову, что она плачет. Глядя в затылок, нарисовал в воображении ее лицо — слегка скуластый овал — с едва уловимой татарщинкой, губы — чуть приоткрытые, влажные глаза. Добавил мягкие тени: свет падает сверху справа, левая часть головы уходит в тень, фон за ней должен быть светлей — это закруглит голову и добавит воздуха в рисунок; рефлексом добавил объем, блики в глазах. Легкий блик на носу и правой скуле. Никак не мог вспомнить ее уши.

Рисуя, я выпадаю из жизни. Даже рисуя не на бумаге, а в воображении. Банальная фраза «время остановилось» объясняет мое состояние лучше всего. Когда Лариса обернулась, я не мог точно сказать, сколько времени я простоял за ее спиной — пять минут или час. Наверное, все-таки не час.

Она не плакала. Посмотрела на меня без удивления, точно знала, что я там.

— Тебе что-то нужно? — Вопрос прозвучал вполне доброжелательно, я даже растерялся.

— Ухо... — проговорил я. — Покажи мне ухо. Пожалуйста.

И снова она не удивилась, отвела рукой прядь волос, чуть наклонила голову. Ухо оказалось безупречной формы, чистый Бартоломео Венето.

— Спасибо... — пробормотал я. — Очень хорошее ухо...

Она кивнула, невинно спросила:

— Показать что-нибудь еще?

— Нет. Остальное я помню... — ляпнул я, краснея всем лицом. — Не в том смысле...

Она приложила палец к губам, строго поглядела наверх в подкупольный сумрак.

— Ты молилась? — прошептал я первое, что пришло в голову.

— А что, разве Бог есть? — так же тихо спросила она.

— Ну, ведь кто-то построил эту церковь? — уклончиво ответил я.

— Людям нравится заблуждаться. Так они это называют «заблуждаться». На самом деле они жить не могут без вранья. Врут себе, врут друг другу.

— Понятно. В Бога ты, значит, не веришь.

— А ты?

— Не знаю. Хотелось бы... У меня бабка всю религиозность отбила, таскала по церквям чуть ли не с пеленок.

Лариса улыбнулась.

— Мне казалось, должно быть наоборот. Ну, если с детства таскала, вроде как должен быть выработаться рефлекс.

— Ага, выработался, — кивнул я. — Рвотный.

На улице прогрохотал трамвай, звонко и весело, как ящик с железным хламом. Эхо прозвенело и растаяло под куполом.

— Не богохульствуй! — Лариса распахнула куртку, выставив круглую грудь с твердыми сосками, проступающими сквозь тонкий хлопок белой майки. — Ну и духота... А что ты тогда тут, в церкви...

В ее глазах мелькнула догадка, она осеклась, не договорив. Молча оглядела меня, словно оценивая еще раз.

— Ты не подумай только, — торопливо начал я. — Не подумай, что я псих какой-то, выслеживаю женщин тайком по церквям... Нет, нет, совсем не так...

Круглая старушка, в тугом платке, с коричневым рябым лицом, неслышно подкатилась к нам и что-то зло зашипела, дергая меня за рукав. Я замолчал, старушка выждала с полминуты. Отошла, пару раз грозно обернувшись.

Лариса продолжала внимательно смотреть мне в лицо, с грустью, сожалением, — так смотрят на разбитую чашку: ведь только что была как новая, а тут на тебе.

— Послушай, — быстрым шепотом начал я. — В жизни бывают моменты...

— Что ты знаешь про жизнь? — шепотом перебила она. — Тебе сколько лет?

— Двадцать один.

— Больше восемнадцати не дашь...

— Восемнадцати? Я ж на четвертом курсе...

— Да черт с ним, с твоим курсом!

Она вдруг замолчала, потом, приблизив лицо так, что сквозь свечную вонь на меня пахнуло сладкой горечью, так изнутри пахнет тисненная золотом лиловая обертка от шоколада «Золотой ярлык», медленно произнесла:

— Мы поступим вот как: я сейчас повернусь и уйду, а ты останешься здесь. Ты не пойдешь за мной. Ясно?

Я кивнул.

— И не думай обо мне. Забудь, точно меня не существует...

— Мне тебя до конца семестра рисовать, — невесело усмехнулся я. — Шестьдесят с лишним часов.

— Вот и рисуй. — Она коснулась пальцами моей щеки. — Я для тебя лишь модель. Обнаженная натура.

5

Кабинет истории искусств находился на четвертом этаже — выше были лишь чердак и бледное московское небо. По четвергам и вторникам опускались пыльные глухие шторы, включался проектор, зажигался янтарным светом экран.

К четвертому курсу мы наконец добрались до Рембрандта ван Рейна, до Вермеера Дельфтского, благослови господь его бессмертную душу, до буйного Веласкеса и божественного Караваджо. Позади остались скучная наскальная живопись, рыжая лошадь со стены пещеры Ласко и Виллендорфская Венера — пузатая статуэтка, выточенная каким-то троглодитом двадцать пять тысяч лет назад; остались позади и фаюмский портрет с одинаково глазастыми лицами, египетские сфинксы и мумии, невнятная чеканка этрусков; лихая китайская каллиграфия и усердная персидская миниатюра; бодрая мускулистая скульптура Эллады, плавно деградирующая в римский скульптурный портрет; беспомощная худосочность Средневековья, задавленного монументальной готикой; неожиданный взрыв Ренессанса с колоссами инопланетного калибра — Леонардо и Микеланджело. Место действия — Флоренция, Рим, Венеция и Милан. По одним и тем же улицам ходят Рафаэль, Джорджоне и Боттичелли, в кабаке пьет кьянти Гирландайо, на мосту караулит кого-то Вазари — какое-то невероятное столпотворение гениев.

Добрая половина картин, висящих по музеям или пылящихся в запасниках, написана на библейские сюжеты. Вариаций «Распятия Христа» существует неисчислимое множество, портретов розового младенца Иисуса с мамой еще больше; очень популярны «Бегство в Египет» и «Поклонение волхвов», живописцы Средневековья, особенно немцы, обожали «Страсти Христовы» — эти с дотошностью патологоанатомов выписывали разверстые раны и капли крови, каждая с аккуратным бликом.

С не меньшим энтузиазмом иллюстрировался и Ветхий Завет. Разумеется, парный портрет наших прародителей Адама и Евы, конечно же, «Изгнание из рая». Языческая роскошь Египта — великолепная фактура для всех сюжетов, связанных с ранним Моисеем и «казнями египетскими». Карнавальная драматичность «Пиров Валтасара» просто чудесна своим сочным мистицизмом — тронный зал, коптящие факелы, потные тела похотливых наложниц, тучный сатрап в золотой короне, невидимая рука, пишущая на стене огненный приговор тирану.

В отличие от истории Христа, аскетичной в своей логике и незамысловатой по сути, древнееврейские истории не так просты. Неискушенному зрителю не очень ясен конфликт между юной Сусанной — аппетитно голой, сидящей на краю купальни, — и двумя вполне одетыми мужчинами преклонных годов. Что там происходит? Или куда спешит Юдифь, шустрая как мальчик, с кувшином вина и кривой турецкой саблей под юбкой?

Или вот еще: любопытная история приключилась с Лотом. Про Содом и Гоморру знают все; так вот, этому Лоту по неясному стечению обстоятельств посчастливилось жить именно в Содоме. Почему от там жил, почему не переехал, остается загадкой. Лот, глубоко верующий мужчина, не мог не знать об эротических пристрастиях своих соседей, слава об этих безобразиях гремела на весь Иордан и прилегающие земли. Она долетела даже до небес, оттуда на землю были командированы два ангела с целью выяснения ситуации, так сказать, на месте.

Был закат, трещали цикады, Лот сидел на крыльце и пил чай. Завидев ангелов, бредущих по вечерней улице, Лот, как добросердечный хозяин, предложил им переночевать. Ангелы долго ломались, но потом все-таки приняли приглашение. Лот напек печенья и коврижек, после уложил гостей спать.

Весть о необычных постояльцах разнеслась по городу. Еще не взошла луна, а перед домом Лота собрался уже весь Содом. Горожане требовали выдачи ангелов: эти похотливые извращенцы хотели вступить с ними в половую связь, или, как жеманно говорится в Библии, «познать их». Ангелы, по достоверным источникам, — существа бесполые, они вообще, строго говоря, не люди. У них там гладкое место, как у детской куклы-голыша. Не говоря уже о том, что рядовой ангел запросто может испепелить сотни три человек за раз.

Но Лот, щепетильный хозяин, исполненный гостеприимства, не решился тревожить спящих путников. Вместо ангелов он вывел к сладострастным горожанам двух своих дочерей. Дочери были девственницами, мелочь, не смутившая папашу: он сказал, что содомяне могут делать с ними все, что им захочется.

Горожанам такое предложение показалось оскорбительным. Секс с девственницами, за кого он нас принимает, этот старый гетеросексуал?! Поднялся шум, послышались угрозы, в окна полетели мелкие камни. Галдеж разбудил ангелов. Они, оценив обстановку, быстро ослепили бузотеров и предложили Лоту с семьей срочно покинуть город.

Уже на окраине, за городскими помойками, они услыхали, как на Содом обрушилась лавина огня и горящей серы — по идее, что-то вроде напалма, которым пользовались американцы во Вьетнаме. Город сгорел дотла, на всякий случай было решено уничтожить и соседнюю

Гоморру. Вопреки предупреждению ангелов, жена Лота, особа излишне любопытная, оглянулась и тут же превратилась с соляной столб. Лот с дочками продолжил путь. Приют они нашли в пещере под горой Сигор.

Жизнь в пещере оказалась скучной и монотонной. Вокруг лежала пустыня, камни да песок. Дочери, милые девчонки, опасаясь остаться в старых девах, решили напоить отца и переспать с ним. Так и поступили: в пятницу — старшая, на следующий день — младшая. Разумеется, обе забеременели и родили сыновей, от которых пошли два семитских народа, моавитяне и аммонитяне, расселившиеся впоследствии по берегу Мертвого моря.

Каждый поворот этой прекрасной истории завораживает своей неподкупной аморальностью, все участники и каждый персонаж по отдельности не могут не вызывать восхищенного изумления — Лот, ангелы, горожане, дочки.

Даже дура-жена. Какие образы, какие характеры! Неудивительно, что сюжет, особенно сцена в пещере, обычно именуемая «Опьянение Лота», стал одним из самых популярных в истории западного изобразительного искусства. Не обошел его и великий Рембрандт. Полотно и сейчас украшает коллекцию Пушкинского музея в Москве.

6

Путь к трамвайной остановке лежал через худосочный парк, зажатый между кособокими гаражами и улицей Ухтомского. С утра по лавкам сидели сонные мамаши с колясками, к полудню в парк выползали хмурые старухи, после трех их сменяли местные алкаши. Эта шумная, впрочем, вполне безобидная публика оккупировала парк до сумерек, точнее, до закрытия винного магазина на углу. Вкусно покуривая, они поглядывали на прохожих, добродушно цеплялись к девицам, отпуская сомнительные остроты. Тут же на лавках резали незамысловатую закуску — сыр или яблоко, откупоривали дешевое вино. Я проходил мимо, стараясь не глядеть на них, не встречаться глазами, быстрым шагом направляясь к уже видневшейся меж черных стволов лип остановке трамвая.

В тот вторник добраться до остановки мне не удалось. С предпоследней скамейки поднялся колченогий мужик пролетарского типа и торопливо пошел мне наперерез. Одновременно с другой лавки встал долговязый парень и тоже направился в мою сторону. Бледный и болезненный, он шагал размашисто и был похож на оживший циркуль.

— Голубев — ты? — Колченогий встал, перегородив мне дорогу.

Я тоже остановился, кивнул:

— Да, а что?

Долговязый с неожиданным проворством тут же хлестко саданул мне кулаком в ухо. Я, теряя равновесие, начал падать, но колченогий жестоким хуком в челюсть меня остановил.

— Вы что?! — успел крикнуть я. — Что вы делаете?

Они одновременно начали колотить меня; колченогий бил по ребрам, длинный по лицу. Я попытался поймать кулак долговязого, но оступился и упал на утрамбованную землю. Качелями взлетели парк с алкашами на скамейках, девчонка в красном берете, белый пудель, задравший ногу у липы, по серому небу махнули ветки с проклюнувшейся зеленью — весна в том году здорово запоздала.

Во рту стало солоно и горячо, кровь закапала, потекла на дорогу, среди окурков и мелкого мусора бурые пятна казались темной липкой грязью. От земли пахло сыростью и почему-то грибами. Боли я не чувствовал, в ушах стоял гулкий звон, какой бывает на крытом вокзале при отправлении поезда. Происходящее своим нелепым садизмом напоминало кошмар, бессмысленный жестокий сон.

Я встал на карачки, хотел подняться. Вселенную продолжало немилосердно штормить, я завалился на бок и прямо перед своим носом увидел пару ботинок хорошей рыжей кожи и явно не пролетарского фасона. Я посмотрел вверх — события приобрели логику: надо мной, засунув ладони в карманы тугих джинсов, стоял Малиновский. Не вынимая сигареты изо рта, он пару раз лениво и молча пнул меня в бок носком своего красивого ботинка.

Когда я дополз до ближайшей скамейки, ни Малиновского, ни типов, избивших меня, уже не было. Сердобольные алкаши угостили меня портвейном. Один, без переднего зуба, но в офицерской фуражке, авторитетно уверял, что били меня не местные, точно этот факт имел большое значение. Портвейн слегка помог, одновременно пришла боль: ныли ребра, в ухе продолжало что-то звенеть, левая половина лица налилась пульсирующим жаром. Руки были перепачканы засохшей кровью и землей, лицо, очевидно, выглядело не лучше.

— Рожа — на море и обратно! — весело хлопнул меня по плечу беззубый офицер. — До первого мусора.

Беззубый был прав, выходить в таком виде в город не стоило. Тем более после второго стакана портвейна, который я допивал. Институт тоже отпадал. Я вспомнил про кладбище — там есть колонки, из которых посетители набирают воду в лейки, и ведра для полива могильной флоры. Я поблагодарил симпатичных алкашей, беззубый лихо козырнул мне, добавив, что я держался молодцом. Я не очень понял, что он имел в виду, но, поблагодарив еще раз, направился в сторону кладбища.

У кованых ворот кладбища сидела та же старуха с сиротскими букетами в пузатой хозяйственной сумке. Она, жуя губами, с жадным любопытством оглядела меня, я отвернулся, наклонив голову, прибавил шагу и почти налетел на Ларису.

7

Классический сюжет эпохи заката феодализма: Прекрасная Дама и раненый рыцарь у родника. Тристан и Изольда, Ланселот и Гвиневра. Кстати, порочная страсть к супруге короля Артура, сгубившая Ланселота, на самом деле явилась следствием колдовских манипуляций самой Гвиневры, именно она опоила неискушенного рыцаря волшебным снадобьем, составленным по рецепту коварного Мерлина: кровь змеи, толченая печень нетопыря, дробленый зуб дракона, слеза единорога, щепотка сухой лаванды (последний ингредиент — так, для запаха).

Челюсть распухла, адски ныли ребра, левая бровь была рассечена, но душа моя пела. Лариса, привстав на цыпочки, бережно стирала платком засохшую кровь с моей щеки. Касалась нежно и аккуратно, точно я был отлит из хрупкого венецианского стекла. Наверху трещали весенние птицы. Из латунного крана лилась крученая хрустальная спираль ледяной воды. Лариса выжимала платок, розовые струи стекали по желобу. Лариса, прикусив кончик языка, снова наклонялась ко мне. Она ни о чем не расспрашивала, не ужасалась, в ее кротком милосердии было что-то почти монашеское.

— А что ты делала на кладбище? — Опухшая челюсть придала моей фразе неожиданно французский выговор.

— На кладбище?.. — Она на секунду задумалась. — Кладбище похоже на зазеркалье. Кладбище и церковь. Там можно спрятаться. Вроде сказочного убежища, понимаешь? Вокруг город, люди, шум, а ты переступил порог, и все... Тебя уже нет.

Она огляделась. Низкое солнце выскользнуло и зажгло ослепительным ртутным светом край мохнатого облака. Тут же ожили тени и солнечные пятна, веселая пестрота вспыхнула на мраморных плитах, желтый песок дорожек покрылся затейливым кружевом. Кресты засверкали кованым серебром, на шпиле обелиска наполеоновским гвардейцам, точно бриллиант, засиял солнечный зайчик.

— А от кого ты прячешься? — спросил я.

Лариса подставила платок под струю, прополоскала, скомкала и с силой сжала.

— Лучше расскажи мне о себе.

— Будет скучно...

— Ничего. Пусть. Скука — не самая страшная вещь на свете.

Мои родители второй год трубили в Танзании, отец работал там при нашем посольстве заместителем торгпреда. Конечно, Дар-эс-Салам — это вам не Лондон и уж подавно не Нью-Йорк, но все-таки и не Улан-Батор, где батя отмотал полтора срока до Африки. Из южного окна отцовского кабинета была видна заснеженная макушка Килиманджаро, а из восточного — железные клювы портальных кранов и бескрайняя синь Индийского океана. Чуть влажный, но в целом чудесный климат, особенно приятный, если в ноябре вспомнить снежную кашу московских мостовых. Плюс ежемесячная выписка по каталогам «Неккерман» и «Квель», не говоря уже о чеках серии «д», которые капали на наш счет. Благодаря связям с дружественной Танзанией в отцовском гараже дремала новенькая белая «Волга». У меня появились небесно-голубые джинсы. По квартире расползлись резные фигуры из черного дерева, прибывавшие в посылках с оказией. На багровом ковре нашей гостиной к скрещенным дедовым парадным саблям присоседились африканские ритуальные маски. Летом я щеголял в свободных хлопковых рубахах с орнаментом из крокодилов и черепах.

— Да ты, оказывается, мажор, — полушутя констатировала Лариса.

— Нет. Я — ренегат и отщепенец. И закончу под мостом в компании алкоголиков и проституток. По крайней мере, так считает мой папаша.

Лариса жестом святой Вероники расправила влажный платок с бледными розовыми пятнами. Я дотянулся и закрутил кран. Сразу стало тихо, лишь где-то вдали, в соседней вселенной, натужным шмелем зудел город.

— Он хотел меня воткнуть в МГИМО, на экономический...

— Продолжить отцовский подвиг?

— Ага. Он уже со всеми договорился, всех обзвонил, представляешь? Я там по списку замминистра Внешторга шел...

— Высокий класс.

Мы остановились у заброшенной могилы некоего Лутца Петра Леонардовича, обосновавшегося здесь за два года до моего появления на свет. С керамического овального фото на нас смотрел демонического вида господин с нерусским лицом.

— Он сам мне рассказывает, как они с матерью, чтобы поговорить, уплывают к буйкам в океане. Как посольские друг на друга стучат. Все — шоферы, уборщицы, секретарши. Он сам каждую неделю должен донос писать на своих же сотрудников. Живут там как пауки в банке. Поодиночке в город не выпускают, только группой, и непременно с гэбэшником — боятся, что сбегут.

— В Африку?

— Ну зачем? Там же есть другие посольства.

— А ты бы сбежал? — Лариса серьезно посмотрела на меня.

— Да я, в общем-то, уже... Дело же не в географии, не в границах. Все дело в тебе самом.

8

Было три часа ночи — наступал час быка. Свет я не зажигал. За окном мерцала сонная Москва, внизу, по набережной, изредка проезжали автомобили. Шуршание шин напоминало неспешный прибой. Я стоял босиком на кухонном подоконнике и курил в распахнутую форточку. Пятая или шестая за ночь — да и какая разница? — я с силой втягивал дым, задерживал дыхание, пьяная муть медленно накатывала, обволакивала мозг, делая ночь еще восхитительней, еще безумней.

Точно сокровища, перебирал я события минувшего дня. Как скупец, алчно вглядывающийся в каждую грань бесценного бриллианта, пытался припомнить я каждое слово, воскресить в памяти каждый ее жест. Когда мы прощались у метро, она действительно задержала свою ладонь в моей? И щеки ее чуть вспыхнули? Или это был отсвет от проклятой буквы «М» над входом? Да или нет? Ведь уже смеркалось, и как тут можно что-то толком разглядеть… Как можно быть уверенным? Или мне все вообще показалось…

В чернильной топи Москвы-реки отражались маслянистые зигзаги фонарей, в доме на том берегу погасло еще одно окно. Осталось всего два. Всего два на всю темную, точно океанский утес, угольную громаду. По Краснохолмскому мосту, набирая скорость, словно собираясь взлететь, промчался пустой троллейбус. От этого звука и от теплого канифольного света внутри салона меня наполнила тихая радость: да, можно быть уверенным. Да, да.

Я представил ее спящей, ощутил запах ее тела — сначала смутно, потом сильнее, точнее. Так пахнет высыхающая роса на лесной поляне, где растет мелкая сладкая земляника, — запах лета, запах утра, запах воли. Я помнил назубок каждый сантиметр ее божественного тела, каждый упоительный изгиб, все цветовые оттенки ее кожи — плавные переходы из нежнейше-персикового в восхитительно фарфоровый. Холмы и долины, волнующую и томительную географию безукоризненной анатомии — от миниатюрного мизинца ноги до своенравного локона на макушке. Похоти не было и в помине, моя душа изнывала от целомудренного обожания.

Щеки мои горели, сердце ухало на всю кухню, я жадно вдыхал горький дым, от которого все вокруг слегка покачивалось: будто и окно, и кухня, и зыбкий ночной город снялись с якоря и отправились в какое-то неведомое странствие. Предчувствие путешествия охватило меня, наивное детское чувство, какое бывает в первые минуты после отправления поезда — убегающий перрон, провожающие, носильщики, фонари, фонари, фонари...

В сонной истоме закрыв глаза, я попытался ощутить приближение этого нового мира, мира восхитительного, таинственного и пугающего. От мрамора подоконника пятки стали ледяными, по коже заползали мурашки. Прямо здесь и сейчас заканчивалось мое детство — да, именно на этой кухне и именно этой ночью! — бесповоротно завершался испытательный этап бытия, когда за ошибки и глупости наказывали лишением мороженого или двойкой по поведению. Начиналась взрослая, настоящая жизнь. Все мое существо — наверное, это и есть душа — рвалось туда, в этот взрослый мир. О, пьянящий мир страшных тайн, роковых заблуждений, смертельных страстей! Вперед! Смелей туда! Он чудился мне горящим витражным окном готического собора в час заката, когда пылающие стекла до боли в глазах ослепляют неземной яркостью, невозможностью цвета, божественным сочетанием красок.

9

Беда случилась в понедельник. Лариса не пришла, она исчезла.

Илья Викентьич, мятый, с невнятным утренним лицом, рассеянно сообщил об этом шершавым голосом. Мол, звоним, звоним, никто не подходит. Группа за моей спиной загалдела, я продолжал точить карандаш, уткнувшись взглядом в пустой подиум со стулом, на котором осталась лежать вишневая подушка незабвенной Ангелины Павловны. Крашенный в мышиный цвет подиум, облезлый венский стул, подушка — эшафот, плаха, кровь. Кровь, плаха, эшафот... Сердце остановилось и полетело куда-то в бездну, вселенная накренилась, потолок и пол начали пьяно заваливаться, за ними вбок поползло и окно с ярко-зеленой макушкой недавно оперившегося тополя.

Кто-то тормошил меня сзади, о чем-то спрашивал. Я вскочил и не оборачиваясь вылетел из аудитории. Чуть не сшиб какую-то девицу с этюдником, бегом понесся по коридору. В запаснике, узкой кладовке, где мы оставляли сохнуть холсты, я закрыл лицо руками. Ладони тряслись, они были точно чужие, такие влажные, такие холодные. Господи, как страшно, как больно! Она погибла — несомненно, умерла... Ее сбила машина — да, да, она перебегала через улицу... Или нет, в метро... А может, вчера ночью... ночью, возвращаясь через парк...

Фантазия — будь она проклята, бесовский дар! — тут же выплеснула в мой череп адский калейдоскоп зловещих персонажей, босховская мразь побледнела бы в сравнении, убийцы, насильники, маньяки ощетинили жала стилетов, брызнула ледяная сталь бритв, вспыхнули, отточенные до звона, лезвия топоров. Хлынула кровь — ее кровь! — на грязный кафель темной лестничной клетки, на убитую глину ночной детской площадки, на вытоптанную траву чахлого парка.

Пустырь, черно-белый от бледного света сизой луны, лопухи, засохшие сорняки. Туман ползет, путается в хворых кустах, пробивается через репейник. Среди битых бутылок, окурков и бумажного мусора что-то белеет. Я не хочу этого видеть, я до боли зажмуриваю глаза, закрываю их ладонями. Но вижу все равно...

— Голубев! — Кто-то распахнул дверь в запасник. — Ты тут?

Илья Викентьич. Он мял в пальцах сигарету, потом сунул ее в рот.

— Здоров? — спросил он. — Все в порядке?

— Здоров. — Я повернулся боком, но он все равно заметил.

— Ох, хорош... — Он щелкнул зажигалкой, с удовольствием затянулся. — Малиновский?

— С чего вы взяли?

— Дедукция. На той неделе у него вся рожа разбита, сегодня ты таким красавцем... Кого не поделили? Строеву? Или Василевскую?

Я фыркнул.

— Ладно. — Он снисходительно протянул мне пачку: — Кури...

Я кивнул. Мы стояли и молча курили. В косом свете из грязного окна синеватый дым закручивался в затейливые узоры, струился как волшебный туман. Мы оба, Викентьич, явно страдавший похмельем, и я, завороженно наблюдали за тягучими кольцами и лентами, за плавно раскрывающимися цветами, за плывущими драконами и ленивыми нимфами. Это напоминало замедленное кино.

— Ты диплом у меня собираешься защищать? — вяло спросил Викентьич. — Не передумал?

Я отрицательно помотал головой.

— По Микеланджело. Думаю, серию литографий сделать... Пять, шесть...

— Ты там камни заранее отбери. — Он стряхнул пепел указательным пальцем. — В мастерской...

Я кивнул.

— Знаешь, — чуть оживился он, — Рафаэль и Браманте соперничали с Микеланджело. Это они уговорили папу Юлия поручить ему заказ на роспись потолка Сикстинской капеллы. Микеланджело считался скульптором и до этого не писал фресок. Ребята были уверены, что он облажается...

Викентьич затянулся и выпустил изящное кольцо.

— Облажается... — повторил он, любуясь кольцом. — Микеланджело один, без подмастерьев, расписал потолок. Один! Нешумов был там, в Риме, говорит, впечатление убийственное... Потолок размером с футбольное поле, его в одиночку просто покрасить непросто...

— Илья Викентьич! — перебил его я. — Дайте мне телефон натурщицы. Ларисы.

В «Жизнеописании Микеланджело Буонаротти, флорентийца, живописца, скульптора и архитектора» Джордже Вазари говорит о Сикстинской капелле: «В этой композиции он не пользовался правилами перспективы для сокращения фигур, и в ней нет единой точки зрения, но он шел путем подчинения скорее композиции фигурам, чем фигур композиции, довольствуясь тем, что выполнял и обнаженных и одетых с таким совершенством рисунка, что произведения столь превосходного никто больше не сделал и не сделает и едва ли при всех стараниях возможно повторить сделанное. Творение это поистине служило и поистине служит светочем нашему искусству и принесло искусству живописи столько помощи и света, что смогло осветить весь мир, на протяжении стольких столетий пребывавший во тьме».

10

К телефону почти сразу подошел мрачный мужик.

— Нет ее, — рыкнул он и бросил трубку.

Я выждал час, перезвонил. Мрачный был тут как тут; казалось, он дежурит у телефона. И снова я не успел ничего спросить, в трубке уже ныли короткие гудки. Я выругался, засек время. Встал, зачем-то пошел на кухню. Вернулся в гостиную. С ненавистью посмотрел на телефон. Кто этот мужик? Отец? Брат, сосед? А вдруг муж? Муж! Точно, муж! — тогда все становится логичным, и ее слова, и... Да какой к чертям собачьим муж, какой нормальный муж, я вас спрашиваю, отправит свою двадцатилетнюю жену позировать голой?! Нет, не муж. Наверное, сосед. Точно, сосед.

Мое воображение тут же нарисовало небритое мордатое существо в нательной майке, руки-клешни, красные, как морковь, на плече выколот синий крест. Да, сосед, не муж.

Я поднял трубку, медленно набрал номер. Мрачный, похоже, меня ждал. Я не успел произнести ни звука.

— Слушай внимательно! — проговорил он негромко. — Если ты еще раз позвонишь ей, я приеду на Котельническую и отобью тебе почки.

Я вздрогнул, прижал трубку к груди, быстро нажал на рычаг.

Откуда он знает мой адрес?! Откуда?! Кто он? Ревнивый муж-уголовник? Чокнутый папаша? Кто? Ну уж точно не сосед!

Внезапно стальная дверь, которую родители поставили перед самой Африкой, показалась не надежней картона, стены — тоньше бумаги, квартира в сталинской высотке с кодовым замком и консьержкой в вестибюле — беззащитней одинокой хижины в дремучем лесу. Откуда он знает, где я живу? Кто он?

На кухне я до упора отвернул кран, залез под струю, напился. В коридоре опрокинул стул и с лету ударился коленом в подзеркальник (с полки посыпались африканские резные уроды). Воя от боли, допрыгал до гостиной, зачем-то снял со стены дедову саблю. Несколько раз со свистом рубанул воздух.

Нужно было взять себя в руки. Ключ к отцовскому бару я подобрал через неделю после их отъезда. Вытянув из темного чрева початую бутыль коньяка, я вытащил пробку и сделал большой глоток. Горькая гадость обожгла рот и горло.

Убрал бутылку, закрыл бар. Алкоголь неожиданно помог — карусель в моей голове постепенно замедлила бег. Я пару раз глубоко вдохнул — так, уже лучше. Что дальше? Повесить саблю на место. Повесил. Главное — успокоиться, главное — все обдумать и принять правильное решение.

Быстро прошелся по комнате взад и вперед. Главное — взять себя в руки. Остановился у окна, стиснул руками край мраморного подоконника. Багровое солнце застряло между башнями Калининского, небо, матовое, точно пыльное, быстро темнело. По сиреневой воде Москвы-реки скользил речной трамвай, на верхней палубе среди серых силуэтов краснела чья-то легкомысленная широкополая шляпа — должно быть, иностранка, наша женщина такую на себя ни за что не напялит.

Что за бред? Чего я испугался? Почки он отобьет... Животное. С другой стороны, выходит, что Лариса жива: кем бы ни был тот мрачный тип — отец, муж, даже сосед, — случись с ней беда, так разговаривать не стал бы. Это определенно, и из этого следует...

Додумать, что там из этого следует, я не успел — кто-то позвонил в дверь. От неожиданности я подпрыгнул, эхо еще звенело по квартире, я в два прыжка очутился в коридоре и на цыпочках пошел к двери. Старый дубовый паркет предательски постанывал. Руки тряслись, обрывки мыслей скакали, обгоняя друг друга: в прихожей не горит свет, я смогу незаметно посмотреть в глазок... как он сумел пробраться мимо консьержки? — сегодня дежурит эта грымза в берете... как ее? Клавдия Николаевна?.. мимо этой даже мышь...

Звонок загремел снова. И снова.

Наш древний звонок, его поставили еще при деде, громыхал будь здоров, никаких тебе мещанских соловьиных трелей или филистерских бубенцов — честный и требовательный сигнал времен позднего сталинизма: звонят — откройте дверь, откройте по-хорошему.

Я бесшумно распластался по двери, прижался ухом к ледяной стали. Тихо, ни звука. Осторожно посмотрел в глазок. На лестничной клетке не было никого. Выждал минуты три, никто так и не появился. Крадучись подобрался к домофону.

— Але, — вполголоса проговорил я, прикрыв рот ладошкой. — Из квартиры Голубевых беспокоят.

Клавдия в ответ что-то прокрякала.

— К нам никто не поднимался? — осторожно поинтересовался я.

Никто не поднимался, никто не интересовался, разумеется, она бы тут же позвонила. Разумеется!

— Разумеется! — зло передразнил я домофон, повесив трубку.

На кухне я вытащил из ящика здоровенный тесак с широким лезвием, отец этим ножом обычно разделывал новогоднего гуся. Потом достал мясницкий топорик на деревянной ручке, похожий на индейский томагавк. Добавил к арсеналу средних размеров ладный нож, которым мать резала овощи. Увидел свое отражение в окне, с грохотом сгреб все холодное оружие обратно в ящик.

— Бред, бред, полный бред...

С лестничной клетки донесся шум, я тут же очутился у двери и прильнул к глазку. В выпуклой подслеповатой вселенной нашего коридора Наташка Корнеева из восемьдесят пятой возвращалась домой со своим кобелем. Больше никого я не увидел. Соседка возилась с замком, сенбернар ростом с теленка толкал хозяйку в бок здоровенной головой.

Я вернулся на кухню, зачем-то распахнул холодильник, пустые полки были неприветливо залиты сизым светом. От души хрястнув дверью, начал ходить из угла в угол. Надо успокоиться и все трезво обдумать. Так, выходит, Лариса жива, выходит, что она не угодила под машину и ее не зарезал серийный убийца. Тогда где она? Неожиданная догадка осенила меня, я восторженно прошептал:

— В зазеркалье!

Мне вспомнился наш разговор на Лефортовском кладбище про сказочное убежище, про место, где можно спрятаться. Про церкви и кладбища.

— Господи, как же все просто! Зазеркалье! Как же я не догадался сразу!

Звонко хлопнув в ладоши, я быстро вернулся в гостиную, вытащил из бара коньяк. Теперь мне стало казаться, что я непременно разыщу Ларису, стоит мне выйти на улицу. Я отпил еще прямо из горлышка. Непременно найду! Сунул бутылку обратно в бар, выскочил в прихожую, на ходу сорвал с вешалки куртку... Стоп! А как же мрачный муж-отец Отобью-тебе-почки? Дьявол! Вдруг он и вправду караулит за дверью или на лестнице? Сжимает в руке кастет или финку с наборной рукояткой, какие делают в тюрьмах?

Решение оказалось простым и элегантным. Я снял трубку и набрал номер — мрачный был на посту. Мысленно пожелав ему спокойной ночи, я нажал отбой и вышел из квартиры.

11

Адреналин и алкоголь — дивная смесь, благослови господь провинцию Коньяк и бессмертную душу императора Бонапарта — стрелой домчали меня до Зарядья. Голова кружилась от бега, от пыльного встречного ветра. Фонари вдоль реки моргнули и зажглись, сумерки тут же посинели и сгустились. В кинотеатре закончился фильм, неожиданно возбужденный люд, что-то азартно обсуждая, начал вытекать на набережную.

В «Красном зале» шел «Тегеран-43», на афише местный художник очень похоже изобразил актера Костолевского в шляпе и с пистолетом. Я очутился в людском водовороте: мелькали лица, долетали обрывки фраз, кто-то высоким голосом выкрикивал восторженные междометия, тетка с желтыми волосами вытирала красные глаза скомканным платком. Очевидно, кино было стоящим.

Оставив позади толпу киноманов, я быстрым шагом пошел вдоль Кремлевской стены. Тут было безлюдно, лишь у Водовзводной башни пара чекистов не очень убедительно изображала праздных пешеходов. У Александровского сада я сбавил темп — до меня вдруг дошла бессмысленность этой гонки. Куда я несусь? С другой стороны, мне нужно было выпустить пар — дома сидеть я не мог, так что цели у гонки не было, важен был сам процесс.

Пройдя через распахнутые кованые ворота с золочеными пиками, я свернул направо, к Историческому музею. По крутой брусчатке вышел на Красную площадь. Площадь была залита слепящим светом ртутных ламп, точно там собирались что-то снимать. На фасаде ГУМа висели раскрашенные фанерные ордена циклопических размеров и гигантский лозунг «Решения съезда — в жизнь!».

У мавзолея, перед железным турникетом, толпились зеваки. Эти ждали смены караула. Стрелка на башенных часах подбиралась к девяти.

Давешняя уверенность в том, что я в два счета найду Ларису, выветрилась вместе с коньячной эйфорией и сменилась досадой.

— Вот идиот… — тихо выругал я себя и, сунув кулаки в карманы, зашагал в сторону Василия Блаженного. — Редкостный кретин…

Ехать на Немецкое кладбище было поздно, церковь тамошняя тоже наверняка уже закрыта, да и кто тебе сказал, что Лариса непременно в Лефортове? Ее телефон начинался на 255, это где-то в районе Пресни, там тоже есть и церкви, и кладбища. Надо позвонить! Да, надо еще раз позвонить. Автоматы, кажется, есть в ГУМе…

В это время над площадью раздалась мерная поступь караула, упругая, почти резиновая, как они там говорят, «часовые чеканят шаг», башенные куранты ожили и разразились оглушительным перезвоном. Я бегом свернул в проезд Сапунова. Как я и опасался, ГУМ уже закрылся.

У телефона в переходе была оторвана трубка. Рядом с западным входом в «Россию» висело несколько аппаратов. Первый тут же сожрал мои две копейки, едва я начал набирать номер. Я двинул в железную коробку кулаком, вытащил из кармана мелочь. Нашел гривенник, перешел к следующему телефону.

Долго не соединялось, внутри что-то потрескивало, потом потекли длинные гудки. От трубки воняло окурками, сигналы продолжали уныло плыть в безответной пустоте. Я нажал на рычаг, набрал номер еще раз, тщательно прокручивая диск на каждой цифре. Потрескивание, потом те же гудки. Телефон либо отключили, либо там действительно никого нет.

Мимо прошагали веселые, в меру пьяные немцы, человек шесть, судя по одежде, наши, гэдээровцы. Компания, балагуря, замешкалась у входа, я пристроился в кильватер, а когда проходили мимо могучего швейцара в малиновой ливрее, начал расспрашивать их по-немецки, как им понравилась наша столица. Швейцар цепким взглядом скользнул по мне, я же, прикрыв синяк на челюсти воротником джинсовой куртки, беззаботно повторял, обращаясь к рыжему немецкому туристу:

— Натюрлих! Кремлин ист вундершейн!

В нижнем баре я заказал водки с апельсиновым соком, потом просто водки. Настроение неуклонно ухудшалось пропорционально выпитому. Из динамиков эмансипированные шведки из «АББЫ» со знанием дела уверяли, что победителю достанется все. С этим трудно было спорить.

Время приближалось к одиннадцати. Сидя за стойкой, я с растущим отвращением разглядывал праздную иностранную пьянь: справа с равными промежутками, по которым можно было отмерять время, на меня наваливался совершенно остекленевший финн; до этого он мешал нарзан пополам с «пшеничной» и хлопал этот коктейль залпом. Слева методично наливался пивом голландец-альбинос; с ним я перекинулся парой английских фраз и угостил сигаретой. Два американца, мордатых и румяных, фермерского вида, простодушно кадрили томную проститутку, изображавшую из себя парижанку. Другая девица, блондинка попроще, сидела в углу и с детской увлеченностью сосала через соломинку из высокого стакана какую-то розовую бурду. Ее сосед, миловидный фарцовщик в шикарной куртке из черной лайки, аппетитно покуривал трубку и лениво рассматривал посетителей. Блондинка, почувствовав мой взгляд, повернулась ко мне и с насмешливым вызовом уставилась мне в глаза.

А может, прав Малиновский? И насчет татуировки, и банды Костюковича? Может, она тоже… как вот эта… Думая о Ларисе, я даже мысленно не смог произнести слово «шлюха». Я вспомнил лицо Малиновского, его влажные красные губы, как он, произнося «у», складывает их уточкой, точно собирается кого-то поцеловать.

— Вот ведь сволочь… — пробормотал я и махом допил водку.

Неожиданно атмосфера в баре изменилась, точно рябь по воде пробежала, — блондинка, отставив стакан, застыла с прямой спиной, ее красавец сосед, скрестив на груди руки, сделал вид, что задремал. Фальшивая парижанка, кося глазом, начала нервно подкрашивать губы.

Альбинос-голландец ткнул меня локтем.

— Чувак! Атас цинкует, — на идеально русском с питерским выговором быстро прошептал он. — Контора на подходе, вязать будут.

У дверей бара возникли два мужика в неважных коричневых костюмах. Третий, тоже в костюме, только сером, рассеянно поглядывая по сторонам, словно искал знакомых. Потирая ладони, серый неспешно направился к стойке. Проходя мимо блондинки, он задержался и что-то ей сказал. Блондинка принялась рыться в сумке, ее сосед продолжал вполне убедительно изображать задремавшего иностранца. Девица суетливо вытряхивала из сумки на стол мелкую дребедень, потом достала паспорт. Серый без интереса пролистал и сунул паспорт в боковой карман. Наклонился и что-то сказал блондинке, кивнув в сторону двери.

Паспорта у меня не было, не было и студенческого. Мне светила ночевка в ментовке, а может, и в вытрезвителе. Это как минимум. Про максимум, включавший в себя телегу на факультет и еще одну — в министерство отцу, думать не хотелось. Плюс постановка на учет по подозрению в спекуляции и незаконных валютных операциях с иностранцами.

Я лениво сполз с барного табурета, рассеянно огляделся. Раскачиваясь и нарочито медленно прошел вдоль стойки. Справа была подсобка, заставленная коробками, за ней — узкий коридор и две двери в туалет. В конце коридора оказалась еще одна дверь с табличкой «Служебное помещение. Посторонним вход строго воспрещен!». Я подбежал к двери, дернул ручку, дернул еще раз — разумеется, закрыто.

В баре зычно заголосила Пугачева. Выбора у меня не оставалось. Скорбно вздохнув, я разбежался и от души саданул ногой в дверь. Филенка треснула пополам, замок хрустнул, и дверь распахнулась. Тускло освещенный бетонный коридор уходил в перспективу.

Низкий потолок, шершавые беленые стены. Пыльные дохлые лампы в железных сетках, похожих на клетки для мелких птиц. Пол в коридоре шел под уклон, ноги бодро бежали сами собой. Я промчался мимо одной двери без опознавательных знаков, потом мимо другой, с выбитым по трафарету черепом и скрещенными костями. Узкая лестница в два пролета вывела меня в подвал, похожий на подземный гараж. На стене метровыми буквами было выведено «Не курить!». Здесь было значительно холодней, воняло тухлой водой и известкой. Я побежал дальше. Неожиданно сбоку выскочила маленькая злобная тетка в синем ватнике и визгливо заорала:

— Опять Райка, манда кобылья, со своими кобелями в рефрижираторной духарится!

Я отскочил, на бегу извинился за себя и Райку. Тетка захохотала мне вслед.

Снова лестница, теперь наверх. Снова коридор. В конце коридора квадратная комната с бурыми потеками на стене. Под ногами что-то мерзко захрустело — это была яичная скорлупа. С потолка свешивались цепи с крюками. Комната напоминала пыточную камеру: там пахло ржавым железом, а в углу валялись подозрительное тряпье и какие-то овчины. Я выскочил обратно и тут же наткнулся на двух работяг в засаленных до блеска комбинезонах.

— Ребята! — радостно улыбаясь, взмолился я. — Выручайте! Я от Райки, из рефрижераторной. Заплутал маленько!

Ребята мне не удивились, оба были пьяны в лоск.

— Бывает, — лаконично молвил один, неопределенно мотнул головой в сторону. — Пошли...

12

На волю мне удалось выбраться где-то в Китай-городе. Наполовину обглоданная луна висела над неподвижной рекой, злосчастная «Россия» бледным утесом светилась за моей спиной метрах в ста. После подземелий и лабиринтов московский ночной воздух казался амброзией. Ночь была свежей и звонкой, как после мимолетной летней грозы. Гранит парапета и камни мостовой сияли черным лаком. Похоже, недавно закончился дождь или только что прошли ночные поливальные машины.

Я пересек пустую площадь, сияющую мокрым асфальтом, светофоры на перекрестках моргали желтым. Город спал. Над площадью висела жутковатая тишина, метро уже закрылось, вход в чахлый сквер казался началом дремучей чащи. Я пошел в сторону Солянки. Вполнакала горели буквы на вывеске магазина «Ткани», в витрине булочной, убранной украинскими рушниками, таинственно мерцали лакированные муляжи баранок и кренделей.

Моя голова была пуста, эйфория от чудесного спасения почти выветрилась. Остались лишь усталость и растекающееся по всему телу, точно яд, похмелье. Вместе с похмельем в душу вползала тоска; я готов был поклясться, что мне никогда не было так одиноко. Поначалу я даже упивался этой меланхолией, как гурман, смакуя горькую отраву своей печали. Потом мне стало по-настоящему жутко.

Надо мной висела пустая черная бездна, холодная и безразличная, мне казалось, я ощущал равнодушное движение мертвой вселенной. Мурашки поползли по спине, меня передернуло от озноба. Воткнув кулаки в карманы куртки, я прибавил шаг. До дома, вниз по Солянке, было минут десять.

Я шагал по самой середине мостовой, по белой разделительной полосе. В сказке эта белая лента непременно вела к какой-то цели, в жизни она запросто могла оказаться петлей Мебиуса. Без особого труда я мог представить себя последним из людей, оставшихся на этой планете.

Наш подъезд, украшенный без меры каменной резьбой, сиротливо освещала одна хилая лампа, помпезные фонари на литых чугунных ногах не включались уже несколько лет. Эклектичность сталинского ампира всегда наводила на меня тоску, я представлял душевные муки честного архитектора, который по указке тирана вынужден был лепить этих кошмарных монстров, сваливая в кучу капризное барокко, вычурный наполеоновский ампир, скуку позднего классицизма и ломкую геометрию ар-деко.

После полуночи консьержка запирала дверь в подъезд. Нащупав нужный ключ в кармане, я уже поднимался по гранитным ступеням.

— Эй! — донеслось до меня сзади.

Я обернулся. С одной из скамеек, которые стояли вдоль клумб, поднялся силуэт, едва различимый в темноте.

— Лариса... — восхищенно выдохнул я.

Не знаю, как убедительно описать свои чувства, — спросите у святой Терезы, у Иоанна с острова Патмос или у тех андалузских подростков, которым явилась Дева Мария. Восторг — да нет, не восторг, восторг — слишком энергичное и беспокойное слово, скорее какая-то благость снизошла на меня. Именно благость. Вселенная тихо качнулась и пришла в состояние абсолютной гармонии. Точно небесный часовщик отвинтил крышку и показал мне чудесный механизм божественных часов. И механизм тот был прекрасен в своем совершенстве.

Жизнь, всего минуту назад казавшаяся мне чередой нелепых и злых случайностей, внезапно не просто обрела смысл — я ощутил доброту и нежность мудрого мира. Я увидел волшебную связь, уловил сладостную мелодию бытия. В безмолвии пустынных улиц, в горьковатом запахе мокрого асфальта, в хворой подслеповатой луне, даже в похмельной головной боли — из этих незатейливых нот складывался торжественный гимн любви и добра. Торжественный гимн жизни.

Циник и мизантроп, сидевший во мне минуту назад, назвал бы эти излияния телячьими нежностями и пошлятиной. И он отчасти был бы прав. Но его тут не было, его, циника и мизантропа, уже и след простыл.

13

Мы сидели в гостиной на ковре и пили коньяк прямо из горлышка, передавая бутылку друг другу. Моргая, догорали свечи. Это были мамашины праздничные свечи, выписанные по немецкому каталогу за сумасшедшие деньги, я знал, за них мне, скорее всего, оторвут голову, но мне было абсолютно наплевать. Свечи упоительно пахли карамельными конфетами. По сумрачному потолку блуждали дивные огни — перетекая из оранжевого в лимонный, из алого в багровый, они напоминали ожившую акварель.

— А кто такая Агнесса Васильевна? — тихо спросила Лариса.

Я удивленно взглянул на нее. Странно, что этой ночью у меня еще осталась способность чему-то удивляться. Лариса уютно зевнула.

— Тетка та, охранница в берете, сказала: «Слава богу, Агнесса Васильевна не дожила».

— Это она про бабку мою. Они тут все считают меня вконец пропащим, — усмехнулся я. — Вполне возможно, они не так далеки от истины.

Пару раз я хотел признаться, что весь вечер названивал ей, но впускать сюда того грубого мерзавца из телефона казалось выше моих сил. Еще мне казалось, что за пределами нашей сумрачной карамельной вселенной была пустота. Безжизненный вакуум. Там чернел необитаемый космос, мы были единственными обитателями мироздания.

Я много говорил, с упоением пересказывал истории Джорджо Вазари, Лариса слушала с тихой улыбкой, тщательно разглядывая мое лицо. У нее были внимательные рысьи глаза с теплыми янтарными искрами на самом дне.

Я не пытался произвести на нее впечатление, эта стадия давно осталась позади. Подобно могучей волне, что одним махом глотает океанские корабли, на меня накатывало что-то огромное и неизбежное. Наверное, примерно так люди сходят с ума.

— Ему было всего двадцать четыре, представляешь, двадцать четыре?! Мне уже двадцать один, и я не то что «Пьету», я вообще ничего стоящего не создал! — Дотянувшись до бутылки, я сделал глоток. — ...И когда ее поставили, он приходил послушать, что говорят люди. Какой-то приезжий из Милана утверждал, что скульптор — его земляк, Франческо Гоббо. Другой, тосканец, со знанием дела приписывал авторство Донателло. Тогда ночью он тайно пробрался в гробницу и высек на ленте, опоясывающей тунику мадонны: «Микеланджело Буонарроти, скульптор из Флоренции, создал». Это единственная скульптура, которую он подписал... Сейчас, погоди...

Я быстро поднялся, вытащил с полки альбом.

— Гляди! — Раскрыв, я протянул альбом Ларисе. — Вот она...

Лариса взяла книгу, наклонилась к свету.

— Она сейчас в Ватикане. В Риме. — Я опустился рядом на колени. — Господи, я бы все отдал, чтобы только...

— Надо было папу-маму слушать, — насмешливо произнесла Лариса. — Стал бы дипломатом каким-нибудь... А так дальше Болгарии при всем желании...

Она не договорила, склонилась над книгой, по-детски водя указательным пальцем по странице, точно пытаясь потрогать изображение. Я тоже замолчал, хотя меня подмывало рассказать, что скульптура была заказана для гробницы кардинала Жана Билэра, а в собор Святого Петра ее перевезли лишь через сто лет. И что во время транспортировки эти растяпы отбили указательный палец Мадонны, а еще через двести лет венгр-психопат геологическим молотком пытался расколоть статую. До этого венгр работал геологом и считал себя реинкарнацией Иисуса Христа. Скульптуру отреставрировали, сейчас она стоит за пуленепробиваемым стеклом при самом входе в собор.

Микеланджело упрекали, что его Мадонна слишком юна. Она действительно выглядит не старше двадцати. Скульптор возражал — она мать нашего Бога, она не может стать дряхлой старухой. На самом деле в Деве Марии он изобразил свою мать, изобразил так, как помнил, — она умерла, когда Микеланджело исполнилось всего пять лет. Вы скажете — чушь, не может пятилетний мальчишка запомнить лицо человека, пусть даже самого близкого, с такой точностью. Отвечу вопросом: а может ли двадцатилетний парень создать статую, которая и через пятьсот лет будет считаться верхом скульптурного мастерства всех времен и народов?

Две фигуры — мертвый сын и скорбящая мать. Микеланджело вырубил «Пьету» из одного куска мрамора, задача непростая и для опытного мастера. Несмотря на сложность соединения и размер, фигуры выполнены в натуральную величину, композиция безупречна. Тщательность проработки деталей, виртуозное владение материалом — такое впечатление, что Микеланджело решил в одной работе продемонстрировать миру все грани своего мастерства. Техническая сторона поражает продуманностью: жесткие вертикальные складки, ниспадающие с колен Мадонны, становятся пьедесталом для обнаженного мертвого тела. При всей кажущейся легкости композиция абсолютно устойчива и идеально уравновешена.

Но более всего поражает зрелость мастера, мудрость художника. «Пьета» — не просто демонстрация ремесленных навыков, пусть даже непревзойденных, Микеланджело подчиняет главной идее своего произведения абсолютно все. Идея эта — скорбь. Все технические ухищрения и приемы, композиционные решения, абсолютно все подчинено этому.

Мастер стремится создать напряжение противопоставлением живого и мертвого — безжизненно свисающая рука Христа и трагически изящный жест Марии. Вертикального и горизонтального, нагого и прикрытого — нарочитая жесткость вертикальных складок одеяния Мадонны подчеркивает горизонтальный излом обнаженного тела Иисуса. Мужского и женского — даже в мертвом теле сына мы ощущаем силу и скрытую мощь, лицо матери чувственно, нежно и бесконечно трагично.

Ничего подобного мир до этого не видел. Восторженный современник писал: «Пусть никогда и в голову не приходит любому скульптору, будь он художником редкостным, мысль о том, что и он смог бы что-нибудь добавить к такому рисунку и к такой грации и трудами своими мог когда-нибудь достичь такой тонкости и чистоты и подрезать мрамор с таким искусством, какое в этой вещи проявил Микеланджело, ибо в ней обнаруживаются вся сила и все возможности, заложенные в искусстве».

14

— Ты же сам мне сказал: в главной башне, — ответила Лариса. — Или ты про это каждой девице хвастаешь? И ждешь, какая клюнет...

Я смутился. Действительно, похоже на чванство какое-то — я совсем не помнил, когда говорил Ларисе, что живу в высотке на Котельнической.

Она разглядывала маски на стене. Свечи, коптя, догорали, я включил торшер. Ночь подходила к концу.

— Как ты эту мерзость в доме держишь? — не поворачиваясь, сказала она. — Вот эта на редкость отвратительная. Похожа на смесь негра с крокодилом.

— Кстати, это добрый водяной дух Отобо. — Я лежал на ковре, закинув руки за голову. — Племя аньянг, из Камеруна, кажется.

— А вот этот — ничего, симпатичный даже.

— Снова не угадала, вот этот как раз достаточно злобный тип. Покровительствует душам убитых охотников.

— А ведь не скажешь... А из чего они? Будто из камня высечены...

— Черное дерево. У них там, в Африке, мастера по резьбе масок находятся на привилегированном положении, на уровне колдунов. Ну, может, чуть ниже... Но все равно племя к ним относится с пиететом. Перед началом работы над новой маской резчик проходит обряд очищения. Нож и топор, которыми он работает, считаются священными, им приносят жертвы. Колдун племени совершает таинственный ритуал, после этого мастер уходит в джунгли или пещеру. И там, вдали от людей, он начинает работу. Когда маска готова, резчик возвращается в деревню, где колдун совершает специальный ритуал оживления маски. У них это называется «вдохнуть душу». Для обряда используют животных — коров, антилоп, кур. Маску кладут на землю, колдун ножом режет горло жертвенному животному. Кровь непременно должна попасть на маску...

— А вот эта, красотка с крыльями? — Лариса повернулась ко мне. — Это что за дух?

— Это маска Черной Смерти из Чада. У нее даже имя есть — Укатанга.

— Смерти? У нее что, настоящие зубы?.. — Лариса поежилась. — Ну и гадость...

— Гадость? Гордость папашиной коллекции. Остальные маски — так, туристская туфта. Сувениры. А эта — абсолютно честная и на сто процентов аутентичная. Там даже кровь засохшая еще сохранилась — видишь? Жертвенная кровь...

— Антилопья? — настороженно спросила Лариса.

— Не думаю... — зловещим шепотом проговорил я. — Не думаю...

Лариса, подавшись вперед, осторожным пальцем дотронулась до маски. Я, разумеется, не удержался и звонко гавкнул.

— Ну тебя к черту! — Лариса отдернула руку. — Вот дурак...

Я засмеялся, она улыбнулась и, не выдержав, расхохоталась вместе со мной.

— Отец говорит, колдун средней руки с помощью пары заклинаний и вот этой вот маски может запросто человека на тот свет отправить.

— Колдун средней руки? — переспросила Лариса. — У тебя нет на примете? Может, телефончик дашь?

Лариса внимательно разглядывала маску. Черное дерево, отполированное до блеска, напоминало антрацит. Из раскрытой пасти торчали настоящие тигриные клыки, лоб и щеки маски были затейливо инкрустированы кусочками перламутра. Резные уши переходили в хищные перепончатые крылья. Художник явно обладал отменной фантазией.

Не отрываясь от маски, Лариса спросила:

— А ты бы смог?

— Я ж не колдун. И потом, слов не знаю. Без заклинания не работает.

— Нет. Я серьезно, смог бы?

— Что? Убить?

Она серьезно кивнула:

— Да. И так, что никто и никогда не узнает.

— С гарантией?

Продолжая дурачиться, я прикинул, кого бы я внес в список. Малиновского? Как-то мелко. Брежнева? Этот и так почти труп, да к тому же на его место непременно придет такой же престарелый маразматик. Там их целое Политбюро — заклинания устанешь произносить...

Неожиданно выяснилось, что настоящих врагов у меня просто нет. Убивать мне никого не хотелось.

Вот воскресить — другое дело. Тут я без заминки: конечно, Джона Леннона и Высоцкого, этих в первую очередь. Джими Хендрикса — разумеется, Джо Дассена... Кого еще?.. Джим Моррисон из «Дорс», ударник из «Лед Зепеллин». Джанис Джоплин и этот актер французский, как его...

— Слушай! Какой улет! — Лариса добралась до дедовых сабель. — Полный отпад!

Она сняла одну со стены, французскую, с золотой насечкой на эфесе, вынула из ножен. Умело вложила кисть в эфес, сжала рукоятку и неожиданно ловко крутанула клинком над головой, завершив трюк элегантным выпадом.

— Туше!

Я присвистнул и, нарочито медленно сводя ладони, зааплодировал.

— Ага! — Она подмигнула мне, кистевым движением сделала несколько изящных кругов саблей. — Пять лет фехтовала в «Динамо». Юношеская сборная Москвы. Серебряная медаль спартакиады в Петрозаводске. Не фунт изюма!

Клинок сиял. Крутясь пропеллером, сталь с тихим свистом рассекала воздух. Зрелище определенно впечатляло.

— Вот ты все про своих итальянских художников знаешь. — Пропеллер крутился теперь в обратную сторону. — Про Возрождение. А известно ли тебе, что такое Болонская школа фехтования? За сто лет до твоего Микеланджело в Пизе была написана книга «Цветок битвы»...

Лариса медленно, точно скользя, приближалась ко мне. Блеск стали завораживал. Все это напоминало какой-то языческий танец.

— В этой книге написано: фехтовальщик должен воплотить в себе дух четырех животных — льва, он символизирует смелость, слона — это сила воли, тигра — это выносливость, и рыси...

Клинок сиял в полуметре от кончика моего носа.

— А рысь? — Я незаметно отодвинулся. — Что символизирует рысь?

— Рассудительность!

Лариса вскинула клинок вверх и замерла.

— Жаль, это сабли, я — шпажистка. В сабле нет проворства шпаги или рапиры, а суть Болонской школы именно в том, чтобы поражать уколом острия, а не ударом лезвия. А это просто селедка какая-то...

— Эту саблю моему деду подарил сам де Голль, — обиделся я. — Селедка...

— Прости. — Лариса засмеялась, провела пальцем по лезвию, тронула острие. — Не, ничего, вполне приличный клинок.

Она подхватила с пола ножны, вложила в них саблю и повесила на стену. Долгим и странным взглядом посмотрела мне в глаза. Я смутился, улыбнулся, но она не ответила улыбкой, а подошла к торшеру и выключила свет.

15

Утро вплывало в спальню светлеющим проемом лилового окна. Притаившиеся в ночи предметы, теряя загадочность очертаний, рассеянно проступали из мрака. Сказка кончилась. Силуэт таинственного единорога оказался моей курткой, зацепившейся за створку мамашиного трюмо. Вывернутые наизнанку Ларисины джинсы распластались у приоткрытой двери, точно были застрелены при попытке к бегству. В сумрачном зеркале угадывался край растерзанной кровати, из-под мятого вороха простыней торчала моя пятка. Больше всего на свете мне хотелось сейчас исчезнуть, провалиться куда-нибудь к чертовой матери.

Щеки мои пылали, ноги противно дрожали. Сердце продолжало колотиться, но уже сбавляло обороты. Восторг, неистовый, на грани безумия, сменился стыдом. Неукротимое желание — апатией. Как же так? Какой срам, какое позорище...

— Такого... со мной... — сдерживая дрожание губ, начал я, но Лариса закрыла мне рот ладонью.

Она придвинулась, прижалась горячим телом, бережно обняла мою голову. Точно баюкая, начала гладить затылок. Я притих. Господи, какая же она чудесная! Как же мне повезло! От неожиданного прилива нежности я чуть не разревелся у нее на груди.

От нее пахло какой-то осенней свежестью, так пахнет на даче, когда мы раскладываем по полу первые сентябрьские яблоки. Я закрыл глаза. Пурпурно-красная лава стала темнеть, малиновый сменился сиреневым, тот, остывая, перетек в ультрамарин. Этот синий, мерцая, начал раскачиваться подобно прибою. Волна вдыхала, накатывала и неспешно отступала. Я уловил этот ритм. Сжав мое бедро ногами, Лариса начала плавно покачиваться в том же ритме. Ее рука скользнула мне на грудь и с томительной неспешностью начала скользить вниз.

Утренние сны у меня самые яркие — мне снился карлик, я с ним играл в карты. Мы резались в дурака. Мы сидели за круглым столом, бархатная червонная скатерть с тяжелой бахромой по краю была выткана золотыми узорами, живые, они постоянно менялись — оранжевые розы превращались в лимонных драконов, зеленые лилии в угольно-черных птиц, там и сям появлялись какие-то крылатые люди, какие-то ведьмы. Лилипут явно мухлевал, он проворно тасовал карты и молниеносно сдавал, бесконечно бормоча какую-то чушь на непонятном языке. Щурясь и хихикая, он подмигивал мне. Карты в моих руках тоже щурились и подмигивали. Валеты строили рожи, десятки превращались в двойки, дамы блудливо облизывали красные губы. Козырной туз прямо на моих глазах бессовестно поменял масть. «Не сметь!» — заорал я. В тот же миг веер карт в моей руке превратился в стаю пыльных летучих мышей. Твари заметались, нервно хлопая крыльями, а карлик неожиданно ловко запрыгнул на стол и начал голосить. Но вместо крика из его граммофонной пасти летел дикий трезвон, раскатистый и громкий, точно внутри мерзавца был спрятан большой школьный звонок. Я зажал уши ладонями и выпал из сна.

Кто-то немилосердно трезвонил в дверь. Пытаясь проснуться, я кувырком скатился с кровати. Лариса простонала мне вслед что-то жалобное. По непонятной причине я был уверен, что это нагрянули родители. Шлепая пятками по паркету, пронесся по коридору. Прильнул к глазку — это была Корнеева, черт ее побери, из восемьдесят пятой.

— Голубок, открой на секунду, я ж слышу, ты там шуршишь за дверью, — требовательно молила соседка. — Ну будь человеком, Голубь!

— Наташ, — я откашлялся. — Голый я...

— О! — жеманно протянула она.

Корнеева оканчивала десятый класс; прошлым летом неожиданно из толстощекой кривляки она превратилась в томную паву с невероятной грудью и чувственным контральто.

— Наташ, давай вечером...

— Не-е, мне сейчас, позарез! Ну пожалуйста!

Щелкнув замком, я приоткрыл дверь. Высунул голову:

— Ну?

— Голубок, сдай мне полтинник. Ленка вчера звонила, сказала, на «Академическую» батники финские завезли, знаешь, типа «сафари», с погончиками, двумя кармашками вот тут и тут...

— Хорошо. Вечером.

— Нет! Мне сейчас нужно! — Она ткнула мне в лицо пачку червонцев. — Вот. Один к пяти.

Вздохнув, я сказал:

— Ладно, — и строго: — Жди тут. Сейчас принесу.

Вернувшись с конвертом, в котором родители оставили мне чеки, я отсчитал пять бумажек по десять. У кого-то из соседей убежало молоко, по лестничной клетке полз горький горелый дух.

— Держи и ни в чем себе не отказывай.

Я уже почти захлопнул дверь, и мне на ум пришла неожиданная догадка.

— Наташ! — высунувшись, позвал я. — А вчера вечером не ты заходила? Где-то после семи?

Она оглянулась, по ее взгляду я понял, что высунулся из-за двери я слишком смело. Подался назад.

— Заходила, заходила, — лукаво ответила соседка, играя беличьими ореховыми глазищами. — И после семи тоже...

Вернувшись в спальню, я смачно шлепнул пачку червонцев на трюмо. Забрался под одеяло. От пальцев гадко пахло сальными купюрами.

— Ну-у что такое... — не открывая глаз, захныкала Лариса. — Ледяные ноги... Кого там черти носят в такую рань?..

— Соседка.

Я не стал говорить, что было уже почти девять утра.

— Любовница? — сонно поинтересовалась Лариса.

— Нет. Пока нет. Исключительно финансовые отношения спекулятивного характера.

— Ей повезло... А то бы мне пришлось ее зарубить шашкой...

Лариса пробормотала что-то еще. Потом, по-хозяйски закинув ногу, прижалась ко мне. Горячее дыхание, ровное и уютное, щекотало ухо, у меня затекла спина, но я терпел и не шевелился.

16

Слово «натура» в переводе с латинского означает «природа», «реальная действительность». Любой предмет реально существует и, значит, имеет свою форму и свое содержание. При рисовании с натуры художнику предоставляется возможность глубоко осмыслить принципы построения объемной формы на плоскости, что составляет основу изображения.

Начинающий художник, рисуя с натуры, постоянно сверяет свой рисунок с моделью; убери модель — и он не проведет и линии. Для мастера модель — всего лишь повод. Как я уже говорил — источник вдохновения. Художник — не фотограф, он не копирует реальность, он создает свою. Эдгар Дега был абсолютно прав: «Рисунок — не форма, а ощущение, которое получает художник от формы».

В процессе рисования происходит любопытный процесс: стремясь создать убедительное изображение, мастер творит на листе параллельную реальность, которая в процессе работы в его сознании становится доминирующей и постепенно вытесняет «реальную действительность» натуры. Иллюзионист начинает верить, что он чародей. Ведь любой хороший рисунок — это не более чем иллюзия. Бумага, графит и немного вдохновения.

Май нагрянул летней жарой и тропическими ливнями. После жалкого апреля, больше похожего на февраль, природа явно пыталась наверстать упущенное. В этом было что-то истеричное, бабье, тут же поползли слухи о грядущем катаклизме и конце света, но у меня не было времени обращать внимание на подобную чепуху. Я был абсолютно счастлив. В лимонно-розовых небесах наивные купидоны изо всех сил дули в свои золоченые трубы.

В Америке вместо простоватого Джимми Картера появился новый президент, бравый старикан из бывших актеров. А у нас придумали новый орден, весь усыпанный алмазами, — «Маршальская звезда»; звезду тут же вручили Брежневу. Мы продолжали помогать братскому афганскому народу, судя по новостям, наши солдаты строили там школы. Почему строительством школ должны заниматься солдаты, никто не спрашивал. О запаянных цинковых гробах, прибывавших из дружественной страны, тоже старались не говорить.

Кстати, я так и не сказал Ларисе, что тем вечером названивал ей. Не сказал я и про то, что Викентьич дал мне ее телефон.

Иногда она оставалась ночевать у меня, но чаще уезжала. Я сажал Ларису в такси или провожал до метро, порой мы добирались до «Краснопресненской». Она крепко целовала меня на прощанье, над нами нависал мрачный памятник неизвестному революционеру с увесистой гранатой в руке. Ни разу я не проводил ее до подъезда. Она жила рядом с зоопарком, говорила, что при северном ветре у них в квартире невыносимо смердит енотом.

Толком я не знал о ней почти ничего. Кроме имени, фамилии и возраста: Лариса Каширская, девятнадцать лет. Все ее истории были из детства — спортивная школа, сборы, соревнования, прыжки в сугроб с крыши гаража, страшная ангина, от которой она чуть не умерла... Черный терьер по кличке Локи, невероятно умный пес, — его пришлось усыпить. Мне иногда казалось, что после шестнадцати лет с ней не произошло вообще ничего. На девятое мая я пригласил ее на дачу. Накануне Лариса осталась у меня, утром в пятницу, навьюченные, как верблюды (вино, шашлык, консервы, кассетник с дюжиной кассет), мы выбрались из квартиры. Один лифт застрял на пятнадцатом, другой еле полз. Наконец двери раскрылись.

— Доброе утро, Клара Степановна, — поздоровался я с соседкой сверху, пропуская Ларису и протискиваясь с сумками в лифт. — С наступающим праздником!

— И тебя, Сереженька. — Соседка чуть улыбнулась, лукаво глянув на нас. — Как папа? Они все в своей...

— Да, в Африке. В Танзании.

— Ты ему привет передавай, — ласково попросила она. — Непременно. И маме тоже.

— Обязательно, Клара Степановна.

Соседку перед парадным ждала черная «Волга». Шофер, ловкий и похожий на царского ротмистра, аккуратно закрыл за ней дверь. Проворно обежав машину, сел и, лихо газанув, укатил. Лариса дернула меня за рукав.

— Это же Клара Лучко! — громким шепотом проговорила она.

— Ну... — я кивнул. — С двенадцатого. Год назад она нас капитально затопила.

— А почему она тебя Сереженькой назвала?

— Отца так зовут. Она постоянно путает. Говорят, у них что-то было, я не интересовался, но мамаша до сих пор...

— У твоего отца — с Кларой Лучко? — Она остановилась, снова ухватив меня за рукав. — С Кларой Лучко?

— Ну не знаю я, не знаю! Болтают. Сплетни, понимаешь, бабьи сплетни.

Я остановился на углу, рядом с ателье, опустил сумки на асфальт. Встал на бордюр и вытянул руку. Конечно, не лучшее место ловить такси, но тащиться на набережную не было сил.

17

На даче нас ожидал мрачный сюрприз.

Расплатившись с таксистом, я долго возился с замком на воротах (за зиму я был тут всего лишь раз). Наконец ключ провернулся.

— Ну ты даешь... — Лариса крутила головой. — Это что — все твое?

— Не мое, — скромничал я. — Дачу деду дали.

— Тут сколько земли?

— Я что, агроном? Откуда я знаю? Гектар, кажется.

Лариса посмотрела на меня — презрение пополам с изумлением.

— Тут весь поселок такой, — начал оправдываться я. — Генштабовские дачи. Поселок «Красный воин».

— «Красный воин», — передразнила она меня. — Почему крепостные не встречают барина хлебом-солью? Непорядок!

Мы поднялись на крыльцо. Лариса шла первая, я за ней, гремя, как Плюшкин, связкой дачных ключей. Ключей, древних и поновее, всевозможных калибров и фасонов, с деревянными бирками на суровой нитке и без — их на связке было не меньше дюжины. Входную дверь отпирал длинный и тяжелый ключ с замысловатой бородкой и чеканным фашистским орлом, у которого дед собственноручно спилил свастику напильником.

— Что это? — Лариса застыла и испуганно подалась назад. — Господи...

На крыльце, под самой дверью, лежал труп большой собаки.

— Это твоя? — с тихим ужасом проговорила Лариса.

— Нет, — пробормотал я. — Нет у меня собаки.

На двери ясно виднелись царапины, бедный пес, наверное, до последнего скребся в дверь.

— Убивать за это нужно, — тихо сказала Лариса. — Живьем закапывать.

— Кого?

— Таких хозяев...

Она взяла у меня сигарету, села на скамейку у колодца. Я направился к сараю, который у нас назывался «теремок», нашел ключ. Внутри пахло плесенью, прелой землей. В потемках, почти на ощупь, я выбрал лопату. Это была штыковая, или, как сказал бы мой дед, лопата Линнеманна, пехотный шанцевый инструмент. Выйдя в отставку, дед занялся садоводством и открыл в себе неожиданный талант к разведению роз. Ему даже удалось вывести в Подмосковье знаменитую розу Альба, ту самую, про которую писал Плиний и которая была гербом династии Йорков. Жизнь иронична: генерал-полковник, Герой Советского Союза, выращивал розы сорта «Мадам Ле Грасс де Сен-Жермен», выведенные к тому же каким-то немецким селекционером-ботаником.

Между двух старых берез я наметил клинком лопаты прямоугольник, начал копать. От колодца время от времени раздавался надсадный кашель. До этого я не видел Ларису с сигаретой. За городом оказалось свежо, почти холодно. Надо мной синело ветреное небо с торопливыми обрывками летящих куда-то по диагонали вверх облаков. Земля была мокрой, будто жирной. Пару раз я натыкался на корень. Клинок с хрустом перерубал его, и я копал дальше.

В «теремке» я отыскал старый мешок, вытряхнул из него мусор и какие-то комья, наверное, забытую картошку. Прихватив лопату, поднялся на крыльцо. Лариса сидела на корточках перед мертвым псом.

— Как страшно... — не поворачиваясь, сказала она. — Понять перед смертью, что ты никому не нужен на этой земле. Ни-ко-му.

Расстелив мешковину, я попытался подсунуть лопату под тело пса.

— Лопатой? Правда? — Лариса презрительно отодвинула меня плечом, наклонилась и взяла труп на руки. На досках крыльца осталось темное сырое пятно.

Хвост повис как тряпка, я увидел желтые клыки и непроизвольно зажал нос ладонью. Лариса жеста не заметила, она осторожно опустила труп на мешковину.

— Давай теперь я...

Встав на колени и пытаясь не дышать, я приподнял собаку и медленно начал спускаться с крыльца.

18

Дача в нашей семье выполняла роль Чистилища — завершив земной путь, вещи оказывались тут, ожидая своей дальнейшей судьбы. Или, говоря прозаичнее, дача была промежуточным пунктом между московской квартирой и помойкой.

Блюдо с трещиной или щербатая чашка, вместо того чтобы отправиться в мусор, оказывались тут, на даче. Протертый ковер и старый диван, на который пролил кагор сам Рокоссовский, черно-белый телевизор с рогатой антенной, стулья с инвентарными номерами и клеймом Минобороны, пыльные абажуры, цыганская скатерть с бахромой, два кресла в серых льняных чехлах — один в один как на картине Бродского «Ленин принимает ходоков в Смольном»... Крестьяне там сидят именно в таких креслах.

Мы откупорили вторую бутылку «Тырново». История с мертвым псом забылась. Лариса, поджав ноги, устроилась в углу дивана. Я, сидя по-турецки в ленинском кресле, делал с нее наброски. Ежедневный минимум — тридцать набросков, Викентьич проверял каждую неделю. Это было условие, на котором он согласился стать моим дипломным руководителем. До защиты оставался ровно год.

— А это что за дырки? — Лариса кивнула на потолок, облизывая фиолетовые от вина губы. — Как от пуль.

— Так и есть — от пуль. Револьвер системы наган, калибр семь с половиной. Дед, говорят, был крут и горяч... До того как начал розы разводить.

— Да-а... — Лариса прищурилась, отпила, оценивающе разглядывая меня.

— Что — да? с вызовом спросил я.

— Ничего. Просто «да».

Я возмутился:

— Это он мою бабку приревновал к кому-то! Ты хочешь, чтобы я тоже так с тобой выяснял отношения? С наганом?

Она потянулась, поставила бокал.

— А что... — ухмыляясь, протянула она. — В этом что-то есть.

— Брутальности ей не хватает... — Я захлопнул альбом, бросил на пол. Одним махом допил вино.

— Не горячись, Голубев, — смеялась она. — Тебе не идет. Ты ведь не генерал, ты же художник. Рисовальщик. За это я тебя и люблю...

Я вздрогнул, меня точно ударило плотной волной — упругой, черной и ледяной. Я встал и медленно, как во сне, пошел к ней. Улыбка ее стушевалась, по лицу скользнуло странное, почти мучительное выражение — что-то между страхом и болью, Лариса растерянно подняла руки, выставив ладони и растопырив пальцы, будто участвовала в пантомиме. Начала что-то говорить, но я не слушал, я уже хватал ее за пальцы, за руки, за плечи, наваливался, вдавливая в старые подушки дивана. И целовал, целовал ее горячие щеки, губы, шею.

Лариса податливо подставила мне свое лицо, эту исполнительность я принял за ответную страсть и суетливо начал расстегивать пуговицы ее кофты неловкими пальцами.

Неожиданно что-то со стеклянным звоном грохнулось на пол. Я отпрянул, обернулся — осколки ее бокала лежали в темно-красной луже.

— Черт с ним... — сипло выдохнул я, снова наваливаясь на нее.

— Постой. — Лариса выставила руки. — Погоди ты... Обслюнявил меня всю.

Она отодвинулась, ладонью вытерла щеку.

— Как же так? Ты же сама сказала...

— Что я сказала? — резко, почти зло, спросила она. — Что я сказала?

Я растерялся, попытался взять ее ладони в свои. С удивлением взглянул на нее, оглядел и себя, точно за минуту с нами случилось нечто невозможное — наполовину безумное, наполовину чудесное — и что нет пути назад.

— Что я сказала?

— Что... что любишь...

— Я сказала «люблю»? Тебе сколько лет, Голубев? Это ж фигура речи! Я много чего люблю: селедку копченую люблю с луком, Набокова люблю, «Дар» особенно, Цветаеву еще, артиста Янковского. Люблю январь, когда солнце и мороз. Люблю купаться голая ночью. В море, в штиль, при луне. Собак люблю. Очень люблю собак.

Я встал, молча собрал осколки в ладонь, пошел на кухню, выбросил в ведро. Вернулся с тряпкой. Лариса сидела в углу дивана, поджав ноги. Вино впиталось в доски пола, бордовая клякса походила на распластанную птицу. Я упрямо продолжал тереть.

— Еще Вертинского люблю... — другим тоном тихо проговорила Лариса.

— Моя бабка от него тоже без ума была, — сухо ответил я, усердно елозя тряпкой по полу.

— Правда? — с излишним восторгом откликнулась Лариса.

— Правда, — холодно отозвался я. — На чердаке — патефон и пластинки.

19

Смеркалось. Через стекла веранды пробивалось солнце, персиковые полосы веером расходились по стене, постепенно бледнели и гасли. Граммофонное фортепиано звучало фальшиво и плоско. Манерный тенор, грассируя, певуче выговаривал вычурные фразы. По странной причине напыщенная выспренность не казалась пошлой, напротив, в ней была какая-то беззащитная правда, почти детская наивность, от которой хотелось плакать. Я видел, как Лариса незаметно провела тыльной стороной руки по лицу.

И никто не додумался просто стать на колени
И сказать этим мальчикам, что в бездарной стране
Даже светлые подвиги — это только ступени
В бесконечные пропасти — к недоступной Весне!

Раздавался финальный аккорд, дребезжащий звук пианино растворялся в тихом граммофонном треске. Игла шипела, повторяя один и тот же звуковой узор. Я вставал, молча снимал пластинку, ставил новую.

Ваши пальцы пахнут ладаном,
А в ресницах спит печаль.
Ничего теперь не надо нам,
Никого теперь не жаль.
И когда весенней вестницей
Вы пойдете в синий край,
Сам Господь по белой лестнице
Поведет вас в светлый рай.

Небо за окном полиняло, стало бесцветным, серо-лиловым. Лишь узкий край у самого горизонта, пробиваясь сквозь черное кружево веток, сиял золотистой ртутью. Пластинки кончились. Чувственный и жеманный голос в последний раз пропел про девушку из Нагасаки и умолк. Я выключил патефон, сел в плетеное кресло. Говорить не хотелось, да и нельзя было сейчас говорить. Где-то, совсем далеко, будто на другом краю света, бежал поезд, с комариным упорством вытягивая певучую нить. Вечерняя птица печально вскрикнула — раз, другой, потом смолкла. Стало тихо, совсем тихо. Мы сидели в темноте, сад почернел, небо наливалось густой фиолетовой синью. Наступал час шустрых фонарщиков — как сказал бы Беккет.

Лариса начала говорить тихим дремотным голосом — так говорят добровольцы, загипнотизированные на этих дурацких сеансах гипноза. Начала фразы я не разобрал.

— ...и от этого еще хуже. Еще подлее. Каторжная красота... никому и в голову не придет, какой ад скрывается под ней. Им кажется, что у тебя и внутри розы да мед. Розы да мед...

— Лариса? — позвал я негромко.

— Ведь и ты тоже? — откликнулась она сонно. — Тоже так подумал, когда увидел меня там, в классе. Голой. Про розы и мед.

Я вспомнил, вспомнить оказалось легко — моя душа восторженно замерла, проваливаясь, точно в пропасть, в восхитительную фантастическую бездну.

— Я подумал, что никого прекрасней...

— Вот... — Она тихо и грустно рассмеялась.

Да, вспомнил. И даже без усилий — тут я был как рыба в воде. Быстрый тунец, с телом, подобным серебряной стреле. Память, увлекаемая фантазией, понесла меня дальше. Так легко в непроглядной тьме нарисовать все, чего пожелает душа, — или этого жаждет тело? Буйная похотливая кровь? Какая, к чертям собачьим, реальность? Какая, к бесу, правда? — нет их. Есть фантазия, мираж, есть алчущие лакомств глаза василиска, горящие мертвыми сапфирами. Что я вообразил тогда, увидев ее на подиуме? Что увидела моя душа? Гордую томную красавицу с инфернальным профилем, как у испанской королевы? Персидскую рабыню с мальчишеской грудью и с крепкими, как у цирковой наездницы, ляжками? Девственную сильфиду туманного бора, что притворяется сладострастной нимфой, или наоборот? Любовь небесную или Любовь земную? Да какая, к черту, разница, петля или гильотина, черное или белое, ад или рай? — ведь единственное, единственное, что имеет смысл в этой жизни...

— Я тебя люблю... — прошептал я чужим плоским, как с граммофонной пластинки, голосом.

Она молчала. Тишь и тьма навалились на меня — глухие казематы, лесные чащи, темные пещеры, — где я? Как я попал сюда. Я услышал, как скрипнуло ее кресло. На веранде у нас были старые кресла, плетенные из ивовых прутьев. Шагов я не услышал, она возникла из тьмы — ее руки, ее губы, мокрые и жаркие. Горькие и соленые. И яблочный осенний запах. Неожиданно все сложилось — именно тут, на веранде, мы раскладывали сентябрьские яблоки.

— Пожалуйста... пожалуйста... не надо, — всхлипывая, простонала она. — Прошу тебя! Нельзя нам... Ты себе не представляешь... это такая мерзость. Ты наивный, ты такой наивный...

Крепкой ладонью она сжимала мой затылок и с какой-то сумасшедшей одержимостью целовала. На миг мне стало жутко. Неужели тот подонок, Малиновский, прав? Неужели банда Костюковича?

— Саламандра? — Я схватил ее руки и сжал запястья. — Это саламандра?

Лариса застыла. Черный силуэт на фоне фиолетового неба.

— Саламандра? — точно спросонья, спросила она. — Какая саламандра?

— Татуировка! Твоя татуировка на ноге! Знак! Клеймо!

— Какое клеймо?

— Банды Костюковича!

— Какого Костюковича? Кто такой Костюкович?

— Бывший доктор. Он находит красивых девиц и зомбирует их. Всякими препаратами. Они становятся как роботы...

— Что за бред? Ты что, серьезно?

Я смутился, замолчал.

— Ты действительно веришь в эту чушь? — Она вырвала свои руки из моих. — Господи! Ну зачем, зачем я связалась с ребенком!

— Не, — оправдываясь, начал я, — ну как же, все ж говорят: доктор Костюкович...

— Ты, наверное, и в инопланетян веришь? Есть маленькие, с большой головой, а другие здоровенные, метра два с половиной. Точно?

— Погоди...

— И в цыган, которые продают жвачку с бритвами внутри? И в секретный телефон Брежнева? И в бабку, что купила икру вместо селедки в Елисеевском...

— Что за бабка? При чем тут икра?

— Ну как же! Старушка купила банку селедки, дома открыла, а там черная икра. А по радио передают: директора Елисеевского расстреляли за контрабанду. Он севрюжью икру в селедочных банках за границу переправлял.

— Дичь какая! — рассмеялся я.

— Ага, вроде доктора Костюковича твоего.

— Ну а как же татуировка? Саламандра?

— Это я с Танькой Соковой после «Ленинградских клинков» сделала. Вроде тайного союза. Она тогда золото взяла, а я бронзу. У Таньки сосед был, художник, Алик-Модильяни звали, у него наколка на руке была «Лучше быть в рядах СС, чем рабом КПСС». Он, кстати, говорил, что у художников-кольщиков в тюрьме самая вольготная жизнь.

Я не видел, но почувствовал ее улыбку. Лариса положила мне голову на колени, я гладил ее волосы и слушал. Слушал и разглядывал звезды — их оказалось невероятно много, целая россыпь крошечных, бескорыстно моргающих бриллиантов.

20

Ее отец был физиком, работал в Курчатовском. Занимался разработкой и испытанием магнитных систем. Пять лет назад, в самом начале января, его арестовали. В шестьдесят четвертой статье со зловещим названием «Измена Родине» среди суконных юридических фраз затерялась невнятная формулировочка «оказание иностранному государству помощи в проведении враждебной деятельности против СССР». За год до того отец ездил в Братиславу, на конференцию; якобы именно там и произошел акт измены. Процесс, разумеется, был закрытым. Приговор — лишение свободы на десять лет с конфискацией имущества. В ночь после вынесения приговора отец повесился в своей камере. Как особо опасный преступник он сидел в одиночке.

Они бы определенно пропали — Лариса и ее мать, — не помоги им младший брат отца. Дядя Слава. Ему удалось спасти часть имущества и денег. Мать — Лариса произносила это слово коротко, точно плевок, — работала завотделением реанимации в Первой градской. После ареста отца ее уволили. Они очутились в подвале общежития на станции Рабочий поселок, в сырой комнате не больше чулана с одной железной кроватью. Мать не могла устроиться даже медсестрой; постепенно стало ясно: из Москвы надо уезжать.

Дядя Слава спас их снова. Через своих влиятельных знакомых он сумел устроить мать врачом в Склиф, в службу крови и консервации тканей. Лариса вернулась в спортшколу. А в июне они переехали к нему жить. В трехкомнатную квартиру в новом ведомственном доме рядом с зоопарком.

Дядя Слава был холостяком и служил в какой-то засекреченной конторе. Невысокий и элегантный, с насмешливыми серыми глазами, один в один как у отца, из кармана двубортного пиджака непременно выглядывал уголок шелкового платка той же расцветки, что и безукоризненный галстук, черные ботинки всегда сияли — по начищенным ботинкам, шутил он, всегда можно отличить джентльмена от мужика. Он вообще был остряком, этот дядя Слава. Ларисе он почти нравился. Единственное, чего она не понимала, за что ее отец так недолюбливал своего младшего брата. Отчего он, отец, когда говорил о брате, всегда морщился, точно от зубной боли.

Разумеется, мать вышла за дядю Славу замуж.

С дядей Славой они зажили весело и нарядно: летом — непременные Пицунда, Дагомыс или «Жемчужина», зимой — Домбай. Водные лыжи сменяли горные. В межсезонье — мидовский «Спутник» или совминовские «Дали» на Николиной горе. Лариса начала играть в теннис на кортах «Чайки», там же плавала и загорала. На прошлогоднюю Олимпиаду дядя Слава раздобыл ей пропуск какой-то невероятной мощи — на красной диагональной полосе было напечатано «Оргкомитет. Проход всюду». Ее день рождения — восемнадцать! — не шутка, справляли в Архангельском, в отдельном кабинете с бархатными креслами, специальными цыганами и сотней багровых роз в хрустальной вазе. Подарок от дяди Славы — улетный двухкассетник «Сони».

21

Я слушал ее тихий голос; в окно вплывал серп месяца, похожий на лимонную дольку, из темноты выступали лица людей, о которых она говорила и которых я никогда не видел: отец-физик походил на композитора Грига, мать напоминала итальянскую актрису Лоллобриджиду, сладострастную девственницу с мягкой грудью в белых кружевах, дядя Слава ускользал и был похож на вертлявого конферансье с бабочкой на шее. Промелькнули пестрым вихрем развеселые цыгане, брызнула и исчезла синева над заснеженными пиками Домбая, вынырнула башня сочинского порта с часами, за ней — раскаленная галька Дагомыса, утренний ветер с Черного моря, свежий и горьковатый, от которого губы становятся сухими и солеными.

По мере рассказа внутри меня зрела какая-то мрачная тяжесть, что-то черное набухало, душно и больно распирало грудную клетку, шершаво подступало к горлу. Слишком уж гладко все складывалось, слишком сахарно. Как она сказала тогда, розы и мед? Не бывает так в наших широтах, климат не тот. Тем более о жанре я был предупрежден заранее. И нутром чуял: не Дисней грядет, скорее Гофман.

— Тот день я запомнила — семнадцатое февраля... — тихо начала она, а у меня дух перехватило, точно я собирался сигануть с моста. Мелькнуло: вот он, Гофман, разворачивается, родимый. Как жахнет сейчас из всех бортовых орудий...

— Мать дежурила в ту ночь. Он... дядя Слава... пришел поздно, после одиннадцати, я уже легла. Постучал в мою дверь, зашел. Сел на край кровати, все это молча — таким серьезным я его раньше не видела. «Нам нужно поговорить», — сказал, а сам молчит, руки свои разглядывает. От этого молчания мне стало жутко, тревожно. Помню еще тот запах, одеколона французского, «Драккар» называется, и табака трубочного, сладкого, как ваниль. Хотя сам он не курит, он вообще очень о здоровье своем заботится — соки свежие, творог с рынка... Мне еще показалось, что он прилично подшофе, хотя по нему вообще не скажешь — может запросто пол-литра убрать, и ни в одном глазу. Странно, сам такой мелкий, а любого лесоруба как нечего делать перепьет.

«Мама наша, — говорит, — нас здорово подвела».

Сказал, а сам свои ногти рассматривает. Так и сказал: «наша мама». У меня внутри все похолодело: что, думаю, она такого натворила, не мужика же на стороне завела? Она, «наша мама», при всем своем сногсшибательном экстерьере — существо совершенно травоядное.

«Она — наркоманка, — сказал он. — Она ворует наркотики у себя в больнице».

Я остолбенела. Наркоманов я не видела, но мне казалось, они тощие и прозрачные, типа дистрофиков, мать — кровь с молоком, можно сказать, дама в теле. Я промямлила:

«Нет».

Дядя Слава сердито отрезал:

«Увы! Я сам все проверил».

Он поднял на меня глаза и добавил:

«Это две статьи, по совокупности на червонец тянут».

Мне стало страшно, я заплакала. Он встал, вернулся с бутылкой коньяка, налил в бокал. Такие большие, круглые бокалы, он еще говорил, что коньяк нужно ладонью согревать. Но сейчас греть не стал — выпил залпом. Подумал, плеснул в бокал и протянул мне.

«Глотни-ка! Как лекарство. Нервы успокаивает лучше валерьянки».

От коньяка я разревелась пуще прежнего. Он налил мне еще. Мне почему-то казалось, что мать уже арестовали, что наутро будет суд, а послезавтра она тоже повесится в камере. Я, сквозь сопли и слезы, ему об этом и сказала. Он почему-то рассмеялся.

«Лара... — Он провел по моей щеке ладонью, своей маленькой, почти мальчишеской ладошкой. — Милая Лара. С виду взрослая, а на самом деле... И на нее так похожа, господи, ну как же так бывает...»

Рука его, холодная, просто ледяная, так и лежала на моей щеке.

«Нет, там у меня все под контролем, эта информация никуда дальше не пойдет. Дело не в этом. Чем она думала — вот в чем вопрос. Как она могла меня так подставить? Она же моя жена! Тут же вся суть в доверии, понимаешь? А как же мы после этого можем ей доверять? Правильно: доверять мы ей не можем. И не будем. Правильно?»

Я кивнула: правильно.

«Это будет нашим секретом, твоим и моим. Ведь ты умеешь хранить секреты?»

Я кивнула опять. Он посмотрел мне в глаза, долго и внимательно.

«Вот мы сейчас и проверим», — он поднялся с кровати и вышел.

Вернулся без пиджака и галстука, в руках стакан воды.

«Выпей», — протянул стакан.

Разжал кулак, на ладони лежала маленькая таблетка.

«Что это?» — спрашиваю.

«Вроде успокоительного. Пей».

Я проглотила таблетку, запила водой. Никакого эффекта, голова кружилась от коньяка, комнату чуть покачивало.

«Ничего?» — он спросил, сел рядом.

«Ничего». — Я хотела отрицательно мотнуть головой и не смогла.

«Как-то странно...» — Язык показался большим и неповоротливым.

Я подняла руку — вернее, я думала ее поднять. Рука не слушалась. Знаешь, ощущение было такое, как у зубного, когда новокаин вколют.

«Что-то со мной... не то... — Язык слегка заплетался, тело как будто исчезло, а вот голова разбухла, точно воздушный шар, который все накачивают и накачивают легким газом. — Дядя Слава, что со мной?»

Он пригладил мои волосы. Вопросительно заглянув в глаза, по-хозяйски убрал прядь со лба, словно я была обычной куклой. Потрогал пульс на шее, накрыл горло ладонью.

«Холодная рука», — прошептала я.

«Знаю, — мягкий и ласковый голос. — Знаю, милая».

Рука сползла ниже, на грудь, знаешь, куда горчичники ставят.

«Ты ведь не станешь мне врать? — шепотом спросил, словно слушал мое сердце. — Не будешь обманывать? Как наша мама обманывает... Не будешь ведь?»

«Нет».

«Очень хорошо. Очень хорошо».

На меня тут накатила такая чудная легкость, думаю, таблетка начала по полной работать, да еще коньяк добавил... Когда я от ангины, тогда в детстве, чуть не умерла — вот на что похоже. Страшно и весело. Восторженно... Вот ведь дурь, правда? Как при клинической смерти, читал ты, да? — когда вроде как сверху все видишь — тело свое, врачей этих: «Мы его теряем! Мы его теряем, Джордж!» И вся эта земная суета уже далеко-далеко и к тебе никакого касательства не имеет. Нет добра и зла, нет тревог, нет стыда — качаешься себе на хрустальном облаке, чистый парадиз! Так легко и радостно, наверное, я вовсю улыбалась, дядя Слава тоже улыбнулся.

«Вот как славно, — шепчет. — Расскажи мне про Таню Сокову».

Мне даже в голову не пришло удивиться, откуда он вообще про нее знает, я сама Таньку года полтора не видела. Как с фехтованием завязала...

«Расскажи мне про вашу тайну. Про секрет ваш».

Про секрет — пожалуйста, а сама лежу сияю, как дура на параде. Пожалуйста, расскажу в подробностях. От таблетки этой на меня такая болтливость напала, язык — что помело. Просто распирало ему все рассказать — и про татуировки наши, и про Питер, и про те сборы в Солнечногорске.

«А как первый раз у вас... это было? — спрашивает. — Подробно рассказывай, не части».

В Солнечногорске, в январе. Мы с Танькой уже тогда неразлейвода были, это ж такой возраст, кажется, важней друзей ничего на свете и нет. А уж когда такой друг, вернее, подруга... Она и моим спаррингом второй год была, и вообще, улетная девчонка... А как мы с ней ржали, как хохотали по ночам! Она придумала такую игру — живые статуи: я вставала в какую-нибудь дурацкую позу — представляешь, голая, на кровати, задирала ногу, запрокидывала голову к звездам, руки растопыривала по-всякому — а она придумывала смешные названия. Чем нелепей, тем смешней. Потом менялись — она была статуей, а я придумывала. Помню, была «Венера, укушенная осой в левую ягодицу»,

«Выходящий из воды Аполлон, смущенный размером своих гениталий», что-то отпадное про женщину с веслом, уже не помню. Дико весело...

А в Солнечногорске, там тоже двойные номера были, это олимпийская база наша, там вообще все на высшем уровне. Солярий, бассейн... Тогда от «Анжелики» все шизели, «Маркиза ангелов», детям до шестнадцати, все дела — помнишь? Я не видела, а Танька мне показывала, как они там обалденно целуются, по-французски. Взасос — ха! — вот еще словечко было... Да, именно взасос... Ну вот она меня целовала, целовала и как-то так само собой...

22

— Так ты что... — Голос у меня сел, я кашлянул. — Ты с ней, с этой Танькой?..

— Да, — просто ответила Лариса.

Повисла пауза, внутри меня шла схватка похоти с ханжеством, брезгливости с ревностью. Я брякнул первое, что пришло на ум:

— Ну и как?

— Ты знаешь, — с неожиданной искренностью в голосе отозвалась она, — очень даже здорово. Женщина женщину гораздо лучше понимает, мы ведь очень тонко устроены. Сложнейший инструмент, на котором еще играть надо уметь, вроде фортепьяно — клавиши, струны, молоточки всякие... Можно сыграть вальс «К Элизе», а можно «Аппассианату» грохнуть.

Мне стало обидно:

— А мы?

— А вы... — Лариса запнулась. — Вы вроде барабана — кожа натянутая да колотушка.

Я надулся. Даже не видя ее лица, чувствовал, как она улыбается. Вспоминает, наверное, свою Таньку. Лесбиянку-фехтовальщицу чертову. Где-то вдали уныло брехала собака, месяц дополз до середины окна и застрял в ветках старой антоновки. Глухая ревность липким ядом вползала в мозг, затягивала тоскливой мутью соблазнительные образы, с мастеровитой проворностью исполненные похотливым воображением — их живые статуи, мерцающая округлость, мягкая тень, персиковый рефлекс — Венера, укушенная осой. Ночной шепот, зажатый ладошкой смех — такие хохотушки эти лапочки, жаркая простыня, от луны бледная, а тело темное, будто из бронзы отлито. Блуждающие руки, слепые и жадные. Пальцы-пальчики проворные... да, фортепиано — мазурка, кадриль, полька-бабочка: аллегретто модерато, виво виваче, престо, престиссимо.

И вот уже выплывает из мрака сладострастная Танька, крепенькая и ладная вроде канатной плясуньи, эта адская красавица, потная и жаркая...

— Кончай дуться. — Лариса на ощупь нашла мою щеку, провела пальцами. — Ты же сам хотел правды.

Вот именно. Хотел правды. Снова она оказалась права.

— И не вздыхай так тяжко. Я же тут, с тобой.

Тут, со мной, а не там и не с ней. Но отчего тогда так муторно, так тошно? Точно весь мир покрасили в свинцовый цвет и серые херувимы, задыхаясь, машут-машут пыльными перьями в грязном небе. И мускулистая Танька, ухмыляясь, медленно облизывает алым языком мокрые губы. Вот ведь гадость...

— Да, — выдавил я из себя. — Я сам хотел правды.

Она тихо рассмеялась; в темноте я мог запросто представить хитрые рыжие искры в ее глазах.

— Голубок, — ласково так, — ну не будь ты фунфыриком.

— Кем?

— Фунфыриком. Так моя бабушка называла таких вот глупых мальчишек. Вроде тебя.

— Дичь какая... Фунфырики...

— Не дичь. — Голос ее стал серьезным. — Или я тебе рассказываю про себя все, честно и не скрывая, а ты слушаешь и ведешь себя как взрослый, с позволения сказать, мужчина...

— Или?

— Или мы с тобой говорим про твоих итальянских возрожденцев, слушаем Вертинского, пьем дешевое болгарское вино, обжимаемся, целуемся и...

Лариса произнесла непристойный глагол смачно и весомо, до этого я не слышал от нее ни одного матерного слова.

— Хорошо. — Я постарался выкинуть порочную Таньку и прочий эротический мусор из головы. — Рассказывай. Что было дальше семнадцатого февраля?

А дальше было вот что.

Дядя Слава слушал Ларису почти не дыша, его ладонь незаметно сползла ей на грудь, пальцы нащупали сосок, Лариса ойкнула, но рассказа не прервала. Она говорила увлеченно, торопливо, азартно, точно боялась куда-то опоздать. После Танькиной истории он потребовал еще. Ей вспомнилась история с соседским мальчишкой и другая, давняя история, совсем уже детская, глупая и слюнявая. Она тараторила, частила, не хуже чем грешный монах частит молитву, пытаясь спасти свою вконец пропащую душу, цепенея от страха и видя, как голодные бесы, населяющие тьму, уже смыкают круг.

Холодная и влажная рука добралась до ее живота, нервный палец поиграл с пупком, потом рука скользнула ниже. Кажется, канула вечность, а после дядя Слава, потный, с пульсирующей серой жилой на лбу, навалился на нее и, дыша коньяком, просипел в самое лицо:

«Ну здравствуй, милая… Здравствуй».

Не знаю, сколько времени прошло. Мы молча сидели на темной веранде, я в плетеном кресле, она на полу, положив голову мне на колени. Не вспомню я и о чем думал — в голове носились обрывки мыслей, похожие на восклицательные междометия. Состояние напоминало контузию, я, как солдат, оглушенный взрывом, пытался выбраться из-под обломков, пытался понять, что делать дальше. Как дальше быть.

— Ведь людям кажется... — Ее бесцветный голос, она тоже пыталась выбраться из-под обломков. — Им кажется, что если у тебя красивое лицо, то и внутри все тоже...

Я не мог вспомнить — говорила она уже об этом или мне чудится.

— А у тебя внутри мерзость и мрак... Мерзость и мрак, — тускло повторила она. — Я не смотрюсь в зеркала, не могу просто. Мне иногда кажется — это я виновата, будь я толстухой или уродиной, ничего не случилось бы. Да еще это проклятое сходство с матерью, ведь он ее по-сумасшедшему любит... вернее, любил. Я ж видела, как он на нее смотрит... вернее... Ты понимаешь?

Я кивнул, будто она могла видеть в темноте. Говорить я не мог.

— Каждую ночь, когда она на дежурстве, он приходит ко мне... Сначала я плакала, умоляла... Теперь...

Лариса тихо замолчала, как игрушка, у которой кончился завод.

К моему горлу подбирался шершавый ком.

— Я бы давно убила себя, но мне страшно. Я ужасно боюсь боли. Смешно. Я перебираю способы. Думаю, застрелиться у меня хватило бы духу. Или спрыгнуть. Подняться у тебя на самый верх и...

— Не надо... — выдавил я.

Мне было лет семь, мы играли на площадке, во дворе. У нас над «Иллюзионом», там, где гаражи. Она, эта женщина, Смирнова, выпрыгнула с четырнадцатого этажа, от удара об асфальт все окрестные голуби взлетели. Я этот звук и сейчас помню, жуткий звук, точно разбился огромный арбуз. У нее на груди, к халату, была пришита картонка «Я не хочу больше жить». Я уже умел читать. Дворники потом из шланга поливали асфальт, но через несколько лет я заметил засохшие брызги на стене, они и сейчас там. Говорили, что она, Смирнова, сошла с ума. Как будто это что-то объясняет.

— Не надо. — Звук проклятого арбуза снова возник в моей памяти. — Пожалуйста.

— У матери я потихоньку ворую таблетки, снотворное. Надо собрать много, чтоб точно не откачали. Пока еще мало, не хватит.

— А я этой зимой чуть не угорел, тут, на даче. От печки. Мы с Людочкой ночевали, а вьюшка, это заслонка такая в трубе, так вот она захлопнулась. Не знаю, как мы проснулись. Вся спальня в дыму, мрак полный. Башка потом три дня раскалывалась.

— Да. — Лариса задумалась. — Это клевая смерть. Вот так, во сне. А Людочка, это та, беленькая, которая рядом с тобой сидит? На пионерку похожая? У тебя с ней было что-то?

— Да так. — Я не стал вдаваться в подробности.

— Понятно... Она ничего, мелковата только и сисек нет совсем. А так... Кстати, я и позировать к вам пошла, чтоб себя наказать, унизить. Знаешь, как в Средние века на базарной площади к позорному столбу привязывали, каждый, кто хотел, мог подойти и плюнуть в лицо.

— Слушай, — осторожно начал я. — А может, в милицию?

— В милицию? — Она хмыкнула. — Знаешь, как гаишники дрейфят, когда он им в морду свое удостоверение тычет? Знаешь, как он с ними разговаривает? Улет полный. Говорит, я тебе сейчас палку твою полосатую по самый не балуй воткну и свистеть заставлю. Представляешь? А потом...

Она запнулась, после паузы сказала:

— Мать же еще. Он мне так и сказал: если кому трепанешь, считай, что лично мать свою на зону отправила.

— Вот ведь сволочь!

От бессилия и злобы у меня внутри все кипело. Я задыхался, меня трясло, как в лихорадке. Какая мразь! Стиснув кулаки, я зажмурился до боли. Гладкое безликое существо выплыло из мрака — я не мог даже представить себе этого мерзавца. Не мог вообразить его лицо. Выходило что-то похожее на тех сизых безглазых рыб, которых достают с глубин. Что-то аморфное, бледное и скользкое.

25

Главный принцип рисования с натуры — от простого к сложному. Изображение предмета начинают с нахождения его абриса в листе бумаги. Рисовальщик должен наметить предметные формы, определить соотношение массы изображаемого предмета и поля бумаги, выявить баланс между ними, уравновесить. Из этого главного принципа вытекает основной закон рисования: от общего к частному и от частного к общему.

После нахождения абриса и основных элементов, составляющих форму предмета, вполне допустимо раздельное видение деталей натуры. Работа над ними почти всегда приводит к дробности и разрушению большой формы. Однако это вполне исправимо, если иметь в виду соблюдение следующего принципа рисования — от частного к общему.

Рисовальщик должен обобщить каждую часть и подчинить целому. Перед этим каждая часть была нарисована в активных светотеневых градациях и поэтому отличалась дробностью. Теперь нужно смягчить изображение, снять четкость силуэтов и контрастов светотени, чтобы получить изображение, которое возникает при цельном восприятии натурной постановки. Делается это за счет ослабления тона в определенных местах рисунка или же его усиления в других.

Таким образом процесс создания рисунка совпадает с принципом баланса и гармонии противоположностей, с основным принципом устройства нашей вселенной, где без белого нет черного, без горячего нет холодного, без добра нет зла. И наоборот.

Началась сессия. Зачеты и экзамены я сдавал как во сне, готовился к ним так же. Погода установилась неожиданно жаркая, улицы пахли бензином и летним асфальтом, было пыльно и ветрено. Наши с Ларисой встречи превратились в мучительные мизансцены какой-то бездарной мелодрамы: недомолвки, картонные диалоги, омерзительная вежливость. Я умоляюще заглядывал ей в глаза и видел, что мы думаем об одном и том же. Иногда фарс взрывался — как правило, виновником был я, — тогда начинался ор, крики сменялись проклятиями и угрозами, которые непременно заканчивались слезами. Лариса рыдала, закрыв лицо ладонями, я, охрипший и беспощадный, отчаянно жестикулировал и требовал, чтобы она немедленно (немедленно! — орал я, тыча в потолок указательным пальцем) переехала жить ко мне или спряталась у нас на даче. Или сняла квартиру. Или завербовалась на Север, на Байкало-Амурскую магистраль. Все мои блестящие идеи разлетались вдребезги от ее мрачной логики: он все равно меня найдет.

Жизнь брала нас на излом. В понедельник позвонили мои из Африки. Мать без особого увлечения выслушала институтские новости, отец, все четыре года вполне убедительно делавший вид, что я нигде не учусь, моими успехами не интересовался, а сразу взял быка за рога:

— Нам стало известно, что у тебя завелась какая-то девица, которая постоянно остается ночевать в нашей квартире. По несколько раз в неделю, последний раз — в субботу. Как видишь, мы прекрасно информированы о твоем аморальном образе жизни. Пока я ответственный квартиросъемщик, я не допущу, чтобы всякие привокзальные (до меня долетел мамашин громкий шепот: «Сереженька, ну так-то не надо!»), именно, именно привокзальные шлюхи ошивались на нашей жилплощади. Я знаю, тебе плевать на доброе имя нашей семьи, на память твоего деда, Героя Советского Союза и боевого генерала, и уж подавно плевать на нас с матерью, и поэтому, будь уверен, я приму все меры, вплоть до уголовных, чтобы прекратить распутство в моем доме. Будь уверен, если эта особа снова появится, ты будешь иметь дело с милицией.

— У тебя все? — сдержанно поинтересовался я.

— Нет не все! — заорал отец. — Когда я скажу, тогда и будет все! Мерзавец! Подлец!

Я не стал дослушивать и повесил трубку.

К концу месяца дела стали совсем плохи. Мне и раньше хотелось взглянуть на дядю Славу, любопытство, сходное с порочной страстью человека ко всему ужасному, непреодолимое желание нагнуться над бездной, вдохнуть ее холод. К концу мая это желание превратилось в настоящую манию, теперь я думал о нем постоянно. Делая уличные наброски, я непроизвольно придавал невинным прохожим демонические черты, преображая благовидного пенсионера в похотливого беса, случайную уличную торговку — в вертлявую ведьму; на листах оживали похабные рожи, скрюченные шишковатые пальцы, иногда мой карандаш рвал бумагу, иногда грифель с хрустом ломался под корень.

Наверное, примерно так люди сходят с ума.

В среду я выследил Ларису и тайно проводил ее до самого подъезда. От метро по Краснопресненской улице, вдоль решетки зоопарка, мимо кованой ограды, за которой в пыльном от тополиного пуха пруду сонно скользили лебеди. Мимо продмага с гигантскими фанерными помидорами и баклажанами в грязной витрине. Мимо сиротливого входа в прокуратуру Краснопресненского района.

Свернув в Волков переулок, прячась за припаркованными машинами, я держал дистанцию и старался не потерять из виду ее белую кофту. Лариса не оглянулась ни разу.

Ее дом примыкал к зоопарку совсем с другой стороны, чем я себе это представлял. Перед домом стоял шлагбаум, сваренный из железных труб и выкрашенный в ярко-желтый цвет. Шлагбаум перекрывал проезд к аккуратной парковке на дюжину машин. Лариса вошла в подъезд, дверь взвыла пружиной и с грохотом захлопнулась.

Я выпрямился и огляделся. К дому примыкал чахлый сквер с неопрятными тополями, тут же были вытоптанная детская площадка, качели, песочница. На краю песочницы сидел парень моих лет. Он махнул мне рукой:

— Але, дилектор!

Он так и сказал, «дилектор». Я подошел. Парень был явно пьян.

— Угостите незнакомца сигареткой, начальник. — Он широким жестом пригласил меня в песочницу.

Я сел рядом, достал пачку. Парень ловко подцепил сигарету, закусив фильтр зубами, прикурил. На новом знакомом был длинный френч с медными пуговицами и грязные до сального блеска джинсы. В песке стояла ополовиненная бутыль какой-то крепленой отравы. Заметив мой взгляд, парень оживился:

— Не желаете вина-портвейна? Южное крепкое, дешево и сердито. Рубль сорок семь. И девушкам, между прочим, нравится. Сладенько!

От угощения я отказался, но за компанию закурил. Парень с аппетитом отпил из бутылки. Он напоминал юного Сальвадора Дали, если бы Дали был цыганом и сбрил усы.

— Сам откуда? — Сальвадор непринужденно перешел на «ты».

— С Таганки.

— О! — вежливо удивился он, точно я обитал в Челси. — Лену Файн знаешь?

Я покачал головой.

— Центровая телка. Ноги — ммм! — Он по-грузински поцеловал щепотку пальцев. — А Ленку Злобину?

Эту Лену я тоже не знал. Я прервал поиск знакомых Лен и спросил:

— Ты сам здесь живешь?

Он кивнул на дом и красиво выпустил дым.

— Соседство с зоосадом удручает. При северном ветре нестерпимо разит енотом.

— А ты случайно Каширскую не знаешь?

— Лару? — Он хитро поглядел на меня. — Из тридцать пятой?

Я кивнул, значит, тридцать пятая. Сальвадор весело подхватил бутыль и неожиданно приятным тенором запел:

— К тете Наде на параде подошел комиссар,
Он подходит сзади-сзади, шумно дышит в небеса.
Флот воздушный, флот воздушный в небесах, в небесах,
Тете Наде стало душно в теплых байковых трусах...

Затем последовал разудалый припев — определенно мой новый знакомый обладал завидными музыкальными способностями.

— Классно поешь, — похвалил я.

— Хочешь, гитару вынесу? — Он обрадовался, даже привстал. — Попоем?

Петь мне не хотелось, не хотелось и обижать его. Я кивнул на бутыль:

— Глотнуть можно?

— Какой вопрос!

Он ловко вытер ладонью горлышко и протянул бутылку мне. Пойло действительно оказалось сладеньким — девушки были правы. Мы разговорились. Он окончил испанскую спецшколу, поступил в автодорожный, отучился два курса и был отчислен, прошлым летом жил в Планерском, этим собирается в Коктебель. Его речь, интеллигентная, почти аристократическая, была пестро разукрашена московским дворовым жаргоном, блатными оборотами и хипповым сленгом. Иногда ни с того ни с сего он начинал петь.

— Ты себе не представляешь, у нас в Крыму такие стремаки были! Я там два месяца жил на аске, с центровым пиплом, из олдовых — Валька Ринга, Феликс-Америка — знаешь? Но неизбежно все эти навороты меня достали, в первую очередь финансовый аскетизм. К тому же береза злобствовала, винтилово каждый вечер. Да еще урла голимая. В лом такой расклад, как ты понимаешь.

— Да, — согласился я. — Без мазы это.

— Без мазы конкретно. Но природа, чувак, чудо что за природа!

К дому подъехала черная «Волга», уперлась решеткой в шлагбаум. Открылась задняя дверь. На тротуар выбрался мужчина, толстый, с пунцовым лицом. Одернул пиджак, степенно направился к парадному.

— Ястребов. Из «Пятки».

— Пятки?

— Пятое управление. Мой батя тоже там пашет. Борьба с идеологической пропагандой и антисоветскими элементами. Вроде меня!

Парень по-жигански заржал, хлопнул в ладоши и жестом фокусника достал из кармана френча новую бутылку.

— У меня стрела в «Яме» забита с Аликом Купером. — Он чиркнул зажигалкой, наклонив бутыль, поднес огонь к пластиковой пробке. — Но, думаю, нам ничто не должно помешать разделить семьсот пятьдесят грамм этого прекрасного алжирского нектара за рубль двадцать семь. Не так ли?

Пластиковая затычка почернела, пластмасса загорелась и начала коптить. Сальвадор задул огонь и, подцепив пробку с другой стороны зубами, ловко откупорил бутыль.

— Прошу! — Он протянул напиток мне.

Наступал вечер. Бесцеремонные московские сизари гуляли у наших ног и клевали окурки. Люди начали возвращаться с работы. У шлагбаума остановилась «Лада», я вытянул шею. Из машины вышел долговязый тип в коричневом костюме, открыл замок и поднял шлагбаум.

— Ты знаешь этого? — спросил я.

— Кого? — Сальвадор пытался кормить голубей табачными крошками. — Этого? Кажется, с пятого. Затрудняюсь точно сказать.

Вышла ухоженная тетка в красном «адидасовском» костюме, с ней пудель. Пес весело подскочил к нам, Сальвадор радостно потрепал его за холку.

— Фу! — брезгливо крикнула тетка. — Фу, Чарли!

26

К шести я остался один, Сальвадор ушел на стрелку с Купером. У меня кончились спички, и я прикуривал сигарету от сигареты. От приторной отравы страшно хотелось пить. Я был пьян, голова начинала тупо болеть. В доме зажигались огни, на кухне второго этажа лысый мужик в майке что-то жарил на плите.

Опустив голову на руки, я с отвращением смотрел на желтые фонари. Тополиный пух плыл по вечернему городу, оплетая его мутной сетью, превращая в кокон. Паутина, проклятая паутина! Она оплетает тусклые лампы, мертвые деревья, пыльные дома, лица людей, их руки... Внезапно, точно спазм боли, меня поразил приступ невыносимой жалости к себе. Я чуть не заплакал. Господи, у меня же никого нет, кроме нее! Кроме моей Ларисы! Я сижу тут, и меня оплетает проклятая паутина, еще немного — и мне никогда не выбраться из этой песочницы. А она в этом чертовом доме, в этой дурацкой квартире, которая принадлежит этому подлецу!

Я представил Ларису: она сидела в самом центре пустой комнаты на табуретке, сверху — тюремный фонарь в жестяном плафоне. Хворый свет падал сизым конусом. Сейчас откроется серая дверь, и в комнату войдет он, человек без лица. Гнусный скот! От омерзения я задохнулся, мои внутренности скрутила судорога, я подался вперед и скорчился в мучительном приступе. Меня вырвало бордовой гадостью прямо в песочницу.

Как же я его ненавидел! Кажется, за всю жизнь я не испытывал большей злобы ни к одному существу. Я встал, несколько раз сплюнул, рукавом куртки вытер рот. От зоопарка пахнуло диким зверьем. Енот, должно быть, хотя я и не был уверен в направлении ветра. Поднял голову: небо стало грязно-коричневым, свинцовые облака по краю были подкрашены кармином. Почему закаты в Москве такие мрачные, будто перед концом света? Неожиданно на меня снизошло что-то вроде озарения — точно добрый ангел, развернув декорацию, показал мне изнанку мироздания.

А, собственно, почему? И кто он такой? Какой-то паршивый стукач, извращенец и подонок! Почему мы вообще должны обращать на него внимание?

— Пошел ты на хер! — крикнул я в небо и бегом бросился к парадному.

Я влетел в подъезд и замер — там был охранник. Старый хрыч в синей униформе сидел за дешевым конторским столом и разгадывал кроссворд. Лампа с железным абажуром, чай, подстаканник, телефон.

— Вы к кому, молодой человек? — Вохровец взглянул поверх очков.

— В тридцать пятую, — небрежно бросил я. — К Каширской.

Главное — вести себя уверенно, главное — не суетиться. Сжав кулаки в карманах куртки, я лениво подошел к лифту, нажал кнопку. Охранник положил руку на трубку телефона. На костяшках синела татуировка «Коля».

— Я с Ларисой только что разговаривал. — Я кивнул на телефон и улыбнулся. — Она ждет меня.

Кабина лифта, кряхтя, ползла с самой верхотуры, с двенадцатого этажа.

На табло сонно зажигались молочные цифры. Рука Коли лежала на трубке, определенно, я не внушал полного доверия старому вертухаю. Лифт миновал девятый этаж.

— Предпочитаете «Вечерку»? — заинтересованно спросил я, по спине медленно сползла холодная щекотная капля. — Мне лично кроссворды в «Труде» кажутся более изобретательными.

— Это «Комсомолка». — Коля оставил в покое телефон, снял очки, моргая посмотрел на меня. — В «Труде» слишком уж заковыристые. Это верно.

Лифт прошел пятый этаж.

— Может, что-нибудь подскажу? — Я был сама любезность. — Вопросы есть?

Он проворно нацепил очки, уткнулся в газету, водя по кроссворду шариковой ручкой.

— Ага! — нашел он. — Американский писатель семь букв, третья «а»?

— Драйзер.

Он потыкал ручкой, считая квадраты. Хмыкнул. Недоверчиво посмотрел снизу вверх.

— Наука, изучающая череп человека?

— Краниология.

Коля крякнул, бормоча, снова начал тыкать шариковой ручкой в квадраты.

— Третья буква «а», — услужливо подсказал я.

Лифт дополз до первого. Дверь раскрылась, я шагнул в кабину. Наугад ткнул в кнопку шестого этажа.

— Персонаж трагедии Вэ Шекспира! — крикнул Коля вдогонку. — «И» краткое на конце! Третья «а»!

Лифт конвульсивно дернулся и потащился наверх.

— Ну давай, давай, милый! — умоляюще крикнул я в щиток с кнопками.

Выскочил на шестом. Нет, этажом выше. Двери не успели закрыться, я уже жал на седьмой. На седьмом кто-то жарил картошку на сливочном масле, последний раз я ел сутки назад. Дверь тридцать пятой квартиры надменно краснела фальшивой кожей почти королевского колера, кокетливые золотые гвозди и якобы антикварная ручка из литой бронзы, по задумке хозяина, должны были внушать респект к состоятельным и не без чувства стиля обитателям. Звонок откликнулся птичьей трелью. Я услышал шаги, и дверь отворилась.

Никто и никогда не реагировал на мое появление с таким ужасом. Лариса открыла рот, но смогла лишь выдохнуть: «Это ты». Да, это был я.

— Собирайся! Все решено! — выпалил я. — Мы взрослые люди! Мы свободные люди и будем жить так, как мы хотим! Собирайся!

Ужас на ее лице сменился растерянностью, страдальческой и бесконечной, как у пятилетней девочки, потерявшейся в толпе, руки сложились в молитвенном жесте.

— Нет... нет...

— Не нет, а да! Собирайся! Ты уходишь со мной прямо сейчас!

— Ты с ума сошел. — Она провела ладонями по лицу, точно пытаясь проснуться. — С ума сошел. Они сейчас будут здесь. Мать звонила, они уже едут...

— Они едут! Пошли они к чертям собачьим!

— Не ори! — Лариса наконец пришла в себя. — Соседи сбегутся.

— Плевать мне на соседей!

Она подалась ко мне, зорко взглянула.

— Голубь, да ты пьян.

— Какая, к черту, разница? Пьян, трезв... Дело в том...

— Дело в том, — перебила она, — что ты немедленно едешь домой...

— Ни в коем...

— Повторяю! — Она схватила меня за грудки. — Немедленно! Я завтра утром к тебе приеду, и мы все решим. Все решим, понятно!

— Но...

— Никаких «но»... Немедленно! — Она сморщила нос. — Что за запах? Чем от тебя воняет?

27

Лифт медленно полз вниз. Не пытайтесь самостоятельно выбраться из кабины, это может привести к падению в шахту, предупреждала табличка. Первый этаж. Охранник, увидев меня, хотел что-то спросить.

— Клавдий, — бросил я на ходу. — Муж Гертруды.

Пнув дверь, я оказался на улице и почти столкнулся с матерью Ларисы. Сходство было потрясающим, почти пугающим. Каким-то сверхъестественным. Не только нос, губы, посадка головы — то, как она подалась назад, пропуская меня, как усмехнулась, — все было точной копией. Включая золотистые искры в рысьих глазах.

— Извините, — пробормотал я.

И тут же, еще до того как включился мой мозг, дикий звериный инстинкт взорвал меня изнутри порцией адреналина — мерзавец должен быть тут! Совсем рядом! Сейчас я увижу его!

На парковке появилась еще одна машина. Экспортная «шестерка», рыжая, цвет этот, вполне уместно ситуации, назывался «коррида». Спускаясь по ступеням, я увидел фигуру у шлагбаума. Уже было темно, я смог различить лишь силуэт мужчины. Он возился с замком. Замедлив шаг, я начал рыться в карманах, достал сигарету. Руки у меня тряслись. Сунув курево в рот, не спеша направился к шлагбауму. Подходя, расслышал, как он материт замок.

— Огоньку не будет? — небрежно спросил я.

Мужчина продолжал мучиться с замком — похоже, у него ключ застрял. Не поднимая головы, он бросил:

— Не курю и вам не советую.

Да, это был тот самый голос, который обещал отбить мне почки. Дядя Слава. Вот, значит, ты какой... Мне стоило невероятного усилия не броситься на него прямо тут, не вцепиться ему в горло, не раздробить его череп об этот желтый шлагбаум. Диковинная смесь чувств оглушила: безумная ненависть, почти физиологическое отвращение и неожиданно веселое злорадство — великий и ужасный дядя Слава оказался на целую голову ниже меня. Вообще он напоминал подростка, эдакого недомерка-отличника, освобожденного от уроков физкультуры.

— Неясно? — грубо сказал он. — Топай отсюда.

Подняв голову, дядя Слава посмотрел на меня.

Безусловно, не претендуя на объективность, готов поклясться, что не видел таких мертвых глаз. Во взгляде рептилии больше тепла, голодный удав глядит на кролика с большей нежностью, глаза аллигатора милосерднее.

Вытащив наконец ключ, дядя Слава почти толкнул меня и направился к подъезду. Фонарь над парадным бил в глаза, темный силуэт тщедушного человека удалялся от меня уверенной походкой. Походкой заносчивого коротышки, походкой чванливого недомерка. Так, наверное, вышагивали все эти карлики, Сталины и Ежовы, Ленины и Троцкие, Наполеоны и Геббельсы, безжалостные пигмеи, не прощающие ничего и никому — ни насмешек школьных приятелей, ни безразличия девиц, ни тумаков дворовых обидчиков. За все придется платить, за все предстоит ответить. Всем и каждому.

Дверь грохнула, я остался один. Сверху, из весело горящих окон, донеслась бодрая до идиотизма свиридовская мелодия «Время — вперед!» — начинались новости. Девять вечера. Я медленно подошел к «Жигулям» цвета «коррида», положил руку на капот. Мотор еще не остыл. Я обошел машину, бордюр клумбы был выложен половинками кирпичей, покрашенных в синий и белый цвет. Я выбрал белый.

Водительский триплекс хрустнул как лед, кирпич застрял в стекле, от него разбежалась ажурная паутина трещин. Тут же завыла сирена. Я бросился в тень, сверху хлопнуло окно, женский голос истошно заорал:

— Вон он! Звоните в милицию!

Я сорвался с места, галопом пересек детскую площадку, перепрыгнул через забор. Петляя между черными стволами, промчался сквозь сумрачный, как сон, сквер. Подтянулся, ловко перемахнул через бетонную ограду. Прыгая через лужи и карабкаясь по плитам, вскачь преодолел какую-то заброшенную стройку. За спиной продолжала выть сирена, к ней присоединились собаки, кто-то истошно дул в милицейский свисток.

Я вырвался на Большую Грузинскую, ноги неслись сами собой. Юрко огибая прохожих, я так стремительно пронзал слепящий отсвет витрин и снова погружался в кромешный мрак, что мне становилось восхитительно весело и легко. Я ощущал себя стрелой шервудского лучника, во мне еще звенел отзвук тетивы.

Душа моя пела, страха не было и в помине, я летел, точно демон мести, гордый и свободный, уверенный в неизбежном торжестве справедливости. Да! Зло должно быть наказано, и оно будет наказано. Непременно! У Тишинского рынка свернул в какой-то переулок и уже через миг выскочил на Садовое кольцо.

Весь путь от Пресни до Котельнической я проделал пешком. До Манежа я бежал, после перешел на быстрый шаг. В десять ноль пять я захлопнул за собой дверь квартиры. Стаскивая на ходу куртку, мокрую майку, стягивая потные джинсы, я дополз до ванной и пустил воду.

Я лежал в ванне, подставив лицо под упругую струю. Пятки мои звенели, перед глазами плыли разноцветные пятна, вспыхивали и гасли неоновые вывески магазинов, моргали бледные огни уличных фонарей. Я был торжественно тих, точно инок после исповеди.

28

Той ночью мне привиделся странный сон.

Я скептически отношусь к толкованию сновидений. Доктор Фрейд с его подростковой фиксацией на сексе просто смешон: почему раскрывающийся зонт непременно символизирует эрекцию, лестница — половой акт, шляпа — вагину, сигара — фаллос? Иногда сигара не более чем просто сигара, доктор. Не говоря уже про лестницу. К тому же Зигмунд Фрейд, упрямый и своенравный старикан, считал сновидения лишь отражением минувшего, саму мысль о возможности предсказания будущего он объявлял шарлатанством и цыганщиной. Кстати, не будь он столь упрям, возможно, смог бы избежать мучительной смерти от рака горла, приснившейся ему за двадцать лет до того. Его друг и коллега доктор Юнг, увидев подобный сон, немедленно бросил курить и, дожив до восьмидесяти пяти лет, умер совершенно здоровым человеком, просто от старости. Умер Юнг в своем доме, в кругу семьи. Через два часа после его смерти разразилась гроза, и старый тополь, в тени которого любил работать доктор, был сражен ударом молнии.

Гораздо ближе мне эллинская идея, теория философов-стоиков о том, что все предметы резонируют друг с другом в космической гармонии. Ты не знаешь и десятой доли того, что знает твоя душа, как писал чуткий провидец, описавший свой страшный конец в «Записках сумасшедшего». Не говоря уже о средневековом монахе-доминиканце, намекавшем на символику приманок и знаков, являющихся в наших снах. Боги не лгут, они просто любят говорить загадками.

Той ночью мне снился страшный слепой подвал, похожий на пыточную камеру. Или склеп. Грязные стены в черной плесени, каменные плиты. Ни окон, ни дверей. Я был в западне. Тут я заметил на полу что-то белое, наклонился: это был кусок мела. Подошел к стене, нарисовал на ней дверь, пририсовал ручку. Потянул — дверь легко открылась, за ней начиналась винтовая лестница, она круто уходила куда-то вверх. Лестница оказалась тесная, я едва продирался, застревал, протискивался. Надежда сменилась тревогой — слишком узким был проход. Но я продолжал ползти вверх. Неожиданно лестница кончилась — моя голова уперлась в круглый люк. Толкнул крышку — на меня обрушился слепящий свет. Белый, солнечный. Открыв люк, я выбрался на крошечную площадку, какие бывают на пожарных лестницах. Я был на самой верхотуре нашей высотки, на звезде, что венчает шпиль. (Мы действительно однажды в детстве пробрались внутрь звезды с соседом Колькой Корнеевым; три года назад Колька ослеп, хлебнув метилового спирта.) Внизу лежала Москва, крошечные дома, мосты, речные трамваи, деревья, лилипутские машины — от высоты и простора у меня захватило дух. Внезапно вода в Москве-реке и в Яузе стала быстро подниматься, тротуары и мосты, крыши домов, верхушки деревьев, все вокруг ушло под воду. Вокруг расстилалась пустая водная равнина. Большая рыбина подплыла и, внезапно выпрыгнув, вцепилась зубами мне в руку. Скользкая и холодная, без чешуи, больше похожая на голую гусеницу, она пыталась перегрызть мне запястье. Страха не было, скорее было мерзко и противно. Я без труда свернул рыбе голову, из раны потекла кровь ярко-зеленого цвета, вроде антифриза, что заливают в радиатор автомобиля. Я выбросил труп рыбы в воду и проснулся в неожиданно радостном настроении.

Боги не лгут, они говорят загадками. Часто, не поняв вопроса, мы уверены в бессмысленности послания: чушь, бред и дичь — вот наша обычная классификация неведомого и таинственного. Какую загадку мне загадали боги в этом сновидении? Я уже знал ответ, но боялся произнести его вслух. За меня это сделала Лариса.

Она появилась рано, раньше, чем я ожидал. Я предвкушал жгучую историю о дерзких пресненских хулиганах, о разбитой машине и тщетной погоне. Нет. Лариса прошла на кухню, зажгла газ, молча поставила чайник на плиту. Уперев ладони в подоконник, уставилась вниз, на набережную, на реку. Я подошел, встал рядом. По воде ползла баржа, груженная сухим желтым песком. Три большие кучи напоминали пирамиды в Гизе. На склоне одной, закинув руки за голову и накрыв лицо кепкой, загорал полуголый матрос.

— Мне такой сон приснился. — Я обнял Ларису, нежно сжал плечо.

Она не ответила. Я провел ладонью по спине, блудливо перебирая пальцами, спустился по позвоночнику в ложбинку крестца. Вопросительно приостановился на безразличной талии — с таким же успехом я мог бы ласкать дерево. По песку вокруг спящего матроса бродили чайки.

— Лариса… — начал я.

— Какой сон? — перебила она, не отрываясь от окна.

В словесном изложении сон получался не ахти, мрачные образы и жгучие ощущения становились плоскими и наивными, но мне не хотелось привирать или придумывать, я рассказывал все, как помнил. Лариса слушала молча, а может, и не слушала вовсе; история моя уже подбиралась к драматическому моменту затопления столицы, как она вдруг спросила:

— Что там случилось на даче, когда ты чуть не угорел? С этой... как ее...

— С Людочкой? При чем тут Людочка? Я тебе рассказываю...

Она резко повернулась ко мне, от ее взгляда я осекся.

— Там в печи, наверху, есть такая заслонка, вьюшка называется. Это вроде задвижки в трубе. Когда не топят печь, вьюшка закрыта...

— Зачем?

— Ну чтоб холодный воздух в комнату через трубу...

— Ясно, — снова перебила она. — Дальше.

— Ну мы приехали, затопили печь. В дедовой спальне, это самая маленькая комната, ее быстрее всего протопить можно. А когда заснули, эта вьюшка сама захлопнулась. Если б я тогда случайно среди ночи не проснулся...

Лариса снова уставилась в окно. Баржа уже проплыла под мостом и приближалась к стенам Кремля. Я представил себе, как генсек Брежнев через пять минут из своего кабинета увидит спящего матроса.

— Я тоже видела сон. — Лариса неуверенно коснулась пальцами стекла, точно проверяя его наличие. — Мне приснилась рыба.

29

Торжество справедливости — какое еще чувство может быть выше, восторженнее этого чувства! Несомненно, только любовь. А если у тебя в душе оба эти чувства, если они кричат, если взрывают изнутри все твое бурлящее естество? Я задохнулся, точно, сидя в первом ряду, слушал финал вагнеровской «Валькирии».

Легко быть добрым. Так просто оставаться невинным. Не грешить, не роптать, изо дня в день подставлять другую щеку. До старости оставаться безгрешным и тихим младенцем, ведь их так любит Иисус. Почти так же, как и блаженных. И как заманчиво объявить лень и трусость благочестием, а безволие назвать смирением. Так всех нас в трусов превращает мысль, и вянет, как цветок, решимость наша. Вот уж воистину — так помяни мои грехи в своих молитвах, нимфа. Вот ведь гений, этот сукин сын!

Но что есть грех? И в чем его мера? Не может же Он, наш высший судья, в самом деле приравнять уныние к предательству? А гордыню — к прелюбодеянию. Да, грешить страшно, и так мучительно жить с грузом греха. Яд гнева, паутина лжи — как жить с паутиной в душе, с ядом в сердце? А убийство? Как тащиться по жизни с таким камнем? Но ведь Он милосерден, и в первую очередь милосерден именно к грешникам (ну, и к детям, конечно, не говоря о блаженных). Ведь смысл истинного милосердия — в прощении грехов, и Он бесконечно милосерден к заблудшим душам, которые чистосердечно раскаются в своих грехах.

Лариса строго посмотрела мне в глаза:

— Я не стану плакать, если он умрет.

Произнесла так, словно вдавила печать в расплавленный сургуч. Спокойно и уверенно. Рысьи глаза цвета крепкой заварки светились решимостью.

— Я тоже. — Сжав ее запястье, я притянул ее к себе. — Я тоже.

Ее спокойствие передалось мне. Да, все решено! И приговор справедлив. Ведь великий Мастер мог сотворить нас какими угодно, Он всемогущ, и фантазия его безгранична, но отчего-то Он создал нас по образу и подобию своему. Не послушанье рабское вдохнул Он в человека, а свободную волю. Да и Его самого не упрекнуть в смирении, не отличается Он и долготерпением, со всепрощением тоже не все так гладко — один Потоп чего стоит, а еще изгнание из рая, Содом и Гоморра. И если Он мстит, то месть его страшна и беспощадна. Высшая справедливость — вот главная мера добра и зла. Вот божественные весы жизни и смерти.

— Я люблю тебя, — не отрывая взгляда от ее глаз, негромко проговорил я.

— Я люблю тебя, — отозвалась она так же тихо.

На плите радостным и взволнованным свистом запел закипающий чайник.

30

Близился полдень, растерзанная родительская кровать, разделенная солнцем по диагонали, левой половиной утопала в плотной, почти рембрандтовской тени, правая часть, сияя скомканным шелком версальских простыней, будто парила в пыльном снопе летнего золотистого света.

Листая альбом ленивой рукой, Лариса пристроила голову мне на грудь, ее божественные ноги, вероятно, отлитые из золота высшей пробы не кем иным, как Бенвенуто Челлини, упирались пятками в резную спинку кровати.

— Моего батю кондратий бы хватил, если б он знал, кто фотограф. — Я перебирал пальцами ее волосы, на солнце они казались пурпурно-бордовыми. — Ему альбом этот какие-то официальные негры подарили, негры тоже, наверное, были не в курсе. А может, наоборот, идеологические диверсанты.

— А кто? — Лариса заглянула на оборот суперобложки. — Старушенция какая-то.

Альбом назывался «Нубийцы — люди с другой звезды», автор и фотограф — Лени Рифеншталь. Самая знаменитая женщина Третьего рейха, гениальный кинорежиссер, посредственная актриса и неважная танцовщица, автор классической ленты документального жанра «Триумф воли», фильма такой мощи, что его запретили в Германии. За другой фильм, «Олимпия», посвященный Олимпийским играм в Берлине 1936 года, она получила золотую медаль Олимпийского комитета и главный приз Венецианского кинофестиваля. Рифеншталь была личным другом Гитлера, Геббельс пытался переспать с ней, но получил отказ. После краха Третьего рейха ее трижды пытались осудить, но нашли виновной лишь в «симпатиях к нацизму». Сама

Лени не отрицала, что подпала под обаяние фюрера, демоническую суть которого распознала слишком поздно. Ее не интересовала идеология, она с таким же азартом могла бы снимать извержение вулкана или надвигающуюся стену цунами. Визуальная фактура Третьего рейха с его факельными парадами, сияющими орлами, стройными колоннами белокурых красавцев была всего лишь объектом, всего лишь натурой. И снова, в третий раз, ей поверили и отпустили.

Думаю, она не лукавила. Ведь художник, живя среди людей, пребывает в несколько другом измерении, чуть-чуть в иной реальности. Еще до начала войны Лени потеряла интерес к тевтонскому шарму фашизма. В тридцать девятом она приступила к съемкам исторической драмы «Пентесилея», работу пришлось остановить из-за вторжения немецких войск в Польшу. Лени стала свидетельницей расстрела мирных поляков в городке Коньске, где квартировала ее съемочная группа. В ужасе она написала об этом своему другу Адольфу, но тот не ответил.

— А в сорок третьем, когда Паулюс замерзал под Сталинградом и когда решалась судьба Рейха... — Я сделал паузу. — Знаешь, чем занималась Рифеншталь?

— Ну?

— Она собиралась снимать фильм про Ван Гога. Про чокнутого голландца, который в нынешней Германии, скорее всего, угодил бы в Бухенвальд. После «Триумфа воли» Лени не сняла ни одного пропагандистского кадра.

— А до этого?

— А до этого ее увлекла эстетика фашизма. Форма, а не содержание.

— Так ты хочешь сказать, что художник не несет ответственности за свое творчество? — Лариса тряхнула головой. — Убери руку.

— Пожалуйста. — Я убрал. — А ты считаешь, что ее надо было повесить в Нюрнберге? Да?

— Ну не повесить... Но нельзя же к художникам подходить с другой меркой!

— Нельзя? — возмутился я. — К каждому человеку нужно подходить с особой меркой!

— А уж тем более к художнику!

— Ну такого, как Налбандян, за его «Полковник Брежнев с десантом на Малой земле», я бы собственноручно выпорол на Красной площади.

— А чем твоя Рифеншталь лучше?

— Рифеншталь — гений. — Я зажал Ларисе нос пальцами. — А Налбандян — бездарь и холуй.

Лариса вывернулась и, вскочив на колени, звонко треснула альбомом мне по голове. Я возмутился, тут же ногами обхватил ее талию и завалил на спину. Альбом шлепнулся на пол, раскрывшись глянцевым разворотом, где хрупкая семидесятилетняя бабушка с фарфоровой улыбкой стояла в безупречно отутюженном костюме сафари в окружении мускулистых гигантов шоколадного цвета, невинно, как в раю, выставляющих напоказ свои полуметровые фаллосы.

Подмяв Ларису под себя, я нашел ее губы; она еще продолжала сопротивляться, но уже без азарта, а скорее так, для виду. И тут раздался звонок в дверь.

31

— Кто там? — прильнув к двери, спросил я.

На лестничной клетке не горел свет, в глазок я сумел различить лишь силуэт. Скорее мужской, чем женский.

— Квартира Голубевых? — Голос звучал официально, с малороссийским выговором. — Участковый. Лейтенант Бельмах.

Я стоял голый перед дверью и не знал, что делать. Очень хотелось послать лейтенанта к чертовой матери.

— Что вам нужно? — спросил я.

— Откройте. Не могу же я с вами говорить через закрытую дверь?

— У вас неплохо получается.

— Не надо умничать. Откройте дверь.

— Я не одет.

— Я подожду.

— Ждите.

Я вернулся в спальню. Лариса, стиснув голые колени, настороженно сидела в углу кровати. Она тревожно взглянула на меня.

— Мент. — Я вытащил джинсы из-под кровати. — Участковый.

— Что ему нужно? — спросила она.

— Понятия не имею, — соврал я; мне было известно, откуда дует ветер. — Сиди тихо.

Чмокнув Ларису куда-то в голову и на ходу натягивая майку, я пошел открывать. Участковый оказался рыжеватым молодцом чуть старше меня, похожим на плакатного комбайнера времен покорения целины. Я впустил его в прихожую, милиционер снял фуражку и пригладил свой деревенский ежик. Его взгляд приковала отчаянно сисястая статуэтка африканской богини Кабо-ну, украшавшей подзеркальник.

— Богиня бушменов, отвечает за осадки и плодородие почвы, — вежливо проинформировал я. — Что вас привело ко мне, лейтенант Бельман?

— Бельмах, — с непонятным раздражением поправил лейтенант; один из передних зубов у него был стальным. — Это белорусская фамилия, очень старая белорусская фамилия. Древняя.

— Извините. — Мне вдруг стало любопытно: есть ли вообще среди участковых евреи? Хоть один? — Да, конечно. Лейтенант Бель... мах.

Лейтенант с древней белорусской фамилией кашлянул в кулак.

— Гражданин Голубев, — начал он не очень бодро, — у нас есть сведения, что на вашей жилплощади собираются лица подозрительного характера...

— Какого характера лица? — не понял я.

— Подозрительного... лица... характера.

— Погодите, лейтенант. Как у лиц вообще может быть характер? У лиц могут быть черты. Приметы, на худой конец. Покатый лоб или оттопыренные уши, широкий нос или скошенный подбородок. О каких чертах мы ведем речь?

— О подозрительных... — неуверенно произнес милиционер. — Лиц чертах.

Сердечно улыбаясь, я развел руками:

— Вы бы так и сказали! Лиц подозрительных черты! Вот о чем вы! Кстати, ваш земляк, минский оперуполномоченный Чезаре Ломброзо делил всех преступников на четыре группы — душегуб, вор, насильник и жулик. Он считал непременной чертой лица душегуба — проще говоря, убийцы — широко расставленные глаза. Ломброзо предлагал всех этих, с широко расставленными глазами, отловить и посадить в каталажку еще до того, как они кого-нибудь придушили или зарезали. У насильника, по его мнению, должны быть крупные надбровные дуги, знаете, как у орангутанга. У жулика — маленький рот, а у вора — длинные мочки. Вот такие. — Я потянул вниз свои уши. — Так кого мы ловим в моей квартире?

— Гражданин Голубев. — Мент начал злиться. — Давайте по-хорошему...

— Давайте, — радушно согласился я. — До свидания.

Сделав шаг и потянувшись к двери, я начал теснить его к выходу.

— В связи с постановлением Моссовета и в целях усиления борьбы... — быстро заговорил он, отступая. — С хулиганством и тунеядством на территории...

— Приятных выходных! — Я распахнул дверь.

— Вы не являетесь ответственным квартиросъемщиком и поэтому не имеете права оставлять на ночевку лиц с неустановленной пропиской и...

Он оказался за порогом, я начал закрывать дверь:

— Все! Привет!

— Диссидент патлатый! — зло прошипел участковый в дверную щель. — Хиппи!

Я захохотал:

— От Бельмана и слышу!

От души грохнув дверью, я обшарил куртку на вешалке, вытащил сигареты. Пошел на кухню, спички ломались, только с третьей удалось прикурить.

— Консьержка стукнула? — Лариса стояла в дверях, она успела одеться и даже причесаться.

— Да. — Врать было бессмысленно. — Но один черт они не могут врываться без ордера...

— Без чего? Без ордера? — Лариса простодушно рассмеялась. — Мы что, в Сан-Франциско, штат Калифорния?

Я буду разговаривать с вами только в присутствии моего адвоката! Да?

Она подошла ко мне, неожиданно строгая, с прямой спиной. Двумя пальцами, как пинцетом, взяла у меня изо рта сигарету. Прикрыв глаза, сосредоточенно затянулась, внимательно и чутко, будто пытаясь мысленно проследить путь дымного яда по своим дыхательным путям.

— Мы должны быть очень осторожны, Голубок. Предельно осторожны.

Она еще раз затянулась, выпустила дым и со злостью воткнула сигарету в горшок с вялым кактусом.

— Все, — добавила. — Игры кончились.

Тут она снова была права: игры действительно кончились. Если вам доводилось когда-нибудь планировать убийство, вы с Ларисой наверняка бы согласились.

32

Как у любой сложной задачи, у этой было несколько, а именно три аспекта: моральный, психологический и физический. Оставим на потом моральный аспект. Представим, что вы должны уничтожить носителя абсолютного зла, которого и человеком-то можно назвать лишь по биологическим признакам. Какого-нибудь Адольфа Гитлера, Иосифа Сталина или, к примеру, доктора Менгеле. И не просто уничтожить, а уничтожить своими руками. Лично нажать на спусковой крючок, всыпать яд, воткнуть нож.

Вот тут моральная составляющая начинает переходить в психологическую. Любой из нас, даже самая нежная барышня, не моргнув глазом, прихлопнет комара. Мы все, включая барышню, без проблем прибьем муху или пришлепнем шершня. Раздавить каблуком червя, пожалуй, тоже будет несложно. Раздавить крупную лягушку — барышня явно выходит из игры, отрезать голову и выпотрошить судака возьмутся многие, особенно рыбаки. А вот сделать то же самое с живой курицей — тут у нас остается исключительно сельское население и несколько решительных мужчин из бывших военных. Перерезать горло барану — с этим, пожалуй, справится кое-кто из джигитов. Заколоть свинью или забить быка может лишь профессионал, деревенский мясник или испанский матадор.

Я не джигит, не мясник и далеко не матадор. И не солдат, у нас в институте даже не было военной кафедры. В детстве я не стрелял из рогатки по голубям, не швырял камни в бездомных собак, не таскал кошек за хвост. Когда умер мой вуалехвост, я всерьез горевал несколько часов (мне было семь лет). Поэтому при всей свирепой, воистину космических пропорций, ненависти к дяде Славе меня смущала моя девственность в этом макабрическом ремесле.

Здесь психологический аспект переходит в физический. Пожалуй, точнее будет назвать его практическим. Здесь мы задаем вопрос — как. Как это сделать.

По этому вопросу существует обширная библиография. После незамысловатой истории с ослиной челюстью человечество придумало сотни других, более изощренных способов убийства. На эту мрачную тему написаны миллионы книг: эллинская литература, начиная с Гомера и Эсхила, насквозь пропитана человеческой кровью, авторы Средневековья поддерживают погребальную традицию — один Данте чего стоит, в «Божественной комедии» на тысячу трупов всего лишь один относительно живой персонаж, не считая собаки (или это был волк?), в дальнейшем в эстетику светской литературы влился еще один источник — фольклор варварских народов с их калейдоскопом чудовищно кошмарных историй; для общего впечатления достаточно почитать сказки, собранные братьями Гримм, или скандинавские саги. Из готического или рыцарского романа выросли Эдгар По, Гофман, Вильгельм Гауф, Амброз Бирс.

— При чем тут Амброз Бирс? — грубо перебила меня Лариса. — Эдгар По? Ты можешь заткнуться?

Я заткнулся.

— Ты можешь прекратить болтать? — чуть мягче добавила она. — Ты думаешь, тебе одному страшно?

Она протянула руку, сжала мое запястье, ладонь ее была как ледышка.

— Так холодно... — прошептала она, прижимаясь ко мне. — Лето, а холод, как...

Она не договорила, задумчиво произнесла, точно разговаривала сама с собой:

— Яд, безусловно, самый оптимальный вариант. Но яд обнаружат при вскрытии. Да и где его взять, яд?

— В магазине «Юный химик»... — Я осекся, но Лариса улыбнулась почти благосклонно. — А может, когда он принимает ванну, ему туда утюг электрический уронить?

Она задумчиво кивнула, мол, неплохая мысль.

— Или, — воодушевился я, — подсыпать снотворного в чай и спящего утопить в ванной?

— Хорошо. Это очень хорошо. Вот только он душ предпочитает. В душе как-то сложно утопить...

— Да, в душе сложно... А что, если...

— Но снотворное — это очень хорошо... — Она не слушала, зло посмотрела сквозь меня. — Поглядим, как доктору понравится его лекарство.

— Какое лекарство?

— Та дрянь, которую он мне тогда подсыпал. «Эликсир правды» у них называется — он сам потом мне сказал. Его на допросах используют: руки-ноги отключаются, будто паралич, но при этом болтаешь как заведенный. Две таблетки...

— Где их взять, таблетки? Не пойдем же мы в аптеку покупать?

— Не надо в аптеку. Я их у матери... — Она сделала элегантный жест рукой. — Таблетки есть. Таблетки есть, а вот плана... Плана у нас нет.

Моя фантазия тяготела к технически изощренным идеям: я предлагал перерезать тормозные шланги в его «Жигулях», отравить спящего газом, подсыпать толченый алмаз в овсянку.

— Алмаз? — недоверчиво переспросила она. — А кто его толочь будет? Дальше думаем.

Резонный аргумент. И мы думали дальше.

В процессе произошла любопытная трансформация: дядя Слава стал именоваться просто «он» или «славный малый», к тому же мое сознание перестало воспринимать его как реального человека, он перешел из категории реальных живых мерзавцев в категорию почти вымышленных злодеев.

Утратив трехмерность, «славный малый» стал картонным страшилищем, фанерным Бармалеем, балаганной мишенью, в которую, смеясь, можно швырять камни, стрелять из лука или метать ножи и томагавки.

— Слушай! — Глаза Ларисы таинственно засветились. — Ведь твой папаша мотается по заграницам?

— Ну он типа в этом, как его… — прикидываясь придурком, ответил я. — Во Внешторге работает.

Она не обратила внимания.

— У вас есть карты? Городские карты? Ну типа Лондон там, Париж, Нью-Йорк?

Я кивнул, не понимая, к чему она клонит.

Из нижнего ящика стола вытащил стопку разного бумажного барахла, привезенного отцом из командировок. Вывалил на ковер. Пестрые брошюры отелей, какие-то рекламные листовки, журналы с яркими обложками на глянцевой бумаге и, конечно, карты. Парижа и Лондона не оказалось, зато были Стамбул, Улан-Батор и Хельсинки.

— Очень хорошо! — Она раскрыла карту Стамбула, разложив по полу бумажную гармошку с путаницей незнакомых улиц и переулков. — Кажется, у нас есть план.

33

План был великолепен. Он был прост и логичен, а главное, безупречен. Лаконичен, как изречение гения. Зависть кольнула меня под лопатку, мне слегка, совсем чуть-чуть, стало обидно, что столь изящная конструкция родилась не в моей голове.

Лариса с победным видом посмотрела на меня сверху вниз, я, сорвав с головы невидимую шляпу, в почтительном реверансе отступил назад.

— Да, миледи! — Я шаркнул по полу воображаемым плюмажем из страусиных перьев. — Восхитительно!

В отличие от хода моей мысли, по-мужски рациональной и тяготеющей к использованию всевозможных механических приспособлений, ее идея была чисто женской, целиком построенной на изощренном коварстве. Точнее, на психологии.

— Похотливый мужик тупей барана, — заявила она. — И не надо делать такое лицо. Это правда, и это очень хорошо. Похотливый баран сам пойдет, куда его поманят. И будь ты хоть Эйнштейн, хоть Ньютон, хоть Пифагор — если у тебя встал, то в этот момент твой интеллект не выше интеллекта птеродактиля...

— При чем тут...

— Пардон, питекантропа. Но это не важно.

В ее плане отсутствовала ванна с серной кислотой, не было хитроумного перстня с отравленным шипом, равно как и отравленного зонтика, не планировалась ловушка с опускающимся потолком или бомба под капотом, для осуществления не требовался даже кинжал, топор или револьвер. Повторяю, план был поразительно прост.

— Прежде всего мы должны перестать встречаться. — Она выставила ладонь, сдерживая мой протест. — На время! На время. Тут такая слежка, просто Алмазный фонд! Участковые, консьержки... Не хватало, чтоб еще твои перенты нагрянули.

— Я что-нибудь придумаю...

— Не надо ничего придумывать. Надо просто затаиться. И все.

Я покорно кивнул.

— Тем более тебе будет чем заняться. Сколько соток у тебя на даче?

— Гектар, — пожал я плечами. — А при чем тут...

— На этом гектаре тебе нужно найти место, где никто и никогда не будет копать. И там вырыть яму.

— Ты сошла с ума? Ты хочешь тащить... его... в ковре, что ли? Как в кино, да? Или распилить и рассовать по чемоданам? Я не собираюсь пилить...

— Угомонись! Никто не собирается никого пилить. Он сам приедет на дачу. Тебе нужно будет лишь его закопать. После... Потом.

Я потянулся за сигаретами.

— Дай и мне, — кивнула она на пачку.

— Ты ж не куришь, — сказал я, чиркая зажигалкой.

— Потом брошу. — Она глубоко затянулась, неумело придерживая сигарету тремя пальцами — большим, указательным и безымянным. — Он сам приедет. Я ему скажу, что мне подруга оставила ключи...

— А если он не согласится?

— Голубок, милый мой. — Она ласково тронула мою щеку. — Он не просто согласится, он туда помчится быстрее лани, полетит скорее ясного сокола. Пусть этот вопрос тебя не тревожит.

От этой ее самоуверенности мне стало неловко и неприятно, точно она и меня каким-то образом обидела своим пренебрежительным высокомерием. Я пожал плечами, выпустил аккуратное кольцо в ее сторону.

— Ой! — Она восхищенно выставила ладонь. — Какой отпад! Научи меня тоже, а?

— Потом. Дальше что?

— Дальше: мы приезжаем, пьем шампанское, я чистое, он с таблеткой. Потом я говорю, что мне холодно, мы зажигаем печку, он вырубается, ты закрываешь эту, как ее...

— Вьюшку. — Я задумался. — А как с машиной быть? Вы ведь на его «шестерке» приедете. Что, ее тоже закопать?

— Можно, конечно, и закопать, — усмехнулась она. — Но лучше, я думаю, на ней доехать до Болшева или Подлипок. И там оставить, с ключами в замке зажигания. Как ты думаешь, сколько она там простоит, прежде чем ее угонят?

Она была права: «шаху», да еще экспортную модель, да к тому же в Подмосковье, умыкнут в два счета. Угонят, перебьют номера, перекрасят и продадут. Была машина — нет машины. Просто и гениально.

— А Стамбул при чем тут? — Я кивнул на раскрытую карту. — Мы из Болшева прямиком в Турцию рванем?

Она коварно улыбнулась:

— Не мы. Он в Турцию рванет.

— Не понял...

— Его же начнут искать, правильно?

— Коллеги, — хмыкнул я. — Они в первую очередь.

— Вот именно. Кого будут расспрашивать? Правильно, домашних. Будут рыться в его вещах, найдут карту. Я аккуратно намекну: да, мол, пела пташка что-то про дальние страны и берег турецкий. Обещала горы золотые, соблазняла невинную девушку нецелованную, утреннюю маргаритку ненюханную...

— Ты там не переиграй, маргаритка. Это ж контора, профи. И с карты наши отпечатки пальцев стереть не забудь...

Она попросила не провожать ее, мы молча стояли в сумрачной прихожей. Мне казалось, она уезжает навсегда. Вообще все это напоминало какие-то похороны. Мое отражение в зеркале напоминало лицо хворой собаки с невероятно печальными глазами. Лариса выглядела не лучше.

— Ну... Я пойду. — Она кусала губы, комкала рукав моей рубашки. — Я позвоню.

— Вечером? Сегодня вечером?

— Не знаю... Выйду и позвоню.

Мы снова замолчали. В темный коридор проникали косые лучи с кухни. В ярком свете неспешно плыла серебристая пыль, дубовый паркет матово сиял в солнечных лужах, отдаленно напоминая что-то католическо-кафедральное. Чтобы окончательно меня доконать, не хватало певучего органа и кристального детского хора. Мне начало казаться, что кровь моя густеет и застывает в венах, сердце, окончательно разочаровавшись во мне, тяжелеет и стучит все реже и реже. Что оно уже почти превратилось в камень. Архангелы, с серыми от пепла лицами, сложив крылья, один за другим падали на выжженную землю.

Лариса до крови прикусила нижнюю губу. Она слизывала кровь языком, но красная капля появлялась снова и снова.

— Слушай, — странным чужим голосом начала она. — Что бы ни случилось...

— Все будет хорошо, — глухо, как из могилы, остановил ее я.

— Что бы с нами ни случилось, — повторила она упрямо. — Я никогда не забуду...

Ее лицо, беспомощное, почти жалкое и некрасивое, исказила болезненная гримаса, точно Лариса пыталась проглотить что-то, но это что-то безнадежно застряло в горле. Наше прощание становилось невыносимым, ведь я и сам уже был готов завыть волком.

— Пожалуйста, не надо. — У меня вырвался дурацкий смешок, который начинался как всхлип. — У меня совершенно эгоистические побуждения. Не надо представлять меня бескорыстным героем, эдаким дураком-рыцарем, безвозмездно рубящим драконьи головы. Я это делаю в первую очередь для себя, просто моя цель случайно совпала с твоей. Я это делаю потому, что хочу быть с тобой. А он стоит у меня на пути. Все практично и рационально. Вот так.

Наверху, в квартире Клары Лучко, кто-то отчаянно терзал рояль. Мелодия, по-цыгански ретивая, напоминала «Венгерские рапсодии» Листа.

— Выкинь из головы, будто я это делаю для тебя. И что ты мне должна быть благодарна. — Я старался говорить спокойно и убедительно.

Она покачала головой, как бы говоря: врешь ты все, не верю я тебе. Сложила пополам карту Стамбула и сунула в задний карман джинсов. Взялась за ручку двери, оглянулась, в глазах было то же: не верю я тебе. Не верю.

Впрочем, я сам себе не очень верил. Звякнула цепочка, клацнул замок, Лариса медленно открыла дверь. Я отвернулся, чтобы не видеть, как она уходит.

34

Ее мать дежурила в следующую пятницу, у нас оставалось девять дней. Вечером Лариса не позвонила, и я чуть не сошел с ума. Телефон молчал. Я бесился, орал на немой телефонный аппарат, угрюмым зверем бродил по квартире. Услужливое воображение рисовало гнусные картины в моем мозгу: похотливые руки, слюнявые губы, сладострастный шепот, алчущие лакомств глаза василиска... Ох, как мне хотелось рвануть на Пресню и растерзать мерзавца прямо сейчас, не дожидаясь следующей пятницы!

Около полуночи стало ясно: она не позвонит.

Пристроив телефон у ножки кровати, я попытался заснуть.

Начался дождь, капли барабанили по жести карниза, выстукивая унылую дробь. Дождь действовал на нервы, я выругался вполголоса, выключил лампу и уставился в темное окно. Там, в грязно-буром московском небе, небрежно заштрихованном пунктиром дождя, маячила башня правого крыла нашей высотки. Башня, украшенная каменными шишками и шпилями, напоминала рогатый бастион рыцарской крепости. Так, по крайней мере, мне казалось в детстве. Однажды нам (мне и Кольке, который потом ослеп от метилового спирта) удалось пробраться в эту башню, мы выкрали ключ у моей бабки и через черный ход проникли наверх. Увы, как обычно бывает в этой жизни, реальность оказалась гораздо беднее фантазии: рыцарский пол был в голубином помете, в углу валялась драная телогрейка, рядом — пыльная бутылка из-под «старки», на стене кто-то начертил чем-то острым краткое матерное слово.

Дрема, если это мохнатое, как щенок ньюфаундленда, слово подходит к кошмарным снам, накатывала волной и, подобно волне, убегала, оставляя меня в холодном поту, с распахнутыми от ужаса глазами. Мне снилось, что я пытаюсь спрятать труп — огромную надувную куклу, бледную и голую, вроде магазинного манекена. Прячу тут, в моей спальне, ставшей неожиданно многолюдной. Оживленной чередой незнакомцы проходят мимо, им прекрасно видны гуттаперчевые голые ноги, торчащие из-под кровати. Я стараюсь вести себя непринужденно, натужно улыбаюсь прохожим и из последних сил пытаясь запихнуть проклятые ноги под кровать. От напряжения и страха темнеет в глазах. Я просыпаюсь.

Впрочем, пробуждение оказывалось не лучше. Как только остатки кошмара рассеивались, его место в сознании занимала ревность, душная и жгучая, она переполняла меня, хотелось куда-то бежать, что-то крушить, ломать. Я видел Ларису, видел, как она, грациозная и гордая, точно птица, снимает с себя какие-то пенные белоснежные одежды, они ложатся у ее ног, она перешагивает через них и, ступая на цыпочках, идет. Но не ко мне. К нему. Я скулил, кусал кулак, с ненавистью комкал горячую подушку и проваливался. И снова начинал возиться с трупом.

Дождь выдохся, изредка капля падала на железо карниза.

Утро выползало жалкое и прищуренное. Башня почернела и превратилась в резной готический силуэт на свинцовом фоне, окно теперь походило на декорацию к первому акту сцены с призраком. В мой отупевший за ночь мозг медленно просочилась мысль, от которой я вскочил с кровати: ключ! Башня, черный ход, ключ! Ключ от черного хода должен быть где-то здесь, в квартире!

Я кинулся на кухню. В ящике стола, забитом мелким кухонным хламом — нож со штопором, красивые, но абсолютно ненужные пробки, пара серебряных вилок для устриц, телефонная книжка в фальшивой коже крокодила, шариковая ручка с девицей, которая снимает купальник, если ручку перевернуть, нож с ручкой из ноги какого-то копытного зверя, колода карт, открытка с панорамой Парижа, коробка охотничьих спичек, — я нашел ключ. К нему была привязана картонная бирка, на ней рукой деда было написано «черный ход».

Черный ход! В моем травмированном сознании это словосочетание приобрело почти мистический смысл. Я до боли сжал кулак, ключ был внутри, в кулаке. Ключ от черного хода.

Натянул джинсы. Сунув босые ноги в кроссовки, тихо вышел из квартиры. Прикрыл дверь, прислушался. Дом спал. Я прокрался через холл, выскользнул на лестничную клетку. От кафельного пола веяло холодом, я бесшумно начал спускаться по лестнице. На подоконнике между этажами стояла банка из-под бразильского кофе, я тут когда-то курил. Почему я боялся курить у себя дома?

У кого-то заплакал младенец, наверное, у Андреевых. Полина училась в параллельном классе, два года назад исчезла с каким-то волосатым типом, этой зимой вернулась.

Без волосатого, но с ребенком. Андреевы делали вид, не очень убедительно, впрочем, что ничего особенного не произошло. С Полиной классе в пятом у нас случился быстротечный роман, мы даже целовались за гаражами. Дело было зимой, мы гоняли на санках с горы, прямо от самой церкви летели вниз, мастерски рулили, огибая деревья. Щеки у Полины были красные и ледяные, и от них пахло сочным астраханским арбузом.

А между вторым и третьим этажами пахло ремонтом — сырой побелкой и олифой, в углу стояли мятые ведра и заляпанная белилами стремянка. Я никого не знал на этих этажах, тут, кажется, обитала какая-то балетная дива из Большого, но я, будучи равнодушен к балету, не знал даже ее фамилии. Сказывалось и высокомерие жителя верхнего этажа: мы с детства относились к соседям снизу с насмешливым пренебрежением: ну как можно жить на втором этаже высотки? Нонсенс.

Добрался до первого этажа. Слева была двойная застекленная дверь, выходящая к лифтам главного холла, справа — проход в темный коридор. Свернул направо, медленно, почти на ощупь, двинулся вперед. Под ногами что-то противно захрустело, скорее всего осколки той лампы, которая должна освещать мне путь.

Не забыть в следующий раз прихватить фонарик.

В заднем кармане джинсов нащупал зажигалку, чиркнул, поднял над головой. Прошел мимо двери с таинственной табличкой «ГК-6», на следующей, без таблички, было выбито по трафарету «Бойлерная». Я помнил, что моя дверь должна быть в самом конце; последний раз я тут бродил в пионерском возрасте, лет десять назад.

Наш дом строился сразу после войны, проектировался во времена очередного острого приступа шпиономании и борьбы с идеологическим врагом. Жильцами дома должна была стать новая советская элита — военная, творческая и научная. Исходя из опыта тридцатых годов именно этот люд наиболее подвержен порочным влияниям. За таким народцем нужен глаз да глаз.

По местным легендам, лишь половину внутренней площади высотки составляют квартиры. Другая половина — тайные ходы, секретные комнаты, коридоры и лестницы.

По тем же слухам, за стеной каждой квартиры есть ниша, куда в любой момент мог прокрасться и там притаиться сотрудник безопасности. Помню, мой дед как-то особенно поглядывал на вентиляционные решетки, расположенные под потолком в углу каждой комнаты, включая ванную и туалет.

Коридор закончился, я уперся в дверь, на ней белела трафаретная надпись «Выход». Зажигалка тихо фыркнула и погасла. Чиркнул пару раз — ничего, похоже, я сжег весь газ. Пальцами нащупал дверную ручку, нашел замочную скважину. Кто-то ехидный шепнул мне: замок наверняка поменяли, сколько времени прошло. Это вряд ли, возразил я ехидному и вставил ключ в замок. Все мое чуткое существо переместилось в руку, сжимавшую ключ, я, точно часовых дел мастер или настройщик музыкальных шкатулок, нутром ощутил невидимую анатомию механизма, его пружины и шестеренки. Замок металлически хрустнул, ключ повернулся. Я толкнул дверь и оказался во внутреннем дворе среди мусорных баков.

Небо уже посветлело и стало нежно-сиреневым, прямо надо мной висела бледная, точно вырезанная из слюды, луна.

35

Лариса позвонила в девять. Меня распирало от гордости, но я сдержался, мы лишь условились о встрече. В десять, у выхода к памятнику героям Плевны. Мне не терпелось вручить ей ключ и объявить, что теперь она может в любое время дня и ночи прийти ко мне. Говорить об этом по телефону я побоялся. В целом идея круглосуточного прослушивания моего телефона отдавала легкой паранойей, но, вспомнив деда, я искоса глянул на вентиляционную решетку под потолком и, насвистывая «Интернационал», пошел в ванную комнату.

Ликования, на которое я рассчитывал, не произошло — Лариса сунула ключ в карман. Переспросила:

— Через помойку?

— Да! — восторженно подтвердил я, точно ход шел через тронный зал Версаля. — Там, во внутреннем дворе, между арками. Забор, а за ним мусорные баки.

Она снова кивнула.

— Что с тобой? — Я взял ее за руки. — Ты что, не рада мне?

Фраза прозвучала пошло, но мне было не до словесных изысков, я не выспался и вообще был на взводе.

— Я устала, мне страшно, и я хочу, чтобы это все поскорее кончилось. — Она зло смотрела мимо меня. — Кончилось. Так или иначе.

— Что это значит?

— Мне больно! — Она вырвала руки. — Кончилось! Что тут непонятно?

— Что значит «так или иначе»? — Мое раздражение перешло в растерянность.

Она снова смотрела мимо меня с сердитой отстраненностью трудного подростка.

— О чем ты говоришь, Лариса? — Я тщетно пытался взять ее руки в свои, она не давалась, и это напоминало какую-то странную игру.

До меня вдруг с какой-то особенной ясностью дошла простая мысль: какой же я все-таки эгоистичный негодяй. С какой заботой я нянчил свою ревность, свое обиженное самолюбие! С каким милосердием лелеял свои душевные раны. Как же стыдно и мерзко! Ведь ей, Ларисе, должно быть в тысячу раз трудней. И в тысячу раз страшней.

Всю ночь я только и думал о своем страхе, баюкая свой душевный и телесный ужас, с упоением Нарцисса разглядывая свое изнеможение, любуясь своим отчаянием. Да, безусловно, я не лгал Ларисе, когда говорил об эгоизме, но мне не могло прийти в голову, что изображать жертву я буду с таким, чуть ли не эротическим, наслаждением.

— Прости, прости... — начал бормотать я. — Ты права. У меня голова не соображает, не выспался я...

Дьявол! Опять «мне» да «я»!

Я зарычал, сжав кулаки. На меня с интересом посмотрел пожилой гомосексуалист лет сорока пяти, который небрежно прохаживался балетным шагом вдоль кованой цепи, ограждающей монумент. Памятник героям Плевны и сквер с фонтаном перед Большим считались почти официальными местами встречи московских педиков.

Растерянно я посмотрел на Ларису. Какая, к черту, любовь? На мгновенье мне стало жутко, точно из-под ног ушла земля, — ведь любовь не самолюбование, а слияние сознания двух существ воедино, когда боль любимого человека ощущаешь острее, чем свою. Ведь так! Когда об этой боли заботишься больше, чем о своей собственной. Так и никак иначе! Неужели я принял за любовь какую-то острую форму нарциссизма, приступ душевного эксгибиционизма?

Гомик сочувственно мне улыбнулся: мол, видишь, брат, от этого бабья сплошная головная боль — подумай, все может быть совсем иначе. Ведь и ключ, и черный ход не забота о Ларисе, а всего лишь стремление видеться с ней почаще — опять же беспросветный эгоизм в чистом виде. Похоть, и не более того.

Неужели это так? Неужели это я, художник и творец, утонченный интеллигент, считающий себя эстетом и натурой тонкой душевной организации, — неужели это я? Кто-то внутри вздохнул в ответ: увы.

Я, точно во сне, опустился на гранитную ступень постамента памятника. Передо мной была дверь с метровым православным крестом. Никогда раньше я не задумывался, что на самом деле этот памятник когда-то был часовней. Лариса тихо села рядом, незаметно взяла мою ладонь в свою.

— Прости, — едва слышно прошептала мне в ухо. — Я мерзкая сука.

Я возмутился, хотел что-то торопливо возразить, но к горлу подкатил ком, и я, боясь зареветь, уткнулся ей в шею. Гладил ладонями ее лицо, мокрое, пылающее. Ее пальцы теребили мне волосы на затылке, мы не произнесли ни слова, лишь сопели и шмыгали носами. За эту минуту или за пять, а может, за час или год — кто знает, сколько времени мы просидели там, на теплом граните, стиснув друг друга, — я вдруг ощутил что-то трепетное и неведомое, словно, завершив магический круг, в качестве награды ласковые херувимы вознесли нас если и не на небеса, то куда-то по соседству с раем.

Жеманный гомосексуалист подглядывал за нами, делая вид, что рассматривает украшения памятника.

На отлитом из бронзы горельефе злобный янычар с кривым кинжалом вырывал ребенка из рук болгарской женщины. К ней на помощь спешил русский солдат, вооруженный ружьем со штыком. Сверху была надпись «Гренадеры своим товарищам, павшим в славном бою под Плевной».

Деньги на памятник собирали оставшиеся в живых после сражения гренадеры. В день открытия, совпавший с десятилетней годовщиной битвы, был устроен парад Гренадерского корпуса, им командовал генерал-фельдмаршал великий князь Николай Николаевич. В Плевенской часовне провели молебен, интерьер был украшен изразцами и живописными портретами Александра Невского, Николая-угодника, Кирилла и Мефодия. На стене висела медная плита с именами всех погибших в сражении гренадеров — восемнадцать офицеров и пятьсот сорок два солдата.

После революции большевики разграбили часовню — медную плиту переплавили, изразцы разбили, картины украли. По решению Моссовета здесь устроили общественную уборную. Сортир просуществовал до начала войны. Лишь смертельная угроза заставила коммунистов вспомнить о патриотизме — туалет закрыли, часовню покрасили черной краской. В Москве появился еще один памятник, воспевающий славу русского оружия.

36

Оставалась ровно неделя.

Утром в пятницу я сидел в электричке, следующей до станции Фрязино-Пассажирская со всеми остановками, кроме Яуза и Подлипки-Дачные. Состав, неспешно постукивая колесами, выбирался из Москвы. Уже исчезла башня Ярославского вокзала с солнечным зайчиком на шпиле, остались позади толчея сонных вагонов на запасных путях и зевающая за грязным окном проводница в огромном, как свадебный жилет, белом лифчике; взмахнули черными руками семафоры — и вот мы уже проскочили Яузу и приостановились на Маленковской, где по платформе устало бежали два неважных солдата, гулко шаркая огромными сапогами. На станции Северянин вошли контролеры, один апатично толстый, другой нервный, с волчьим лицом. Толстый прошел в конец вагона и перегородил выход, волк, клацая хромированным компостером, двинулся с другой стороны. Мне стало любопытно: ты рождаешься с таким лицом, и тебя уже неодолимая сила природы влечет в контролеры, или же твое лицо приобретает волчьи черты в результате упорного контролерства?

Точно по расписанию, ровно через сорок одну минуту после отправления с Ярославского вокзала, мы подкатили к платформе Болшево. На пыльной пристанционной площади с парой продмагов, рестораном (разумеется, назывался он «Болшево») и с неизбежным гипсовым Лениным, крашенным серебрянкой и похожим на танцующего мальчика в большой кепке, я сговорился с «леваком». В его битом «Москвиче», пропахшем бензином, мы доехали до дачи. Я отдал ему рубль и вышел. Было без четверти десять.

«Москвич» неуклюже развернулся и уехал. Я бросил сумку на обочину, закурил, ожидая, пока он скроется. Потом не спеша пошел вдоль нашего забора. С дороги были видны лишь макушки деревьев, балкон второго этажа и крыша. Это хорошо. Дошел до соседнего участка. Соломатины, похоже, еще не приехали — это тоже хорошо. Соседом справа у нас был посол Ирана, их дача пустовала уже лет пять.

Ворота открылись легко, но я все равно вытащил из сумки бутылку подсолнечного масла и влил несколько капель в замок. Подумав, влил и в петли. Распахнул настежь; в ворота свободно въезжает отцовская «Волга», тут проблем не будет. Расставив руки пошел по дороге, остановился у «теремка».

Нужно сказать Ларисе, чтобы он поставил машину здесь. Я представил, как они выходят из его рыжих «Жигулей», как идут мимо колодца, поднимаются на крыльцо. Достал связку ключей, нашел нужный, от входной двери. А вдруг она забудет ключ? Сердце замерло и ухнуло в бездну. Может, ключ спрятать здесь, положить на дверную притолоку или под какой-нибудь камень у крыльца? Но ведь она может забыть и про камень. Меня пробил холодный пот, я сжал пальцами виски.

— Тихо, тихо, — бормоча, я сел на ступени. — Главное — успокоиться. Никто ничего не забудет. Все пройдет как по маслу.

Достал сигарету, сделал две затяжки, с отвращением выбросил в траву. Главное — успокоиться.

Потом оглядел комнаты, хотел снять со стены фотографию деда в парадной форме, подумав, оставил все как есть. Ведь все, что он увидит здесь, уже не будет иметь никакого значения.

В спальне раскрыл печку, пошуровал кочергой, дробя старые угли. Горько пахнуло сырым костром. Дрова тут, газеты тоже, где спички? Ведь он не курит. Не курит и мне не советует. Спокойно, вот спички, под газетами. Я тряхнул коробок — полный, раскрыл, чиркнул, спичка вспыхнула с первого раза. Ну вот, видишь, все как по маслу.

Я вышел на крыльцо, спустился в сад. В «теремке» выбрал ту же лопату, которой рыл могилу для мертвого пса. Как все странно, странно до мурашек. Точно паутина по лицу. Неожиданно в темноте сарая меня пронзило какое-то неуловимое ощущение, неясная, ускользающая мысль, даже не мысль, призрак мысли. Будто лукавый бес на мгновенье раскрыл книгу судеб перед моим носом и тут же захлопнул.

С лопатой на плече я обошел весь участок. Выбрал место у дальнего забора, где начинался сосновый бор. Начинался он на нашей земле, а дальше сосны беспечно переходили на иранскую территорию. Трава тут не росла, земля мохнато рыжела от сухих сосновых иголок. Забор поставили иранцы, сплошной, из толстых двухметровых досок.

Ловко сбив ногой крепкий мухомор, с силой вонзил лопату в землю. Лег на спину между двух сосен, отметил длину. Встал, отряхнулся. Он на голову ниже, значит, меньше будет работы. Сгреб лопатой сухие иголки в сторону, расчистил ровный прямоугольник. И начал копать.

Земля оказалась податливая и сухая, по большей части песок. Попадались корни, я их перерубал лопатой. В хрустящем звуке, в бритвенной остроте клинка, было что-то приятно возбуждающее. Физическая работа увлекла, полностью заполнила сознание, мне показалось, что за последние дней пять я не чувствовал себя бодрее. Снял куртку, вытер лоб. Хотелось пить. Ничего, потом.

После снял и рубаху. Ладони горели, мышцы с непривычки начали приятно ныть. Надо мной сердито зацокала пегая белка, я выпрямился, свистнул, она в два прыжка оказалась на иранской земле. Выгнув хвост, уселась на сук и снова принялась костерить меня уже оттуда.

Сначала я кидал землю куда придется, после начал аккуратно ссыпать ее в кучу слева от края. Начали попадаться камни, круглые, как картошка. Песок кончился, пошла земля, темная и жирная. Пахнуло сырым погребом. Яма уже была мне по пояс, совсем неплохо за три часа для землекопа-любителя. Я по-мужицки плюнул в ладони и замер — послышались голоса. Прислушался, за забором кто-то был.

Тихо положив лопату на дно, выбрался из ямы. Бесшумно ступая по сухим иголкам, подкрался к забору, пошел вдоль, пытаясь найти щель. На иранской территории кто-то засмеялся, кто-то ответил. Я припал ухом к шершавой доске. Кажется, двое, говорят негромко. Потом раздался тихий звук; я похолодел — так в фильмах шпионы стреляют из пистолета с глушителем: чпок!

Я нашел дырку в заборе — выбитый сучок с пятак. Среди сосен увидел беседку, деревянную, крашенную зеленой краской, на крыше — латунный флюгер в виде летящего аиста. В тени беседки разглядел две фигуры, мужскую и женскую, они сидели на лавке напротив друг друга, между ними стояла бутылка. Вряд ли это были иранцы. Мужчина с истинно русским проворством разлил по стаканам, чокнувшись, они выпили до дна. Дама пила, жеманно отставив мизинец. Наши, подумал я с непонятным облегчением, но какого черта они делают на иранской даче?

Как пишут в романах, ответ не заставил себя ждать. Дама поднялась, кокетливо прошлась взад и вперед, дерзко стуча каблуками по доскам беседки. Кавалер оживился, решительно, будто гвоздь забил, поставил стакан. Растопырив пальцы, он вытянул руки, стараясь ухватить даму за бедра. Та игриво посмеивалась и ускользала. Это напоминало какой-то гавайский танец, только без маракасов и цветочных гирлянд. Устав от танца, дама остановилась, подавшись вперед, уперлась руками в перила. Кавалер был тут как тут: задрал ей юбку и пристроился сзади. Досматривать я не стал — страшно хотелось пить.

37

Шагая к даче, я подумал, что яму нужно было рыть ближе к дому. Ведь мне его придется тащить на своем горбу. К тому же эти болшевские прелюбодеи за забором — какова периодичность их милых пикников?

Поднял крышку колодца — из гулкой темноты пахнуло свежим холодом. Я снял с гвоздя ведро, придерживая ладонью ворот, бросил ведро в темноту. Цепь заворчала, разматываясь все быстрей и быстрей, потом раздался всплеск.

От воды сводило зубы, я пил прямо из ведра, обливаясь, фыркая и жмурясь на солнце. По небу ползли несерьезные летние облака вздорных форм. Синева сегодня казалась особенно звонкой, яркой, почти вермееровский кобальт. Где-то высоко гудел невидимый самолет, ныл натужно, на одной ноте, точно угодившая в паутину крупная муха, а я все пил и пил и никак не мог напиться. Отчего-то вспомнилось, как тут, на даче, я убил малиновку.

Дед подарил мне пневматическое ружье, на день рождения, кажется. Генерал, хоть и в отставке, он считал, что настоящий мужчина должен уметь стрелять. И чтобы оружие непременно было под рукой — на всякий случай. Дед тогда мне рассказал историю про маршала Буденного, как того приехали арестовывать в тридцать седьмом. А у Буденного на даче был целый арсенал. Подъехали чекисты, начали колотить в ворота. Маршал выставил в чердачное окно пулемет, дал очередь, крикнул: «Живым не возьмете! Всех положу, сволочи!» Чекисты вернулись в Москву, доложили. Там решили с маршалом не связываться.

Ружье вкусно пахло ружейной смазкой, оно хранилось в черном футляре с вишневым бархатным нутром, что твой Страдивари. На крышке футляра золотом сияло выдавленное клеймо: «Оружейные заводы Отто Люгера, Бавария». Приклад орехового дерева, лакированный и гладкий как леденец, тоже оказался специальным — это был приклад типа «Монте-Карло».

— Видишь, вот тут, — дед сухой рукой, в старческой гречке, гладил приклад, — вот тут специальное углубление, выемка для щеки стрелка. Для твоей щеки, Зверобой! И ручка, видишь, как у пистолета. Как у немецкого типа прикладов. Все это сделано для повышения точности. У настоящей целевой винтовки должен быть приклад типа «Монте-Карло».

— А если нет? — спрашивал я, нетерпеливо трогая ствол.

— То это не целевая винтовка, а...

Дед обладал неограниченным запасом матерных слов и выражений, звонких, трескучих, в совершенно неожиданных комбинациях. Разумеется, к десяти годам я знал значение и примерный смысл нецензурщины, ведь рос я, как и все мое поколение, почти беспризорно, да к тому же на Таганке.

Родители ханжески возмущались, впрочем, тихо — дед был вспыльчив и крут. Он мог запросто «снять с довольствия» любого. Бабка давно махнула рукой. Некоторые из дедовых словесных выкрутасов восхищали, другие ставили меня в тупик: обладая с младенчества живым воображением, я при всем желании не мог визуализировать отдельные словосочетания.

Дед повесил бумагу с мишенью (у него этих пистолетных мишеней «номер восемь» под кроватью был целый чемодан) на дверь «теремка», отмерил пятнадцать шагов. Легко переломив ружье, зарядил. Вскинув к плечу, хищно замер. Звук выстрела разочаровал, будто кто-то задвижкой щелкнул. Мы вместе подошли к мишени, дед попал в девятку. Результат ему явно не понравился, он замысловато выругался.

Прошло десять лет, половина моей жизни плюс один год, давно уже нет деда, нет и ружья с прикладом «Монте-Карло», но я и сейчас без труда могу нарисовать по памяти деда, его сухопарую и по-верблюжьи неказистую фигуру, драный халат в персидских огурцах изумрудной расцветки, шею, бледную и хрупкую, как у приговоренного к гильотине мятежника, сильные, по-крестьянски костистые руки.

Я не подвел старика, к концу лета уже выбивал девяносто из ста. Выяснилось, что точность зависит не только от тщательности прицеливания, а от устойчивости позы и от дыхания, от обычной физической силы, называемой дедом «твердостью руки», и, конечно, от уверенности. Стреляли мы только по мишеням, стрельбу по бутылкам, яблокам и прочим неуставным целям дед называл нецензурным существительным. Тайком от деда я постреливал воробьев, их смерть выглядела ненастоящей — птаха, сидевшая за секунду до выстрела на ветке, просто исчезала. На самом деле она падала в высокую траву сада, которую мы никогда не косили.

Тем августовским утром я проснулся раньше всех. С востока лился ослепительный свет, белый, точно кипящая ртуть. Я вышел на крыльцо и зажмурился. Беспечные птицы высвистывали бодрые трели. Пахло концом лета, мокрой корой, грибами. И неумолимо надвигающимся первым сентября. Капли росы мерцали битым стеклом на листьях, в жухлой траве. На жестяной крыше «теремка» таял иней. Пар клубился сизым туманом, плыл над травой, блуждал меж стволов, путался в ветках яблонь.

Зарядив ружье, я пристроил его на плече. Точь-в-точь как те лихие ковбои из трофейных вестернов с Джоном

Уэйном, что иногда крутили у нас в «Иллюзионе». Неслышно спустился по ступеням, огляделся. Из большой березы за колодцем доносилась трель из четырех нот, которая повторялась снова и снова с равными промежутками. Присмотревшись, я разглядел среди желтоватых листьев крупную птицу. Она пела.

Я попал ей в грудь. Птица, обрывая листья, кубарем скатилась вниз. Упала на песок и стала часто-часто бить крыльями. Она кричала сипло и страшно, из клюва лезли розовые пузыри. Восторг от точного выстрела моментально сменился ужасом. Судорожные пыльные крылья, кровавая пена, а главное — этот крик. Этот невыносимый крик.

Как в кошмаре, когда источник ужаса становится центром притяжения, я медленно пошел к птице. Я не понимал зачем, я знал: главное — остановить этот крик. Птица билась в агонии, на груди проступило темное мокрое пятно. Воздух приобрел вязкость, будто загустел. Преодолевая тягучую пустоту, я перезарядил ружье, прицелился и выстрелил. Птица дернулась, но не умерла, она продолжала кричать. Я зарядил и выстрелил снова.

Когда я закидывал птицу листьями и песком, меня скрутила судорога. Прямо там же, у березы, меня вырвало.

Больше я не стрелял, даже по мишеням. А следующим летом дед умер. Какие-то хмурые типы из Минобороны появились буквально на следующий день после похорон и, деловито запротоколировав, увезли с собой добрую половину дедовых орденов — тех, что из благородных металлов и с драгоценными камнями. Оказалось, что родина, награждая своих героев, выдает им ордена напрокат, как бы поносить на время.

Хмурые прихватили и весь огнестрельный арсенал: револьвер системы наган, два карабина, английский и американский, и браунинг с рукояткой из слоновой кости. Духовушка явно не относилась к огнестрельному оружию, но после кладбища и поминок нам было совершенно наплевать на такую ерунду. Министерские забрали и ее.

38

Когда я вернулся к яме, на иранской территории уже никого не было. Я спрыгнул на дно, взял лопату, отряхнул с черенка песок, начал копать. Грунт стал тверже, попадалось много камней, лопата со скрежетом застревала, натыкаясь на очередной булыжник. Я опускался на колени, пальцами выковыривал скользкий камень, выкидывал наружу. От сырой грязи кроссовки промокли насквозь, внутри противно хлюпало. Казалось, яма никак не хочет становиться глубже. Азарт мой испарялся. К тому же ныла спина, свежие мозоли горели, сквозь грязь на ладонях проступала кровь.

Но самый большой шок я испытал, взглянув на часы. Полпятого! Ведь только что был полдень! Куда исчезли четыре часа? В мои планы не входило ночевать на даче, я собирался покончить с проклятой ямой, обойти еще раз комнаты, проверить замки... Теперь весь план летел к чертям собачьим. Честно говоря, я надеялся к вечеру вернуться в Москву, ведь у Ларисы теперь был ключ от черного хода. Мы с ней не договаривались, но...

Выяснилось, что сумерки на дне ямы наступают раньше, чем на поверхности земли. Рыть в темноте было просто глупо. Внутренний голос звучал весьма убедительно, мне стоило серьезных усилий не поддаться на уговоры: закончить можно и завтра, от грязи в ранах бывает заражение крови и гангрена, с промокшими ногами запросто подцепить простуду... Я продолжал копать из упрямства. Чем логичнее звучал довод, тем упорнее я продолжал рыть. Ожесточенно втыкал штык лопаты, крякнув, наваливался и поддевал пласт, со стоном выкидывал грунт наружу. Теперь мне было все равно, куда летит земля.

Солнце садилось. Медно-красные стволы сосен зажглись надо мной, небо приобрело беспечный оттенок — что-то пошловато-розовое с переходом в голубой. Мне было не до заката, я продолжал остервенело рыть. Лопата казалась чугунной. Резиновая подошва соскользнула, и я ударился косточкой. Взвыв, руками сжал звенящую от боли голень, сполз в грязь. Вкрадчивый голос в моей голове весомо произнес: все, шабаш, хватит на сегодня. Неожиданно другой истерично вскричал: нет, нет! Если ты не закончишь сегодня до заката, то все пойдет прахом! Я так загадал! Ничего у вас не получится, если до заката не выкопаешь, понял?!

По необъяснимой причине аргумент второго мне показался убедительным. С одержимостью я принялся врываться в плотную землю. Кажется, что-то кричал, кому-то грозил. Отплевывался от грязи, оглядывался на быстро темнеющее небо. И бешено продолжал рыть.

Еще утром я решил, что закончу копать, когда край ямы упрется мне в подбородок. Небо надо мной перетекло из кораллового в блаженно-брусничный, после в малиновый, а потом в густо-вишневый. Цвет огня, цвет рубина, цвет крови... Я выпрямился, выставил подбородок — в аккурат! Все! Неужели все?!

Все! Я издал победный вопль. Успел! Успел! Я выбросил лопату наверх, подпрыгнул, стараясь подтянуться. Ухватиться было не за что, я вцепился пальцами в рыхлую землю. Земля стала осыпаться, я медленно сполз обратно в яму. Мне стало смешно, вот уж воистину: не рой яму другому.

Через пять минут мне уже было не до смеха, все попытки кончались тем, что я каждый раз сползал на дно ямы. Карабкался и плюхался снова. В голову полезла всякая чертовщина — и Эдгар По с его колодцем и маятником, и преждевременно похороненный Гоголь, и замурованный заживо в пещере индеец Джо. Несчастного Гоголя при эксгумации нашли перевернувшимся в гробу, труп лежал лицом вниз. В средневековой Италии заживо хоронили нераскаявшихся убийц, казаки Запорожской Сечи закапывали убийцу в одном гробу с его жертвой.

Сипло дыша, я сидел на дне ямы. Ветки сосен чернели на вишневом бархате неба ажурными кружевами, вроде тех затейливых узоров, что режут из черной бумаги проворными ножницами загорелые умельцы на курортных набережных. Где-то в надземном мире прокричал петух. Звук, безнадежный и едва уловимый, долетел, будто из другой вселенной. От усталости на меня накатила зыбкая, как после болезни, истома, я не двигался и, точно снятый с креста, смиренно показывал небу свои грязные окровавленные ладони. Странная благость, вроде тихого озарения, наполнила меня. Все будет хорошо, прошептал мне кто-то ласковый. Ты частица вечности, а у вечности нет конца, проговорил тот же голос, ты ищешь ответ, а ответ в тебе самом.

— Что это значит? — спросил я.

— Твоя душа исполнена любви, любовь искупит все. Если это истинная любовь. Змей — хитрейший из зверей полевых, он силен коварством и злом, но любовь сильнее зла. Змей питается вашими пороками и вашей слабостью, но ты защищен любовью...

— Если это истинная любовь...

— Да. Если это истинная любовь. И будь осторожен, предельно осторожен. Любовь сильней, но Зло хитро и вероломно. Изобретательно — не зря Змея зовут лукавым. Уловки Змея неисчислимы, у него тысяча масок и миллион обличий, яд Змея остается ядом даже после его смерти. Лукавый способен ужалить даже из могилы.

— Из могилы...

Вдруг меня будто пихнули в бок, я очнулся и открыл глаза. Вокруг непроглядной сажей чернела ночь. Блаженное послевкусие от разговора с демоном или с ангелом (или то был сердобольный болшевский эльф?) еще пьянило меня. Я поднялся и неожиданно легко выбрался наверх. Лопату искать не стал, пошел через темный бор в сторону дома. Не доходя до сада, у сломанной груши, я замер: в окне дачи горел свет.

39

Свет горел на первом этаже, в спальне. Я его не зажигал.

Горела лампа на тумбочке. Я подкрался к окну. Снизу была видна лишь верхняя часть комнаты — железная спинка кровати, кусок драного ковра с хрестоматийным похищением восточной красавицы парой решительных всадников-брюнетов, скверный русский пейзаж с березами, подаренный деду каким-то забытым приятелем-живописцем, и старая настольная лампа с облупившейся серой краской на жестяном абажуре. Лампа отбрасывала неяркий желтый свет на стену и потолок.

Пригнувшись, пробрался к соседнему окну. Там было темно, лишь косой отсвет из спальни лежал на потолке гостиной. Пошел дальше; в канаве, у забора, как ни удивительно, самозабвенно пели лягушки. Обогнул весь дом и, не доходя до крыльца, застыл. Будто сквозняк пробежал по спине: входная дверь была распахнута настежь. Ноги, точно чугунные, налились противной вялостью, надо было что-то делать, но я не мог двинуться. Меня охватил ужас. Слабость пополам с истерикой — дрянная комбинация.

Это он! Он там, внутри! Дядя Слава, славный малый, — это он! Внезапная догадка парализовала меня. Ему ничего не стоило узнать мой телефон, выяснить адрес дачи — сущий пустяк.

Я очутился в «теремке». Как мне удалось преодолеть расстояние от крыльца до сарая, я не помнил, эти тридцать метров полностью выпали из моего сознания. Стараясь не шуметь, шарил в ящике с инструментами. Нащупал отвертку. Сунул в карман. Нашел молоток, хороший увесистый молоток. Где-то в потемках прятался топор, но искать его не было времени. Во мне росла уверенность, что действовать нужно быстро, молниеносно.

Выставив отвертку как финку, с молотком в другой руке, я взбежал на крыльцо. Не медля, проскочил через темную прихожую, ворвался в гостиную, пнув дверь ногой, влетел в спальню. Спальня была пуста.

Сердце ухало, я так и застыл с молотком над головой. Старый ореховый шкаф, который дед называл шифоньером, кровать, тумбочка и лампа. Ковер и картина маслом — что еще? Я бросился на пол — под кроватью тоже пусто. Моя готовность к битве была абсолютной, но где же враг?

— Где ты?! — зарычал я. — Подонок! Трус! Где ты?

На бегу включив свет в гостиной, промчался на кухню. Опрокинул с грохотом ведро. Прыгая через две ступени, взлетел на второй этаж. Там были две спальни и лестница на чердак. В комнатах я включал свет, заглядывал под кровати. В дальней, родительской спальне, был выход на балкон. Я рывком распахнул шторы, в раскрытую настежь балконную дверь втекала тихая подмосковная ночь. Выскочил на балкон, и показалось, что я заметил быструю тень. Прыткая, словно гадюка, она бесшумно скользнула между яблонь и растворилась в бездонном мраке. Свет из окон дачи наполнил сад тысячей бликов — на листьях, на траве они сияли, как осколки разбитого вдребезги зеркала. Слепящие брызги и густая темень — ландшафт был черней сажи.

Не помню, как очутился в саду. Корявые причудливые тени казались живыми, ползли по взъерошенной траве, карабкались на лохматые деревья. Я бросался от одного призрака к другому, размахивал молотком, что-то кричал.

Потом еще один провал в памяти — и вот снова спальня. Я очнулся перед кроватью, стоял и разглядывал дурацкий ковер. Восточная красавица доверчиво прижималась к храброму похитителю в красном тюрбане, его белый скакун застыл в элегантном прыжке через синий ручей. На берегу ручья, в пестрой мозаике весьма условных цветов и камней, я заметил странный зигзаг, похожий на ленту. Пригляделся — это была змея. Да, змея — черная, с изумрудными полосками и рубиновыми глазами. Я помнил ковер с младенчества, гадину разглядел впервые этой ночью. Увидел змею, которая способна ужалить из могилы.

Сколько времени прошло, как долго я стоял в спальне? Бросив молоток и отвертку на покрывало, сел на край кровати. Мог ли я сам включить лампу? Или оставить входную дверь, распахнутой настежь? И балконную дверь на втором этаже?

Я сел на кровать, уставившись в грязные ладони, точно там, в царапинах, засохшей земле и кровавых мозолях, мог быть ответ. Или кто-то тайком пробрался на дачу? Дядя Слава? Местная шпана, залетный бомж? Или еще одна похотливая пара в отчаянных поисках тайного места?

Не без труда мне почти удалось уговорить себя, что про лампу я просто забыл. Приехал, бросил сумку, абсолютно автоматически щелкнул выключателем — днем даже не видно, горит свет или нет. Логично? А входная дверь... входная дверь раскрылась из-за сквозняка со второго этажа, балкон ведь открыт. На второй этаж утром я не поднимался, наверняка забыл защелкнуть шпингалет в последний приезд с Ларисой.

Мысль о ней, словно плавный, но тугой тормоз, неожиданно остановила нервную чехарду в моем мозгу. Внезапно я увидел себя со стороны, отстраненно, с какой-то огромной высоты: вот он сидит на краю кровати, жалкий, как сирота, грязный и беспомощный, ужас сводит его с ума, молоток и отвертка рядом. Он задумал убить человека, но не в силах придушить собственный страх. Он был бы смешон, если бы не был так гадок. И вот этого безнадежного горемыку полюбила самая восхитительная женщина вселенной — как такое возможно?! Она, безумная, вложила вот в эти чумазые руки свою судьбу, свою жизнь.

Я пошел по комнатам, гася свет. Гостиная, кухня, второй этаж. Выключил лампочку над крыльцом. Спустился по ступеням. Ночь, влажная и густая, тихо волнующая таинственным, едва слышным звоном, величественно придвинулась. Я сделал еще шаг, вытянул шею и развел руки, точно погружался в черную воду, тягучую как теплый мед, нежную как утренний сон.

Мой дед говорил: страх — самое паскудное чувство, самое бесполезное. Никогда не путай страх с осторожностью. Трус всегда погибает первым, или его расстреливают после боя.

Дед определенно разбирался в теме, он воевал в Испании, свой первый орден Ленина получил на Хасане, за сопку Заозерная. После похорон родители разбирали его архив; дед, как старый пират, хранил свое добро в кованом сундуке. Там, среди стопок писем, перетянутых почтовой бечевкой, среди пожелтевших газет и мутных фотографий, почетных грамот с профилем Сталина и лиловыми печатями, каких-то пригласительных билетов и пропусков на давно минувшие торжества и юбилеи, мы нашли ветхую брошюрку «Русско-японский разговорник для командиров Красной армии». Вместо «здравствуйте» и «как пройти в музей» там преобладали фразы вроде «сколько у вас пулеметов», «где находится штаб» и «мы сохраним тебе жизнь, если ты будешь говорить правду». Транскрипции японских фраз звучали смешно: «корэ ва нан дэс ка», «коно хито а доната». Из брошюры выпали два снимка чайного цвета: на одном дед браво позировал на фоне горы отрезанных голов, на другом дюжина красных командиров, усатых и строгих, снялась на фоне какого-то парадного с гипсовыми львами. Дед стоял с краю, лица двоих в центре были перечеркнуты крест-накрест фиолетовыми чернилами.

Блюхер и Люшков — я узнал эти фамилии поздней. Маршала Блюхера арестовали сразу после хасанских боев, он умер во время допроса. Комиссар госбезопасности третьего ранга Люшков перебежал в Маньчжурию, всю войну сотрудничал с японской разведкой, даже якобы готовил покушение на Сталина. В сорок пятом, перед самой капитуляцией, японцы, зная его осведомленность, предложили ему покончить с собой. Люшков отказался и был застрелен, когда выходил из кабинета японца.

Я стоял, раскинув руки, подставив лицо слепому черному небу. Там наверху, за тучами, висел невидимый купол, по нему скользили звезды, плыли планеты, проносились, похожие на фейерверк, хвостатые кометы. Я их не видел, но знал: они там. Страх — самое паскудное чувство. Все верно, все так. Я возьму себя за глотку, скручу в узел, но сделаю так, как мы с Ларисой решили. Сделаю ради нее. Сделаю ради себя. Ради нас.

Когда хоронили деда, бабка упала в обморок. Я помню почетный караул, розовощеких солдат в каракулевых шапках, аксельбанты и малиновые погоны на мышином сукне, помню гроб, лицо деда, точно отлитое из тончайшего фарфора с нежным лимонным оттенком, его белые руки. Помню влажный дух лилий, свежую горечь хвои, теплый запах разрытой земли. Солдаты дали залп, потом еще один; вороны, каркая, взвились и начали бестолково носиться над кладбищем. Я подобрал гильзу, от нее кисло пахло паленым порохом. Сжав гильзу, засунул кулак в карман. Гильза была теплая и маслянистая на ощупь. Я сохранил ее, она и сейчас хранится в ящике моего письменного стола в жестяной коробке с карандашами.

40

Электричка подходила к Ярославскому вокзалу. Сидя у окна, я разглядывал призрачное отражение своего лица, за ним проносился смазанный ландшафт — строго горизонтальные перроны, пестрые деревья в солнечной ряби, пыльные грузовики у шлагбаумов. Глаз с непроизвольной цепкостью выхватывал случайные детали: девчонку с красным бантом, бородатого велосипедиста, похожего на доктора Чехова, прошлогодний плакат с олимпийским медведем.

От вчерашней истерики не осталось и следа (так, во всяком случае, мне казалось), я был строг и собран. Я улыбался. Мое сознание напоминало морской пейзаж после ночной бури: чуткий штиль, свежий бриз, вода — бирюзовое стекло, небо — яркая синь, весь мусор выброшен на берег или унесен далеко в море. Тишь и спокойствие.

Утром я все проверил, шаг за шагом.

Ворота — навесной замок лишь накинут, не защелкнут. Когда они подъедут, Лариса выйдет, откроет ворота, пропустит машину. Закроет ворота. Машину они оставят перед «теремком». Ключ от входной двери спрятан на крыльце, в цветочном горшке. Шампанское — фужеры в гостиной на серванте. Важно: они должны начать в гостиной. Лариса попросит его растопить печь, пока он будет в спальне, она бросит таблетки в вино. Дрова, чурки и бумага уже в печи, нужно лишь поднести спичку. Он вернется, они будут пить шампанское. Потом она позовет его в спальню. Наркотик подействует через пятнадцать-двадцать минут. Когда он заснет, Лариса подаст мне знак — выключит свет. Все это время я буду ждать в дальнем конце сада. В спальне двойные окна, щель под дверью я заткну мокрым полотенцем. Добавлю дров, открою печь и захлопну вьюшку. Через полтора часа вернусь, открою окна.

Под кровать я спрятал старую штору, которую нашел в «теремке». Дядя Слава весит не больше семидесяти, я набивал штору камнями и таскал из дома в сад и обратно. Без особых усилий. На всякий случай решил оставить у крыльца тачку.

Утром яма оказалась гораздо глубже, чем казалось мне прошлой ночью, — метра полтора как минимум, ничего странного, что я не мог выбраться оттуда. Лопату и фонарь с новой батарейкой я припрятал в «теремке».

Вторую часть плана я решил осуществлять в одиночку. Лариса будет ждать меня в машине. Засыпав яму (очень важно! — не забыть вытащить ключи от «Жигулей» из его кармана), мы выезжаем с дачи, дальше по проселку сворачиваем на Тихонравова, минуя Ярославку и Волковское шоссе, добираемся по Силикатной до Мытищ. Оставляем машину у рынка, там на пустыре стоят грузовики и автобусы, оставляем с открытой дверью и ключом в замке зажигания. Первой электричкой возвращаемся в Москву. Вот и все.

41

Перрон только что вымыли, мокрый и черный, он сиял, точно лакированный. По синим лужам бесцеремонно бродили наглые московские сизари. Пахло паровозной сажей и горячим железом, или, как пишут в романах, пахло путешествиями. На привокзальной площади я услышал крик — там, у подземного перехода, дрались две женщины. Таксисты и зеваки весело подбадривали их, два милиционера покуривали на ступеньках, наблюдая за инцидентом сверху. Поразила жестокость: в моем представлении женщины должны были пихаться, царапаться, в худшем случае — драть волосы друг другу. Эти бились по-мужски, кулаками, ухая и гакая. С жадным удовольствием целили в лицо. Удачные удары сопровождались возгласами зрителей. У одной, коротконогой блондинки с яичного цвета волосами, кровь из разбитого рта стекала на подбородок и грудь, она была похожа на жуткого бородатого уродца.

Я сел в такси, от трех вокзалов мы помчались через центр, по бульварам. Шофер, веселый малый, обращался ко мне «шеф» и говорил без перерыва всю дорогу. Рассказал два старых анекдота про Брежнева, посетовал на неведомые мне злоключения «Спартака», объяснил суть привокзального конфликта. Дрались проститутки, не поделившие сферы влияния.

Я не стал подъезжать к парадному, расплатился и вышел на углу у книжного. Ларису увидел сразу, она курила перед подъездом, неловко держа сигарету. Что-то случилось. Сердце у меня ухнуло вниз, я почти бегом поспешил к ней.

— Почему тут? У тебя же есть ключ... — Я хотел ее обнять, она подалась назад. — Что? Что-то произошло?

— Я два часа уже...

Она не закончила, раздраженно выкинула сигарету. Нетерпеливо сжав кулаки, прижала руки к груди и быстро зашагала к скамейке у клумбы.

— Ну? — Она зло повернулась, я поплелся за ней.

— Ты можешь объяснить, что происходит? — Я снова пытался поймать ее руку.

Мы сели на край лавки. Пахло масляной краской, лавки недавно покрасили, и сиденье было еще липким на ощупь. Лариса нервно потерла ладони, обветренные губы казались пунцовыми на белом лице.

— Что? Что происходит? — Я чувствовал, как душевное равновесие, выстроенное с таким трудом, идет трещинами и начинает разваливаться на глазах. — Ведь мы решили! Мы все решили!

— Я не могу спать, не могу читать, не могу думать. — Она заговорила нервно и торопливо. — Ничего не могу! У меня тут... тут...

Она задохнулась и с ненавистью стукнула кулаком себя в грудь.

— Тут у меня не сердце, а ком грязи. И грязь эта по всем жилам, по всем сосудам... и в голову, и в руки, и сюда... Грязь, понимаешь ты? Вместо сердца, вместо крови — грязь! Вместо жизни! Сплошная грязь, одна грязь! Ты понимаешь это?

— Да, понимаю. — Я чувствовал, у нее начинается истерика. — Именно поэтому мы и решили... Все закончится в пятницу. Осталось всего пять дней. Пять дней!

— Шесть! Шесть дней! И шесть ночей! Бессонных, проклятых, бесконечных... Это инквизиция, пытка... Пытка! Ты говоришь: все будет хорошо, все будет в лучшем виде. Все будет экстра-супер-класс...

Ничего такого я не говорил, но решил не возражать.

— Молюсь на утро! Что утром все будет свежее и чистое, новое, будто сначала можно... Всю жизнь начать сначала, чистую, без грязи. Новую жизнь! — Лариса всхлипнула, закусила губу. — Новую, понимаешь ты?

— Так и будет. — Я взял ее лицо в свои ладони. — Я тебе обещаю. Так все и будет. Потерпи, пожалуйста... Я знаю, это больно, очень больно. Шесть дней. Ради нас, ради себя: потерпи, родная...

Она беспомощно смотрела мне в глаза, с ужасом, мольбой и надеждой. Впрочем, надежды там было совсем чуть-чуть.

Мы прошли через арку во внутренний двор. Протиснулись между мусорных баков к нише с дверью, замок покапризничал, но открылся. По черной лестнице пробрались в подъезд, поднялись наверх. На кухне среди консервных банок, пакетов с мукой и гречкой я нашел пачку земляничного печенья. Достал чашки, поставил на плиту чайник. Когда вернулся в гостиную, Лариса, свернувшись, как кошка, уже уютно спала в углу дивана.

Я налил себе чаю. Принес альбом, карандаши, устроился в кресле напротив. Но до этого я тихо, на цыпочках, подошел к Ларисе, нагнулся и поцеловал ее в нежный, пахнущий оберткой от горького шоколада пробор. Что-то было в ней, кротко спящей, до слез трогательное, как в заунывных мелодиях Энио Морриконе или как в фильме про больного пацана и умирающую собаку, была при этом и какая-то тайна — холодная, нордическая. На память пришли скандинавские саги, хрустальные гробы в ледяных пещерах, хотя какая связь между девчонкой с Красной Пресни и средневековыми викингами?

Суть рисунка проста — соотношение белого и черного. Отсутствие цвета, этот своеобразный аскетизм, заставляет рисовальщика быть предельно честным. Живописец может спрятать свое неумение рисовать за сиянием звонких красок, за пестротой — гармоничной или диссонансной, ему легко отвлечь зрителя карнавальной мишурой цвета — импрессионисты отлично поняли это, постимпрессионисты уже не стеснялись своего дилетантского рисунка, абстракционисты довели эту идею до абсолюта: они просто выкинули рисунок как таковой, заменив его (в лучшем случае) условной схемой.

Рисовальщик гол, он предельно обнажен. Он подобен гладиатору, вооруженному одним копьем, на арене лишь лев и он. Продемонстрирует боец виртуозное мастерство и выйдет победителем или бесславно падет в песок на глазах бессердечной публики? Слава или позор, а третьего не дано.

При кажущейся простоте материалов — куда уж проще: лист бумаги, карандаш или сангина, может, уголь или пастель, — рисунок обладает невероятной психологической и эмоциональной глубиной. Главное в рисунке — темная линия на светлой бумаге. И самое простое, и самое сложное в рисунке строится лишь с помощью соотношения светлого и темного. Рисунок может быть проработан с фотографической четкостью или остаться стремительным вихрем нескольких лихих штрихов.

Да, вот еще: рисунок к тому же интерактивен: зритель способен проследить сам процесс создания. Следуя за живой линией, ты видишь не только, как двигалась рука Леонардо, но и как работал его мозг, как текло его воображение. Ты прикасаешься к гению — ни больше ни меньше стоишь за его спиной: вот грифель уверенно прочертил линию шеи, лихим овалом наметил волосы, собранные в пучок, вот лента, тут серьга, вот он подчеркнул тень у носа, проработал правый глаз, а левый лишь обозначил и оставил на растерзание нашему воображению.

Что может быть более волнующим, чем прикосновение к гению? Ты угадываешь его мысль, видишь зарождение, развитие и воплощение его замысла. Тебя охватывает тот же азарт, ты проникаешься той же лихорадкой, лихорадкой творчества. Будто ты сидишь рядом с Моцартом, которому звонкокрылые херувимы напевают в ухо волшебные мелодии, а он одной рукой наигрывает их на клавесине, а другой, вооружившись гусиным пером, стремительно расставляет кляксы нот по листу бумаги. Что может быть более волнующим, чем прикосновение к гению? Я думаю, самому быть этим гением.

Рисовальщик высокого класса подобен музыканту-виртуозу; безупречность владения инструментом, то есть техническая сторона, не обсуждается, она должна быть безупречной. Скрипка и смычок — продолжение Паганини, его органическая составная часть, равно как резец и молоток — продолжение Микеланджело, а свинцовый карандаш — Жан-Батиста Греза.

Виртуозность — дитя таланта и трудолюбия; рисовальщик, равно как и музыкант, обязан практиковать свое ремесло ежедневно. Лишь поступательное наращивание мастерства дает результат, буквально изо дня в день, по нескольку часов. Похоже на бег по ленте конвейера, которая движется в противоположную сторону: стоит остановиться — и тебя неумолимо тащит назад, завтра тебе придется начинать не с сегодняшней отметки, а со вчерашней. Это плата за лень.

Я испортил несколько листов. Начал с набросков, в которых должен был упражняться каждый день, — рука не слушалась, корявость линий обескураживала. Неужели это я настолько беспомощен?! Четвертый рисунок вышел на тройку, постепенно удалось вернуть плавность, в пятом начала исчезать скованность, в шестом наброске появился проблеск чего-то, отдаленно похожего на лихость.

Через час забрезжила надежда, через полтора у меня вышел первый приличный эскиз. О чем я тут говорю? Набросок — это не есть незаконченный рисунок, на который не хватило времени или усердия. Нет, достойный набросок — это отдельный жанр, совершенно самостоятельный и абсолютно законченный (вопреки утверждению Большой Советской Энциклопедии; в ее пятидесяти толстенных томах собрана невообразимая бездна всяких нелепостей).

Твоя задача — очаровать зрителя легкостью и размахом графической манеры. Ты должен за несколько мгновений набросать на листе рисунок, пронизанный взволнованной страстью, наполненный звонкой жизнью. Никаких жестких линий, никакой моделировки, к черту черчение! Ты — бог, ты — царь, ты — гений! Ты оперируешь воздухом и солнцем, творишь из брызг звезд и пятен света. Ты находишь квинтэссенцию мира и выражаешь ее в одной линии. В ней, в этой линии, спрессована вся человеческая цивилизация, в ней заключена вселенная — в идеале, разумеется.

42

Лариса спала тихо и покойно. Лишь один раз вздохнула — тяжко, горестно, и, точно освободившись от каких-то пут, потянулась; выставив руку, она уронила на плечо голову, ее кисть в безвольном жесте — смесь грации и страдания — свесилась с дивана. Эта рука — о господи! — у меня ком застрял в горле: от матовой бледности кожи, от утонченной хрупкости пальцев, от моей неспособности уберечь и защитить ее от мерзости нашего окаянного мира, впору было удавиться.

Опустив альбом на ковер, я неслышно подошел к ней. Едва касаясь, провел ладонью по бедру, осторожно лег рядом. Лариса даже не пошевелилась. Закрыв глаза, я продолжал видеть ее руку, ее лицо. Слышал ровное дыхание. Неожиданно мне пришло в голову, что пошлость и патока любовной лирики, всех этих страдальческих баллад и сонетов — возможно, всего лишь предельная обнаженность чувств. И если ты не испытал восторга этого чувства или забыл его, то заявления типа «я не могу жить без тебя» или «ради тебя я готов умереть» вполне логично вызовут лишь скептическую ухмылку. Да, в них мало творческого изыска, они наивны и простодушны. Но так же бесхитростны хлеб и вода. И даже самый утонченный эстет, очутившись в пустыне, не станет мечтать о шампанском и эклерах. Мы все одинаковы, и все зависит лишь от ситуации.

Короткий звонок в дверь прервал мою неглубокую философию. Лариса даже не шелохнулась, продолжала спать. Я соскочил с дивана, быстро прошел в прихожую. На пороге стояла соседка из восемьдесят пятой — Корнеева.

— Что у вас с газом? — Наташка одной рукой стягивала куцый халат на тугой груди. — Ты что, спишь?

— С каким газом?

— Из Мосгаза звонят, утечка, говорят...

— Кому звонят?

— У тебя телефон занят, позвонили мне. — Соседка поправила волосы, кивнула игриво: — У тебя там кто-то есть? Девицы?

— Да! Три! — Я потянул носом, газом не пахло вовсе. — Погоди...

Пошел на кухню: слегка воняло помойкой из мусоропровода. Конфорки на плите не горели, проверил все ручки — закрыты до упора. Взял телефонную трубку, в ней ныли короткие гудки.

— С телефоном что-то. — Вернулся в прихожую. — Что они сказали? Мосгаз?

— Проверить сказали. — Она пожала округлыми плечами. — Зайти к вам, сообщить.

— Спасибо.

— Может, покурим? — Наташка мотнула головой в сторону лестницы. — У меня есть. «БТ».

Из кармана на крутом бедре выпирали квадратная пачка и зажигалка.

— Да нет. Спасибо. Кольке привет передай. — Я взялся за дверь. — Как он там?

Она колюче посмотрела мне в глаза.

— Так же. Слепой. — И добавила мягче: — Ты б зашел, Голубь, а? Ему там совсем фигово одному.

— Да. Конечно, — с усилием соврал я. — Привет передай, ладно?

Закрыв дверь, еще раз зашел на кухню, остановился у окна. Настроение испортилось окончательно.

Колька был, что называется, друг детства. Определение, подразумевающее лишь ностальгическую связь и не обязывающее ни к чему в настоящем времени. Моя мать, прагматичная дама, строгая, из вузовских преподавателей, когда с Колькой два года назад случилась беда, сказала категорично: я не удивляюсь, странно, что он еще жив остался. Она звонила из своей Африки, я замер с трубкой в руке, по спине прошел холодок: а что она сказала бы про меня? Наверное, тоже не удивилась бы.

Я прижал лоб к холодному стеклу. За окном смеркалось, наступал вечер. Да, да, разумеется, Колька сам виноват: начал пить еще в школе, никуда не захотел поступать, торчал за гаражами с местной пьянью; портвейн, южноекрепкое, одеколон — классическая история, чего уж там.

Я поплелся в гостиную.

— Опять соседка? — не просыпаясь, выдохнула Лариса. — Все ходит...

Зазвонил телефон, я дотянулся до трубки:

— Слушаю.

— Квартира Голубевых? — наглым баритоном гавкнул мне в ухо по-пролетарски развязный голос. — Кто там ответственный квартиросъемщик? Позовите!

— Кто звонит? — в тон ему отозвался я.

— Мосгаз, — недовольно рыкнул пролетарий и что-то добавил в сторону, похоже, выругался. — Утечка у вас в квартире. Утечка газа.

— Нет никакой утечки. Я проверил.

— Проверил он... Утечка через муфту газоразборника, который в стене. Возможно скопление газа в межстенном пространстве. Скопление газа и взрыв. Проверил он...

— Нет запаха газа. Как может быть утечка без запаха?

— Ну умные все, сил нет! — Он снова выматерился в сторону. — А вот когда рванет? Как на Павелецкой прошлым годом, шесть этажей к едрене фене, как корова языком. Проверил он... Ладно, мастера сейчас пришлем.

Произнес так, точно мне наконец удалось уговорить его. Гегемон хренов. Я бросил трубку. Лариса, пробудившись окончательно, капризно спросила:

— Что еще? Какой запах?

— Газа. — Я сел рядом. — Мосгаз это. Слесарь сейчас придет.

— А сколько времени? — Она аппетитно, как ребенок, зевнула во весь рот. — Вечер уже? Мосгаз?

За окном висело тусклое небо цвета шинельного сукна с горящей оранжевой полосой на западе. Университет на Ленинских горах казался черной готической башней, по недосмотру перенесенной сюда из страшной немецкой сказки про злобных людоедов и заблудившихся сироток.

— Мосгаз, который Иванесян? — Она обвила мою шею и потянула вниз, к себе на диван. — С топором который?

Нас в детстве им пугали: то ли Ионесян, то ли Эгонесян — короче, Мосгаз. Чтобы мы, не дай бог, не вздумали открывать двери кому попало. Страшный бука, чернобородый цыган с мешком, ворующий детей, наш московский Джек-потрошитель. Первый знаменитый серийный убийца Советского Союза. Он числился массовиком-затейником в клубе, любовнице врал, что он тайный агент госбезопасности, выполняющий секретное задание, а на самом деле он был недоучившимся певцом Тбилисской консерватории.

Орудовал туристским топориком, купленным в магазине «Рыболов-спортсмен» за десять с полтиной. Им, этим топором, он убивал детей и женщин. Из нищих квартир уносил мотки пряжи, транзисторные радиоприемники, дешевые бусы, выворачивал карманы жертв, собирая копейки. Жуткий монстр оказался жалким трусом и мелким вором, на следствии плел что-то про Раскольникова, потом выяснилось, что Достоевского он даже не читал.

Возмущенные трудовые коллективы и группы граждан отправляли в газету «Правда» письма с требованием публичной казни на Красной площади. Предлагали повесить, отрубить голову, какой-то полковник в отставке, директор краеведческого музея из Уфы, предложил, «следуя исконным русским традициям», четвертовать злодея на Лобном месте, используя лошадиную тягу. С одновременной трансляцией по всем трем каналам центрального телевидения. Советская власть не пошла навстречу пожеланиям трудящихся. Убийцу судили, приговорили к исключительной мере наказания и через неделю расстреляли в Бутырской тюрьме.

43

Слесари Мосгаза, похоже, были крылаты — звонок в дверь прогремел минут через пять после того, как я повесил трубку телефона.

— Сиди тут. — Я чмокнул Ларису куда-то в висок. — Мигом с ним разберусь.

— Не груби! — Она погрозила пальцем, снова зевнула и лениво потянулась с кошачьей гибкостью.

Я встал, оглянулся: господи, точно ожившая картина, воплощение сонной неги, грация тициановской Венеры, румяная игривость проказниц Фрагонара, порочная невинность Боттичелли — господи, как же мне повезло! Карл Брюллов и Делакруа обожали такие сюжеты в восточном духе, когда рядили натурщиц в тюрбаны и парчовые шальвары. Лариса улыбалась, закинув руки за голову, подобно гойевской махе, бархат дивана отливал золотом, на стене в кровавых персидских узорах ковра сияли скрещенные сабли — какая композиция!

Я прикрыл дверь в гостиную и пошел открывать.

Поворачивая замок, мельком взглянул в глазок. Тип в кепке уткнулся в какие-то свои газовые бумаги. Я открыл дверь.

— Голубевых квартира? — Не взглянув на меня, он протопал на кухню, на ходу листая какие-то бланки.

Захлопнув дверь, я пошел за ним.

— Надеюсь, вы не собираетесь долбить стену? — Я щелкнул выключателем.

Свет залил кухню, она отразилась в темном окне как в зеркале.

— Долбить будем в крайнем случае, — буркнул он, снимая с плеча сумку и поворачиваясь. — Долбить очень не хотелось бы.

Это был дядя Слава.

Кухня стала ослепительно белой, точно кто-то врубил ртутные лампы. Кафель и потолок вспыхнули, яростный поток света оглушил меня. Я ухватился за край стола — никогда не думал, что фраза «его ноги подкосил страх» реальность, а не фигура речи.

— Сядь. — Он подтолкнул меня к стулу.

Ноги не слушались. Пальцами я нащупал поручень стула, не дыша опустился. С убедительностью добротного кошмара стали проступать мелкие детали. Кепка с длинным козырьком и «адидасовским» трилистником, черная ветровка на молнии, кроссовки. Маленькие, почти мальчишеские, руки. На мизинце — серебряный перстень с монограммой.

— Она здесь? — вкрадчиво спросил он.

Я не мог говорить, отрицательно мотнул головой.

— Ведь проверю, — нагнулся он ко мне.

— Нет ее... — задушенным голосом просипел я. — Уехала.

С брезгливым любопытством разглядывая меня, он выпрямился. Сунул кулаки в карманы куртки. От него пахло каким-то знакомым одеколоном, «Драккар», что ли, кажется, такой же дрянью душился Малиновский.

— Руки покажи! — неожиданно потребовал он.

Я машинально раскрыл ладони. Дальнейшее больше всего походило на ловкий цирковой фокус. Молниеносным жестом он схватил мою правую кисть, вывернул на излом, от неожиданности и боли я вскрикнул, что-то блеснуло, клацнуло — и через секунду мое запястье сжимал стальной браслет наручников. Другой браслет защелкнулся на поручне стула. Я дернул руку, короткая цепь звякнула и натянулась.

— Чтоб дурака не валял, — пояснил дядя Слава. — Для твоей же пользы.

Он быстро вышел в коридор, распахнул дверь в туалет, потом в ванную, исчез в родительской спальне, появился снова, открыл дверь в гостиную, вошел туда. Я сжался, ожидая крики, драку, смертоубийство... Ничего не произошло. Он снова появился в коридоре, деловито заглянул в мою комнату, раскрыл шкаф и кладовку в прихожей. Вернулся на кухню с початой бутылкой отцовского коньяка.

По-хозяйски распахнул кухонный шкаф, нашел стаканы, поставил на стол. Откупорив пробку, плеснул коньяка в оба стакана. Взял один, другой придвинул ко мне.

— Поговорим? — Он быстро, как ящерица, проглотил коньяк, вопросительно взглянул на меня.

Свободной рукой я взял стакан, влил в себя содержимое. Безвольно, как робот. Наверное, у меня было что-то вроде шока, я даже не почувствовал вкуса. С тем же успехом в стакане могла быть вода. Дядя Слава достал из кармана ключ, миниатюрный, вроде ключа к хорошему чемодану. Показал мне и положил на дальний угол стола.

— От браслетов. Когда я уйду. — Он говорил спокойным голосом, вкрадчиво, как доктор. — Нам тут коррида ни к чему, а ты юноша вспыльчивый, склонный к импульсивным поступкам, судя по моей машине. Поэтому ты будешь сидеть смирно и тихо меня слушать. Договорились?

Я кивнул — что еще мне оставалось. Немного обнадежила фраза «когда я уйду», может, все не так уж плохо.

Он продолжил тем же докторским тоном:

— Ты ее любишь. Тебе двадцать один год, ты уверен: она твоя судьба, твоя единственная любовь. Прямо до гробовой доски. Ты готов ради нее пожертвовать всем — деньгами, положением, даже жизнью. Особенно жизнью... И я верю тебе, ни на миг не сомневаюсь в твоей абсолютной искренности и беззаветной жертвенности. Скажу больше: я понимаю тебя. Ты даже не представляешь себе, насколько хорошо я тебя понимаю.

Он замолчал. Взял бутылку, налил мне и себе. Налил по чуть-чуть, на один глоток. Тупо, как под наркозом, я уставился в янтарную жидкость на дне стакана.

— Но я не хочу, чтобы у тебя создалось неверное представление... — он аккуратно приподнял стакан, — о ситуации. И если я сейчас занимаюсь проповедями вместо активных действий, то делаю это не из абстрактного гуманизма... — он сделал глоток, — не из жалости к тебе или неспособности решить проблему кардинально...

Он запнулся, подавшись ко мне, коротким жестом резко шлепнул меня по щеке ладонью. Я не успел даже дернуться.

— Ау! Художник! Ты понимаешь меня? Проснись! Ну-ка...

Указательным пальцем он придвинул мой стакан. Я выпил. Он удовлетворенно кивнул.

— От твоей сообразительности сейчас зависит дальнейшее развитие событий. И я очень рассчитываю на твою смекалку. На природный здравый смысл. Поскольку это избавит нас от неприятных и болезненных хлопот. Неприятных для меня и болезненных для тебя.

Коньяк мягко ударил в голову. Спазм, скрутивший в узел мою волю, начал слабеть. Шок отступал, оцепенение сменялось страхом. Я слушал его голос, спокойный и вкрадчивый, точно голос ночного диктора какой-то скучной радиостанции, и с неторопливыми интонациями и банальными речевыми оборотами в меня втекал ледяной ужас. Больше всего пугала именно трафаретная заурядность. Он не рисовался, не угрожал, не пытался застращать. Не изображал из себя хладнокровного злодея или сорвавшегося с цепи психопата, в нем было что-то от патологоанатома, от сжигателя трупов, от ветеринара, делающего смертельный укол безнадежно больной собаке. Передо мной сидел профессионал, который занимался своим делом. Обыденно практиковал свое ремесло. Именно обыденность пугала больше всего.

— Я надеюсь тебя убедить, — продолжил он. — Надеюсь, ты сделаешь правильные выводы и мы решим нашу проблему. Как говорил один философ, у любой проблемы есть имя, фамилия и адрес. В данном случаем — это твое имя и твой адрес. По своему опыту знаю, что на человека можно повлиять тремя способами: запугать, подкупить или убедить. Есть четвертый — кардинальный... Но его мы пока не будем касаться... я надеюсь.

Его слова, гладкие и скучные, как пуговицы на драповом пальто, выводили происходящее на уровень полного абсурда. Напоминали записки Луи Арагона времен дадаизма. Кардинальный способ — что за дичь! Это был ранний Макс Эрнст или поздний Рене Магритт, спектакль из репертуара театра абсурда на фоне кухонных декораций номенклатурного пошиба — двухкамерный «Розенлев», итальянский кафель, югославский гарнитур «Милена» из двенадцати предметов.

— Людям свойственно заблуждаться — звучит банально, да? — Он посмотрел на свои ровные розовые ногти. — И здесь очень важен научный подход. Ведь у вас в институте есть политэкономия? Есть. А чему нас учит марксизм-ленинизм? Правильно, материя первична. Все, что можно потрогать. А что нельзя — то химера и фикция.

Тут он, возможно, заблуждался, но возражать я не стал. Сидел и слушал, пытаясь хоть как-то собрать разлетевшиеся мысли.

— Важно объяснить человеку его приоритеты. Как я уже сказал — превосходство материального над духовным. Любовь, честь, достоинство, безусловно, важны. Но они важны для живого человека. И лишь безнадежный романтик или клинический идиот сделает неправильный выбор между... — он посмотрел в потолок, вроде как подыскивая пример, — между, предположим, любовью и жизнью. Ведь любовь мертвецу — это ж как безногому ботинки. Лучше быть живой собакой, чем мертвым львом. Банально, но факт! Честь и достоинство — такие же химеры, поверь мне. Я уж таких гордецов перевидал — фу-ты ну-ты, испанские гранды и английские лорды просто! — ползали потом в крови и соплях, сапоги лизали.

Он усмехнулся одними губами, внимательные глаза, линяло-серые, глядели из-под козырька так же холодно.

— Как писал классик, а? И однажды в твоей жизни появится новое имя, которое превратит все прежние имена в пыль. Кто сказал?

— Достоевский, — буркнул я.

— Приятно говорить с культурным человеком. Ты через год, да что там год, к осени забудешь все это! — Он беспечно махнул рукой. — Диплом на носу. Сам красив, богат, вон квартирища какая! Девки же просто с ума будут сходить! К тому же предки в Африке, фирменные тряпки чемоданами шлют. «Березка», чеки серии «дэ». Папашу вот-вот торгпредом назначат — а это еще как минимум два срока и денег три ведра.

Снова та же щучья улыбка, пристальный взгляд.

— Не будь дураком, Голубев! Это ведь даже не компромисс, а всего лишь здравый смысл, поверь мне, я-то знаю. Сам в твои годы заблуждался... Про чистые руки и горячее сердце. Фасад все это, деревни потемкинские, на фанере красивыми красками нарисовано, а за фанерой...

Дядя Слава снова махнул небрежной рукой. Но где же Лариса? Прячется? Наверное, услышала, узнала голос... Боковым зрением я видел весь коридор до самой прихожей.

— Хорошо, я помогу тебе. Вот, к примеру, твой дед, Голубев Андрей Васильевич. Герой Советского Союза, похоронен на Новодевичьем кладбище, два ордена Ленина, три Красного знамени, Грюнвальдский крест, орден Почетного легиона. Сражался на Халхин-Голе, за прорыв Ленинградской блокады и участие в ликвидации Шлиссельбургской группировки награжден орденом Кутузова первой степени... Да что там, героический дед.

За окном точно сменили декорацию — разом зажглись фонари по обе стороны набережной, и тут же из маслянистой Москвы-реки им в такт отразились желтые зигзаги. По мосту, тоскливо позванивая, полз трамвай, меж фонарей сиротливо засветились обвисшие гирлянды, забытые с прошлогодней Олимпиады. На лестничной клетке грубо, точно ругаясь, залаял сенбернар Кинг, соседка вывела старого кобеля на прогулку. По ним можно было проверять часы — уже половина десятого.

Дядя Слава неторопливым голосом продолжал; я смотрел в темноту окна, в призрачное отражение кухни, и старался его не слушать. Он говорил про Халхин-Гол, про Блюхера, про архивы — «их архивы».

Никто и никогда в нашей семье не говорил об этом. Ни при жизни деда, ни потом. В семье повешенного о веревке не говорят, а ведь у нас что ни семья, то повешенный. Я вырос, следуя этим правилам, меня отлично выдрессировали. Не задавай ненужных вопросов — не получишь неприятные ответы. И пусть правда выпирает отовсюду, даже сквозь суконную канцелярщину Большой Советской Энциклопедии — что за страшная эпидемия пронеслась над страной в тридцатые годы, скосив каждого второго генерала и маршала? — черт с ней, с правдой. Не спрашивай.

Я рос, когда правду, которую вытряхнул простоватый Хрущев, этот любитель украинских косовороток и кукурузы, уже успели замести под ковер. Колосс — усы и трубка, походный сюртук, весь балаганный набор, — уверенно поднимался из гроба, набухал грозной тучей, заслоняя небо нашего сумрачного Эльсинора. Постепенно порядок вернулся — в умы, в речи, в книги. За год до смерти бабки я, пылкий подросток, испорченный беллетристикой Толстого и Достоевского и поэзией Рильке и Ахматовой, спросил: как дед мог всю жизнь служить этому монстру? Бабка ответила, я уверен, словами деда: «Это политика. У Сталина было много врагов». Тогда я заткнулся, смущенный многозначительностью формулировки, а сейчас мне видится немного другой смысл в этой фразе. Ведь так и должно быть: у маньяка и убийцы просто должно быть много врагов. Практически все человечество.

44

От деда мы перешли к отцу. Он, мой отец, начал сотрудничать (дядя Слава нашел умильное определение стукачеству, «начал помогать нам»), еще учась на экономическом факультете МГИМО. Разумеется, помогает и сейчас. Факт мне известный, но от того не менее мерзкий. Тем более когда об этом тебе говорит незнакомец на твоей собственной кухне, в твоей собственной квартире. Да и говорит таким тоном, точно ты уже согласен с его доводами.

Этот дядя Слава был толковым психологом, наверняка там, в их школах, этому учат. Он не просто предъявлял факты, он наполнял истории светом, мастеровито расцвечивая декорации, выхватывал статиста из массовки и, ловко мазнув румянами, оживлял его. И вот передо мной уже не просто картонный шофер торгпредства, а Николай, у которого старенькая мама в деревеньке под Саратовом тихо умирает от рака, да к тому же двое детей, а сам он увлекается чеканкой и любит Сименона. И все это на фоне изнуряющей африканской жары, с парой чахлых пальм, плавящихся на горизонте.

— Но каким же надо быть идиотом, чтобы рассказывать такие анекдоты своему шефу? — Дядя Слава умильно улыбнулся. — И, конечно, твой отец был прав: таковы правила игры. Он молодец, твой батя, все верно: дурак — хуже врага.

Потом возникла некая Рая из бухгалтерии, «сдобная штучка да и затейница по этой части; но мы ведь тоже люди, понимаем, не стали наказывать, а просто объяснили», дядя Слава шутливо погрозил пальцем.

— И он все понял. Надеюсь, и ты поймешь.

Во рту было мерзко, страшно хотелось курить и пить одновременно. Я уверен, он с удовольствием дал бы мне сигарету и налил воды. Ладони казались грязными и липкими, а может, они и были такими — от пота, от страха, от его слов.

Нет, хреновый ты все-таки психолог, дядя Слава, совсем никуда не годный! Мне было страшно, да, ему удалось меня напугать. В нем была спокойная уверенность и хладнокровная жестокость, от которых холодела спина, но чем дольше я слушал его, тем крепче становилось мое упрямство, тем омерзительней казалась его убежденность в том, что я тоже сдамся.

— Что вам от меня нужно? — нарочито тихо и спокойно произнес я (не уверен, что мне вполне это удалось).

Он прищурился, точно пробуя мои слова на вкус — не горчит, нет? Вроде бы нет.

— Ты напишешь ей письмо...

— Письмо? Вы будете диктовать?

— Зачем? Ты сам напишешь. Найдешь правильные слова, точные обороты. От души напишешь, так оно лучше всего выходит — когда от души.

— Занятно от вас про душу слышать.

— Ничто человеческое... — Он весело засмеялся. От души.

— В чем суть письма?

Он, прекратив смех, развел руками:

— Ну не знаю, сам реши. Предположим, передумал, устал, влюбился в другую. Вон, в соседку с кобелем! Или понял, что рано связывать себя по рукам и ногам. Испугался ответственности. Родители пригрозили лишить наследства... Да мало ли убедительных причин? Будь ты мужиком, как ребенок, честное слово...

— Так. Письмо. Вы сами ей вручите?

— Голубев, не надо валять дурака. Почта.

— А дальше?

— Что — дальше? Дальше ты собираешься и сегодня же отчаливаешь из Москвы...

— Куда?

— Да мало ли прекрасных мест! В Карелию! В страну голубых озер. Или на Кавказ, в горы, на Памире ведь небось ни разу так и не был? Или озеро Иссык-Куль, говорят, красота неземная. Можно на Рижское взморье махнуть — ночь в поезде, утром уже там. Сосны, песок, море — Дзинтари, Дубулты, блондинки с бледной кожей и тевтонским акцентом. Или Таллин! Считай, Европа, гостиница «Виру», гриль-бар, варьете ночное — девчонки голые пляшут, как в Мулен-Руж почти.

— И надолго?

— До сентября. Думаю, к сентябрю все устаканится.

Я задумался, сделал вид, что оцениваю калейдоскоп внезапных туристических возможностей. Кухонная дверь была распахнута настежь, наверняка Лариса слышала каждое слово.

— А если нет? — Я отодвинулся от стола и закинул ногу на ногу.

— Нет? — Дядя Слава снова посмотрел на свои ногти, потом на меня. — Надеюсь, вопрос чисто гипотетический и ты, как человек практичный, просто желаешь выслушать все варианты. Из чистого любопытства. Я правильно тебя понял?

— Допустим.

— И именно в гипотетическом ключе мы рассматриваем альтернативный вариант. Вариант номер два.

— Чисто в гипотетическом.

Дядя Слава разлил остатки коньяка по стаканам.

— Повторяю еще раз, слушай меня очень вниматель-но. — Он сделал маленький глоток, поставил стакан перед собой точно на то же место. — Я не альтруист. И не гуманист. Я не хочу использовать кардинальные меры лишь по одной причине — Лариса. Она догадается. И это здорово усложнит наши и без того непростые отношения.

Он снял кепку, положил на стол, ладонью пригладил неважные волосы. Без кепки он выглядел старым и мятым. Дряблые веки, брезгливый рот в усталых складках.

— И как же этот альтернативный вариант вы соби-раетесь... — я запнулся, ища слово, — осуществить?

— Это как раз просто.

Он ответил и снова провел рукой по волосам, береж-но погладил макушку. Должно быть, здорово переживал из-за лысины.

— Передозировка. Обычное дело. — Он кивнул на свою спортивную сумку, что стояла у плиты. — Все с собой.

— Я даже дурь не курю! — Мне стало смешно.

— И не надо! — Он охотно согласился. — Какая дурь? Золотая доза, брат! Хмурь!

— Какая хмурь?

— Героин, дружище, героин! Который ты приобрел на Курской банке у бегунка по кличке Вялый, у него же и агрегат купил. А Вялый тебя в морге опознает. Ведь дело мы под свой контроль возьмем, сам понимаешь. И заклю-чение патологоанатома будет как из учебника кримина-листики: систематическое употребление наркотических средств внутривенно в течение последнего месяца.

— А как с консьержкой быть? — Я дернулся, забыв про браслет. — Она ж наверняка запомнила фальшивого слесаря. В кепке «Адидас». Или ее тоже бритвой по горлу?

Дядя Слава снисходительно покачал головой:

— Ну неужели ты думаешь, что я поперся через подъезд? А черный ход для кого сделан?

— Хорошо, но героин ваш — это ж полный бред! Кто в это поверит?!

Дядя Слава встал, подошел к окну. Долго там, в темноте, что-то разглядывал. Если бы не плешь, со спины его можно было бы принять за восьмиклассника. Потом он повернулся. Злой и бледный.

— Поверит? — мрачно переспросил он. — Кто поверит?

Он уставился на меня, вперился своими оловянными, как у волка, глазами.

— Те, кто верил, что Блюхера завербовала английская разведка, а Зиновьев копал подземный ход в Японию? Что Каменев замышлял отравить Сталина, подсыпав мышьяк в трубочный табак? Кто сегодня верит в нашу мирную помощь братскому народу дружественного Афганистана? Ты про них?

Он сжал кулаки.

— Ты ж понимаешь, что не партия и не Политбюро правят страной. Не эта шобла старых кретинов во главе с маразматиком Брежневым принимает решения. Не они, а мы! Мы стоим у руля! Мы!

Последнее слово он выкрикнул, но тут же взял себя в руки и продолжил тише:

— Вроде взрослый мужик, а рассуждаешь что ребенок. Не ожидал такого инфантилизма, не ожидал... Это ж тебе не книжка братьев Вайнеров и не телепостановка «Следствие ведут знатоки». И не приедет на место преступления усталый следователь с честным лицом Олега Басилашвили, и не будет бригада кропотливых криминалистов снимать отпечатки пальцев со стаканов, бутылок и дверных ручек. Но лично для тебя я, в порядке исключения, протру все ручки, вымою стаканы и неслышно выскользну через черный ход в тихую московскую ночь. А тебя найдут дня через три... По запаху.

Он втянул воздух и поднял указательный палец вверх.

— Думаю, соседский кабыздох учует — как его кличут? — спросил как бы между прочим.

— Кинг.

— Вот, Кинг и учует. Вызовут участкового, слесаря из ЖЭКа. Слесарь вскроет дверь. Участковый позвонит нам, он уже предупрежден, что гражданин Голубев находится под наблюдением как подозреваемый по делу о нелегальном обороте наркотических средств. Приедут наши люди, пригласят понятых из соседей... К вечеру весь дом будет судачить о трагической истории мальчика из хорошей семьи...

Дядя Слава, скроив скорбную мину, прошамкал:

— Внучок генерала Голубева, слыхали? Наркоманщик оказался! Папаша во Внешторге служит, а сынок героином-кокаином колется. Да и неудивительно — свободный художник. Чего еще от них, паразитов, ожидать?

Он развел руками, оскалился в улыбке.

— Но Лариса, — проговорил я медленно, — она-то не поверит.

По его лицу, точно тень от птицы, промелькнуло болезненное выражение, едва уловимый намек на гримасу, намек на боль. Я понял, что попал в цель.

— Лариса, — я повысил голос, — она догадается, она поймет. Она сегодня тут была, всего несколько часов назад сидела на этой кухне! Вот тут!

Я свободной рукой ткнул в пустой стул напротив.

— А потом в спальне. — Я говорил все громче. — В спальне было светло, но никаких следов от уколов она не увидела. Не нашла ни одного. Мы целовали друг друга, и она исцеловала каждый миллиметр моего тела, каждый изгиб, каждую...

Договорить я не успел. Он оказался рядом, на удивление быстро, почти моментально, коротким ударом вмазал мне хлесткую пощечину. Кухня дернулась, в голове точно грохнули поднос с посудой на кафель. На секунду я оглох.

— Никогда не поверит! Никогда! — В ушах, как через вату, звенели веселые бубенцы, и от этого я орал громче и громче. — Вы же из-за нее все это затеяли! Из-за Ларисы! Она и сейчас вас ненавидит, а после...

Он снова ударил.

Никак не ожидал, что банальные пощечины могут быть так эффективны. Так болезненны. Но боль меня радовала, я словно наконец проснулся, наконец продрал глаза. Будто вышел из комы. Страх, парализующий и липкий, куда-то исчез. Я выпрямил спину, сжал кулаки. Яростный азарт, какой-то дикий, звериный восторг просто пер из меня. Я подался вперед, вскочил, ухватив стул. Как безумный захохотал ему в лицо.

45

Он ударил еще и еще раз.

В голове стоял дикий трезвон, левая половина лица пылала, ухо точно обварили кипятком. Меня качнуло, я грохнулся вместе со стулом на пол; в боксе, кажется, это называют нокаут. Ударился плечом и головой. Кафель холодил щеку, перевернутая кухня выглядела совсем незнакомой, на внутренней стороне столешницы синело заводское клеймо. Я разобрал слово «Белград» и год выпуска «1976».

К моему лицу приблизились кроссовки, пахнуло едким одеколоном.

— Не смей, щенок, — проговорил мне голос в самое ухо. — Не смей! Что ты вообще в жизни видел? Что ты знаешь?

Голос стал другим — злым и честным, как будто до этого он, этот дядя Слава, изображал кого-то, актерствовал. Новый голос был гол и страшен. Таким же голосом, тогда по телефону, он грозил отбить мне почки. Исчезли вальяжные интонации, испарился ленивый цинизм, пропала невозмутимость профессионала. Я понял: этот убьет и не поморщится.

— Ты — праздная мразь. — Его колено уперлось мне в шею. — Беспечный подонок...

Он схватил меня за волосы и с силой придавил шею коленом к полу.

— Таких нужно душить в люльке. Прямо в пеленках! Мразь поганая! Вам, сволочам, все достается даром. Прямо с рождения!

Я начал задыхаться, дернул головой — куда там. От боли мутило, я попробовал спихнуть его; с таким же успехом я мог попытаться сдвинуть бетонную плиту.

— Если бы ты знал, как я вас ненавижу, — он надавил сильней, — как я вас всех ненавижу!

Я захрипел, мне казалось, что мои шейные позвонки вот-вот треснут.

— Фартовая плесень! Удачливые красавцы, весь мир в кармане, да? — В голосе звенела мстительная ярость. — Поймали бога за бороду? Ох, как мне знакома ваша сучья сущность! Я с таким же, как ты, гаденышем вместе рос, в одной семье... я вас изучил как облупленных... И повадки те же, аристократов они, понимаешь, из себя корчат, интеллектуалов. А другие — чернь, быдло. Грязь под ногами. Ненавижу!

Он зарычал, негромко и страшно, как пес, терзающий кость. Сквозь боль у меня мелькнула мысль, что он сошел с ума.

— Неудивительно, что она клюнула! Даже лицом похожи... Это ж как насмешка просто! Ты что, нарочно, господи! — хрипло выкрикнул он. — Ведь каких трудов мне стоило от одного избавиться, на тебе — на его место другой тут же! Ну что ты будешь делать...

Он наклонился к самому моему лицу и заговорил азартно и нервно. Он сбивался, перескакивал, бросал одну фразу и начинал новую. Будто старался уложиться в некий ограниченный отрезок времени. Теперь я был почти уверен, что он действительно спятил.

— Ты ведь, Голубев, даже представить себе не можешь. Ведь это я познакомился с Ольгой. Первым познакомился я. Я! Какая же она красавица была, о-о! Мы с ней в театр, в кино... В «Арагви» водил... На улицах мужики оборачивались, да! И ведь угораздило меня... но неужели я мог предположить, что брат родной, брат, понимаешь? И он мне говорит: Славик, не твоя лига это. Не моя лига? Ах ты, сволочь, не моя лига! Но ты ведь брат мой? Как ты можешь? Ведь брат, понимаешь, брат?

Казалось, он пытался выговориться, избавиться от адского бремени, которое он тащил за собой по жизни. И чем больше он говорил, тем призрачнее становилась моя надежда на благоприятное разрешение ситуации лично для меня.

— А потом, когда Лариска уже подросла, ты знаешь, я даже простил его. Черт с тобой, думаю, черт с тобой! И его простил, и Ольгу... Да я Ольгу-то и не винил никогда, она ж как птица певчая: кто зерно сыплет, тому она и песни поет.

Колено на моей шее ослабло, возможно, я мог бы спихнуть его, вырваться. Но я не шевелился, решил выждать.

— Но что больше всего бесило, так это его уверенность в собственном превосходстве. С самого детства, вот сколько себя помню. Мы в одну школу ходили, он на два года старше был, так он тебе и капитан футбольной сборной, и на олимпиаде по математике тоже он — Дима Каширский. Димочка! Альберт Эйнштейн, Ален Делон и Лев Яшин в одном лице. А тут предпоследним стоишь на физре, да еще тебе каждая училка в нос тычет: а вот у Димы по биологии пятерка была... А вот Дима то, а вот Дима се...

Я попытался медленно согнуть колени. Медленно и незаметно. Теперь нужно было высвободить левую руку. Правая была намертво прикована к стулу, стул застрял под столом, и я едва мог пошевелить кистью.

— Знаешь, как меня дразнили? Шкет! Кличка такая, представляешь? Так на зоне пассивных пидоров дразнят. Я после узнал... А потом Рыба! Почему «рыба», до сих пор не пойму... В пятом два сивака из «Б» класса меня отдубасили, не сильно, так, нос расквасили, фингал под глаз поставили... Не больно, но обидно, а главное — ни за что! Ну рассказал я, что это они там в сортире курили — тоже мне… Так ты думаешь, он, братец мой, заступился за меня, пошел им накостылял? Во, выкуси! Сам виноват, говорит, правильно, не будешь стучать! Стучать! Вот ведь гад!

У него срывался голос. Я не видел, но был уверен, что он уже начал жестикулировать. Он перестал орать мне в ухо; к кому он обращался, крича в кухонный потолок — к богу, что ли? Если мне удастся вывернуться, я в два счета отпихну его ногой, потом вскочу…

— Я на тебе поставил крест! Это он на мне — ты представляешь?! Брат на брате поставил крест — и из-за чего? Я ему: это достойная организация, конечно, были ошибки и перегибы, но ведь время какое? Ты сам физик, должен понимать. Мы же против всего мира, они ведь только и ждут, когда мы расслабимся, утратим бдительность. А он: подонки и палачи! Крест! А когда ты у меня Ольгу уводил — это как?

Он всхлипнул. Может, мне послышалось. Дышал сипло и часто. Будто бежал и теперь никак не мог отдышаться, хватал ртом воздух. Да, как рыба.

— Не мог понять он, каково шкетом быть. Недомерком и обмылком, да еще и при брате таком! Не мог даже вообразить, да и не пытался, плевать он на меня хотел. Презирал — уж я-то знаю, всю жизнь презирал. Стыдился, как урода… Ну нет у меня талантов, ну не красавец я двухметровый, так что ж, теперь меня за это в грязь втоптать? В грязь, да?

Конец фразы он выкрикнул, по-бабьи истерично, фальцетом. Отдышался и вдруг перешел на шепот:

— Это потом только до меня дошло: а ведь он, Димочка, в этом и виноват, братец мой… Ведь не родись он первым, это был бы я. Я! И футболист, и ученый, и красавец двухметровый — все я! Выходит, он у меня попросту все украл, всю мою жизнь. Стибрил, слямзил, спер, похитил — как вор, как щипач трамвайный.

Он шмыгнул носом, кулак ослаб, его пальцы отпустили мои волосы. Он был за моей спиной, лица я не видел. Колено продолжало жать меня к полу, но боли я не чувствовал. Я уперся в пол левой рукой. Страха не было — я моложе, сильнее и терять мне, похоже, нечего. К тому же, как говорил дед, страх — самое непродуктивное чувство.

— Где справедливость? Где, я вас спрашиваю? Ведь не может, не должно быть так! Господи, ну как же ты допускаешь такое? Как?!

Он сделал паузу, точно в этом месте должны были грянуть трубы архангелов.

— ...И тут раздается мне звоночек... Из «трешки», из «особого» звонят: так, мол, и так, братец ваш Каширский Дмитрий Данилович, физик, правильно? Правильно, отвечаю. Он в оперативной разработке, говорят, не зайдете к нам побеседовать? С удовольствием, отвечаю.

Я напряг спину, подтянул колено. Я был готов. Пружина, сжатая до предела пружина.

— И ведь что смешно, дело-то — пустышка, в чистом виде пустышка! Ну контрольная выемка корреспонденции. Ну результат негласного досмотра — пара книжек, Зиновьев вшивый, Солженицын. Телега от институтского фуфыря, да еще оперативка насчет конференции, мол, встречался там вне регламента с каким-то япошкой. Ни фото, ни записи — отчет наружки. Бумажка! И все! Я ведь мог его отмазать в два счета. — Дядя Слава засмеялся. — Мог, мог!

С улицы долетел едва различимый сигнал «Скорой помощи», назойливый и истеричный, точно в соседней вселенной какой-то подонок мучил кошку.

— Тут я и понял: вот оно! Свершилось правосудие! Бог не фраер, правду видит. Дождался-таки, не напрасно страдал, на брюхе ползал, как там про мышкины слезы говорят, отольются? Вот-вот! И за шкета, и за рыбу, и за Ольгу — за все разом ответишь, сука! Помню, вот как сейчас помню, сижу у Фирсова в кабинете, и тут точно озаренье божье на меня снизошло... Правосудие и справедливость! Вот оно! И я — меч карающий в руках твоих, господь мой всемогущий! Карающий!

Он захохотал, бесстыдно и плотоядно.

Все, сейчас! Я оттолкнулся от пола рукой и коленом. Устремился вверх, откидывая его тело в сторону. Легко! Загремел стол. Пустая бутылка, стаканы упали и покатились, весело грохнулись на кафель, разлетелись звонкими брызгами. Я выпрямился, ухватил стул, прикованный к руке, я уже был на ногах.

В этот момент он ударил меня в горло. Прямой короткий удар. Точно в кадык, как копьем. В глазах стало черно от боли. Я хватал ртом воздух, но не мог протолкнуть его в легкие. Горло сжал спазм, точно мне вбили кол в глотку.

46

— Идиот, — ласково проговорил дядя Слава. — У меня черный пояс.

Я снова валялся на ледяном кафеле. Итальянская плитка неудачно имитировала черный мрамор, но матери почему-то понравилась именно она. Наверное, своим антрацитовым отливом — и дураку сразу видно, что вещь импортная и дорогая. Отцу было наплевать, мне тем более. Горло саднило, в памяти зиял небольшой провал, похоже, на какой-то момент я потерял сознание — совершенно не помнил, как рухнул на пол.

Дядя Слава порылся в своей сумке, что-то достал. Какую-то продолговатую коробку, чуть больше сигаретной пачки. Присел на корточки передо мной, чуть наклонив голову, точно любознательный ребенок, разглядывающий диковинного жука.

— Мистика... — пробормотал он. — Глаза и рот, но, главное, глаза...

Я пытался разглядеть, что за коробка у него в руках. Что-то вроде футляра для очков.

— Вот ты скажешь — месть, — задумчиво, чуть ли не задушевно начал он. — И попадешь пальцем в небо. Месть — развлечение для дураков, для индивидуумов с ограниченным интеллектом. Месть скучна и напоминает забивание гвоздей — приятно, но однообразно. Мне же тогда открылась картина устройства мира, знаешь, будто господь показал чертеж вселенной. Шестереночки всякие, колесики. И все тикает... Тик-так, тик-так.

Он сидел на корточках прямо передо мной, но глаза его смотрели куда-то мимо, сквозь меня. Он открыл футляр, там был шприц. Пахнуло аптекой.

— Знать устройство нашего мира, понимать, как вся эта швейцарская механика функционирует, — это ли не удача? А добавь сюда возможность контроля: подкрутить гаечку тут, а шайбочку там, рычажок ослабить, маслицем капнуть — это ли не счастье?

Тихо улыбаясь, он смотрел в кухонную стену, будто там простиралось бескрайнее море или волшебная долина.

— А зона... Зона бы его сломала. — Он вздохнул. — Сломала бы. Уж больно гордый был. Да к тому же Ольга бы его ждала. Надеялась бы. Вот говорят, смерть. А что смерть? Что мы о ней знаем? Может, смерть — это дар? Мы всю жизнь барахтаемся, подличаем, себя изводим и других мучаем, даже убиваем, чтобы ее избежать, а она ласковая и добрая. Как фея из сказки... Может, именно потому с того света никто и не вернулся в жизнь?

Он негромко усмехнулся, будто припомнил что-то забавное.

— Но он, братец мой, так ничего и не понял. Ни-че-го. Той ночью в камере я ему пытался втолковать — дохлый номер. Все удивлялся, потом рыдал. Раньше слезы нужно было лить, раньше. Раньше, дорогой мой.

Улыбка исчезла, он сжал губы, зло мотнул головой.

— Но каким же манером ему удалось меня с того света достать? И как! — Его мысль куда-то перескочила. — Не сравнивала? Нет? Да и кто тебе поверит? Ведь каждую окаянную ночь! Каждую, понимаешь! Даже мертвый он лежал в нашей кровати, там, с другого края, лежал и скалился. А она, покорная рабыня, выключала лампу и молча разводила ноги. Интимные ласки под присмотром покойника — как тебе такой кандибобер?

С моста долетел трамвайный звон, скользкий визг железа по железу. Потом бабий дурной вой. Дядя Слава даже бровью не повел.

— С того света достал, подлец... — вполголоса произнес он. — Не мог я с Ольгой, физически не мог, понимаешь про что я? По идее, должно быть наоборот: ведь мне она досталась в конце концов, как приз, как трофей, как кубок кубков и кубок чемпионов. Мне! Да и любил я ее. Наверняка любил. Головой-то я все понимал, а вот поделать с собой ничего не мог. Это вроде книги, знаешь, любимую книгу грязнуля вернет тебе, а там, на страницах, и пятна от пончиков, и круг от чашки на обложке. И все — нет книги, хоть на помойку выбрасывай.

На мосту что-то происходило: захлебнулась обморочным воем сирена, милицейский свисток коротко взвизгивал, будто резал воздух злыми трелями.

— Отчаянье, понимаешь! Насмешка судьбы! Как тот грабитель, всадивший нож в спину ювелиру и счастливо ушедший от погони по головокружительным карнизам и ночным крышам, ты наконец в своей тайной берлоге алчными руками вываливаешь из черного мешка награбленные сокровища и обнаруживаешь, что они — ржавые гвозди и битое стекло. Как тебе такой оборот?! Ты рыдаешь, ты воешь. Ты раздавлен. А в небесах циничные херувимы хохочут павианами: тебя предупреждали, будь осмотрительней в своих желаниях — ведь они могут исполниться! Капкан, капкан, капкан...

Он несколько раз повторил слово, оно потеряло смысл, превратившись в шаманское заклинание.

— Капкан! Вот тут он. — Дядя Слава шлепнул ладонью себя в лоб, засмеялся. — Все беды и препоны нам видятся исключительно как козни внешнего мира — дурак-начальник, кретин-сосед, дрянная погода, маленькая зарплата. Исправить эти неполадки, и все — живи не хочу! Представляешь, что стало бы с нашим миром, взбреди богу блажь выполнять все наши желания?

Он снова засмеялся, невесело покачал головой.

— Мне даже показалось, что я того... Чокнулся. Сбрендил, понимаешь. Дикое ощущение, будто внутри тебя живет кто-то еще. Живет-живет... И он, этот зоркий критик и чуткий рецензент, мастак-матерщинник, зануда и истерик, следит за каждым твоим шагом, за малейшим изгибом твоей мысли, за тончайшей фрустрацией твоего настроения. К тому времени я уже на ней женился, так он начал мне всякие идейки подбрасывать... Бывало, проснешься среди ночи, она рядышком сопит себе беспечно, тихо пройдешь на кухню... А у меня там набор ножей, «Золлинген». Достанешь и любуешься сталью в темноте.

Он застыл и замолчал, точно припоминая что-то.

— Лариска меня спасла. Лариска... Если б не она, даже и не знаю, каких дров наломал бы педант-очернитель, разлюбезный мой двойник. По краю водил, мерзавец, по самой кромке... Мы как раз в Пицунде отдыхали. Ольга за буйки уплывет, далеко, совсем не видать. Любила она, понимаешь, на закате искупаться. Что стоит поднырнуть, да за ноги вниз... Вот именно — пустяк, чепуха. И вот с такой чернотой в мозгах лежу я на пляже, и тут из воды выходит Лариса. Пошлое сравнение, но лучше ведь не сказать: как Венера из пены морской. Тут-то у меня будто пелена спала с глаз, понимаешь? Я ж ее за пацанку, за сопливого подростка с разбитыми коленками держал, за ненужный довесок к вожделенной мамаше. Знаешь, как в праздничный набор непременную гречку суют или еще какую-нибудь дрянь. А тут — бац! — будто прозрел: богиня!

Он опустил футляр со шприцем на антрацитовый кафель итальянского производства. Где-то в глубине дома скрипнула половица, наш дубовый паркет к лету рассыхается и начинает петь на все лады. Я услышал быстрые шаги. Дядя Слава сонно повернулся на звук, вздрогнул и зачарованно шепнул в молитвенном ужасе:

— Богиня...

Я запрокинул назад голову, пытаясь оглянуться. Дальнейшее мне показывали вверх тормашками и в каком-то ускоренном темпе, вроде тех старых немых фильмов, где между замахом руки и пощечиной нет промежутка.

В опрокинутой вселенной дверь в гостиную была распахнута настежь, по сумрачному коридору уже неслась стремительная тень, на пороге кухни она вспыхнула и воплотилась в Ларису. Дядя Слава вскочил, хрустя битым стеклом, подался к ней. Лариса увернулась, отступив назад, вскинула руки, как птица, и я услышал звонкий звук обнажаемой стали. Этот острый бритвенный «вжи-и-иик». Удара я не увидел, дядя Слава своей спиной загородил весь вид. Клинок пробил тело насквозь. Сияющее острие французской сабли, подаренной моему деду самим Де Голлем, аккуратно распоров ткань куртки, торчало между лопаток.

47

Лариса выдернула клинок.

Тело, точно утратив стержень, тут же обмякло, дядя Слава как бы нехотя опустился на колени и, чуть повременив, начал лениво валиться на бок. Голова деревянно стукнула в кафель. Его лицо, удивленно восторженное, с плавно, как у куклы, закатывающимися глазами, оказалось в двух шагах от моего. Он замер, губы застыли в ухмылке, жутковато скаля мелкие щучьи зубы. В нос ударила одеколонная вонь, я отодвинулся и, волоча за собой прикованный стул, попытался встать. Лариса, сжимая саблю в правой, а ножны в левой руке, нырнула головой в раковину. Ее рвало, в промежутках она всхлипывала и шумно, по-детски, шмыгала носом.

Ключа на столе не оказалось. Я бесцельно обвел глазами кухню, нагнулся: черный пол сиял битым стеклом, точно Млечный Путь в зимнюю ночь. Из-под безнадежно вывернутой ладони неподвижного дяди Славы, молящей кого-то о чем-то (наверное, о милости божьей, о чем же еще), вытекла струйка темной и густой, как вишневый сироп, крови. От варварской красоты смерти и разрушения, от красного на черном, от бриллиантового калейдоскопа стеклянных брызг я застыл и вдруг зарыдал в голос.

Да, мы убили его.

Но не было ни жалости, ни раскаянья, не было и страха. На меня душной тяжестью внезапно обрушилась страшная усталость, а вслед за ней навалилась необъяснимая тоска. Беспросветная, как ноябрьский дождливый вечер. Безысходная, как последняя молитва висельника.

Мы убили его — ведь ты об этом и мечтал! Не жду радости, но хотя бы вздох удовлетворения. Или выдох! Так нет — ничего, кроме апатии и пустоты. Я выл, захлебывался слезами, я ревел, как брошенный в чаще ребенок. При этом душа, или что там у меня вместо нее, наливалась черной, вроде болотной жижи, тягучей отравой. Тяжелая муть тянула вниз. Мне тоже захотелось вот так же скрючиться на полу, заткнуть уши, зажмурить глаза.

Уснуть, забыться, видеть сны — как рекомендовал тот студент Виттенбергского университета. И как все переплетено, скажите на милость! Ведь только собственное невежество позволяет нам безнаказанно пожимать плечами, отрицая очевидные связи, причины и следствия.

Кстати, именно в то время, когда датский принц изучал юриспруденцию, там же, в Виттенберге, преподавал великий реформатор христианской церкви Мартин Лютер. Вполне возможно, Гамлет посещал и его лекции. Другим профессором числился знаменитый художник немецкого возрождения Лукас Кранах. От третьего имени по спине бегут мурашки, но я все-таки назову его: доктор Иоганн Георг Фауст. Знаменитый астроном, чернокнижник и некромант. Бесстыжий содомит и отъявленный атеист. Рискну предположить: приятели принца, неразлучная пара исполнительных порученцев, Розенкранц и Гильденстерн, несомненно, посещали лекции этого профессора. От которого рукой подать до той силы, что вечно желает зла, но вечно творит благо.

48

Снова что-то приключилось со временем: понятия не имею, сколько секунд или столетий заняло мое путешествие по лабиринтам шекспировской истории — «Ничуть не сын и далеко не милый», невероятным образом оказавшейся шаблоном для нашей неуклюжей московской трагедии. И хоть отравы не было на стали, клинок отправился по назначенью, и Клавдий, дядя, был сражен пусть и не принцем, но ребенком собственного брата. И мне осталось повторить вслед за Офелией: «Вот маргаритка; я бы вам дала фиалок, но они все увяли, когда умер мой отец».

Кстати, Офелия. В записках Мейерхольда есть любопытнейший намек. Великий режиссер, работая над постановкой «Гамлета», задумал вывести Офелию в четвертом акте беременной. Принято считать самоубийство Офелии результатом ее помешательства, вызванного трагической смертью отца. Сумасшедшим, или отчасти чокнутым, считают и Гамлета, чуждого не только условиям того, эльсинорского, мира, но и любого другого пространства, населенного человеческими существами. Не многовато ли душевнобольных на одну пьесу, да к тому же написанную гением?

Шекспир гораздо тоньше и умнее, нужно только прислушаться к нему. В словах спрятаны все разгадки, пьеса подобна остроумной головоломке, каждая фраза не просто имеет смысл, но и содержит элемент ключа к пониманию общей картины. Принца объявляют помешанным лишь по одной причине: он, забросив к чертям собачьим придворно-куртуазные ужимки, осмелился говорить людям правду. Он сделал выбор, он бросил вызов всему миру, он обречен. Маска безумца чрезвычайно удобна, она дает свободу действий и слов, но «Гамлет вовсе не сошел с ума, а притворяется с какой-то, видно, целью».

Офелия, по сути, — зеркальное отражение принца, его двойник, выбравший путь смирения. Она приняла роль жертвы, она приговорила себя к «не быть». Но по дороге на эшафот Офелия напоследок бросает слова правды в лицо своим царственным палачам. Те, тут же, как и с принцем — полное отсутствие воображения, — объявляют ее помешанной. Так гораздо проще, чем признать, что Офелия беременна от короля. Именно ему она поет свои последние песни, песни не фрейлины, а шлюхи, выставляя себя напоказ всему придворному люду.

А что ж королева, что Гертруда? Ее тихая покорность вызывает жалость, она подобна смиренной корове — можно отвести на клеверный луг, а можно на бойню. Брат убил мужа, не особо вдаваясь в подробности, она выходит замуж за брата. Какая идиллия! Но так ли безропотно послушна эта женщина? И к чему принц, который, как истинный юрист, словами не разбрасывается, дает Офелии такой совет в выборе будущего мужа: «...выходи за глупого. Слишком уж знают умные, каких чудищ вы из них делаете». Не мать ли он имел в виду? Гертруда хладнокровно наблюдает за роковым кольцом, сжимающимся вокруг ее сына, она согласна с его ссылкой — что это, покорность, глупость или холодный расчет? Сын ей поперек горла, он лезет к ней со своей никому не нужной правдой, укоряет и обвиняет. У самого Гамлета нет иллюзий насчет матери, она готова предать и сына, и он открыто говорит ей об этом.

Отправив принца в «путешествие», Гертруда хладнокровно решает проблему Офелии; и дело тут даже не в ней: фрейлина вынашивает в чреве ребенка короля. Потенциально взрывоопасный переплет. Устранив

Офелию, королева настолько увлеклась, что в мельчайших подробностях описывает Лаэрту гибель сестры. Любой следователь тут же поинтересовался бы: откуда королеве все это известно? И как жертва на берегу ручья по веткам ивы развешивала сплетенные в гирлянды крапиву, ирисы и орхидеи, и как сломался сук, и как Офелию подхватил поток, и как она, подобно нимфе, плыла и пела, пока намокшая одежда не утянула ее на дно.

Храбрый, но явно туповатый Лаэрт не догадался спросить: «А отчего, ваше величество, вы не протянули руку утопающей или не позвали на помощь?» Вполне резонный, на мой взгляд, вопрос.

49

Среди осколков я разглядел ключ, миниатюрную безделушку, похожую на дешевую бижутерию из блестящего металла. Замок звонко клацнул, браслет наручника разомкнулся. Почему-то вспомнил, что на блатном жаргоне наручники называют «баранками». Освободив затекшую руку, я начал мять пальцами запястье, немота перетекла в щекотное покалыванье, которое сменилось пульсирующей болью, острой, как от ожога. Сталь браслета содрала кожу, крови не было, я непроизвольно лизнул сырую кроваво-алую полоску на внутренней стороне руки. Соленый вкус сукровицы смешался с кислым привкусом теплого железа.

Лариса сидела, забившись в угол. Уткнув лицо в колени и как-то по-птичьи сгорбившись, она тихо скулила на одной дрожащей ноте. Сабля и ножны валялись у ее ног. С трудом поднявшись на колени, я, точно большой побитый пес, побрел к ней на четвереньках. Уколол руку, из ладони торчал осколок стакана, я равнодушно вытащил стекло, бросил на пол и пополз дальше. Против своей воли взглянул в лицо трупа и уже не мог отвести глаза. Его бесцветные ресницы казались седыми, а кожа, бледная и нежная, была точно присыпана сахарной пудрой. Хрупкая, совсем не мужская рука продолжала тянуть пальцы вверх в молящем, каком-то тициановском, жесте.

Я обнял Ларису, сгреб ее, прижал, словно пытаясь вдавить в себя. Словно хотел остановить эту жуткую дрожь, больше похожую на конвульсии. На агонию. Ее волосы, холодные, почти ледяные, были совершенно мокрые.

— Меня тошнило... — клацая зубами, выговорила она.

— Ничего, это ничего...

— Воняет, наверно...

— Нет. — Я с силой гладил ее спину, точно втирал живительный бальзам. — Нет.

— Он... — она запнулась, — все?..

— Все.

Лариса быстро вдохнула, порывисто, со свистом. Дрожь стала мельче и чаще. И тут ее словно прорвало. Она заревела в голос, громко, с обреченным отчаянием, точно бросилась в бурную реку. Наверное, это была истерика, не знаю. Я даже не пытался сдержать ее, молча сжимал трясущиеся плечи и гладил, гладил.

— Боже мой... — растягивая слова, сквозь слезы сипло простонала она. — Что мы наделали... Это ж как сон, как дрянной сон...

Она подняла лицо, мокрое, с горячими щеками и слипшимися ресницами. Уставилась на меня совершенно безумными глазами.

— Ты меня ненавидишь? Да? Да?

— Нет.

— С ума сошел тоже, — безнадежно завыла она, кривя мокрый рот. — Я себя сама ненавижу! Сама!

— Я тебя люблю.

— С ума сошел... — Она обреченно мотнула головой. — Смертный грех, тоже думала, врут все, а ведь нет... Нет...

Она неожиданно цепко ухватила меня за рубашку, быстро заговорила:

— Прости меня, прости, я знаю, что делать, ты, главное... главное, не беспокойся, — она тараторила, задыхаясь и шмыгая носом. — Ты тут вообще ни при чем. Я позвоню, пусть они приедут, меня заберут...

Она остановилась, точно забыла слова. Вытянув шею, запрокинула голову и вдруг завыла в потолок. Как раненая волчица. На белой шее под нежнейшей кожей проступили серые жилы. Минуту назад, корчась на полу, я думал о том же: вместо ожидаемого облегчения на меня навалилось невыносимое бремя, мы совершили что-то настолько непоправимое, что-то настолько несовместимое с дальнейшим существованием, что выход из этого виделся лишь в немедленном и абсолютном раскаянии.

— Я позвоню. — Лариса оттолкнула меня, встала. — Позвоню сама. Ты тут вообще...

Прижавшись к стене, она переступила через праздно вытянутую мертвую ногу в аккуратной кроссовке.

— Погоди, погоди! — Я безвольно попытался поймать ее руку.

Рука выскользнула. Лариса, точно пьяная, с рассеянной осторожностью держась за стену, побрела по коридору.

— Какой там номер? — не оглядываясь, спросила она и исчезла в гостиной. — Ноль два? Ноль один?

Я услышал, как грохнулся телефонный аппарат. Лариса невнятно простонала какое-то длинное ругательство. Что-то упало снова. Я встал. Господи, что она делает? Ведь если она позвонит, милиция будет тут через полчаса. И все, конец. Вот тогда действительно будет конец.

Я ворвался в гостиную.

— Подожди! Не надо! — Голос получился чужой, высокий и звонкий.

Лариса подняла голову. Стоя на коленях, она уже набирала какой-то номер. Другой рукой придерживала телефонный аппарат, кокетливую имитацию из фальшивого золота и слоновой кости, по определению моей мамаши, «в версальском стиле маркизы де Помпадур», один из семейки жеманных уродцев (были еще точеные подсвечнички из хрусталя, псевдоантичные ходики в колбе, дуэльный «лепаж»-зажигалка на подставке красного дерева, выводок фаянсовых пастушек и трубочистов), коих она выписывала по немецкому каталогу для украшения нашего строгого социалистического быта.

Я вырвал трубку из рук Ларисы, сграбастал аппарат и с размаху грохнул его о стену. Уродец взорвался с веселым звоном, разлетелся фейерверком пластмассовых осколков, мелкие железные потроха — шестеренки, звоночки и винтики — беззвучно разбежались по ковру. Я выпрямился. Акт вандализма принес неожиданное облегчение. Будто прорвался нарыв. Бог свидетель — помпадуров телефон давно действовал мне на нервы. Лариса, смиренно сложив ладони на коленях, точно послушница, смотрела на меня с выражением, которое в старых романах называли смятением.

— К черту милицию! — Неожиданно я почувствовал прилив сил, чуть ли не бодрость. — К черту! Этот подонок угробил твоего отца, разрушил твою семью! Все правильно! Мы сделали все правильно! Правильно и справедливо!

— Справедливо... — повторила Лариса чуть слышно. — Но неправильно.

— Черт! Черт!! — заорал я. — Да! Не так, как планировали! Да! Но мы можем все исправить... И мы исправим, если не будем впадать в истерику.

— В истерику... — снова повторила она. — Тут есть от чего впасть в истерику. Не каждый день я родного дядю...

Лариса, сжав кулак, вялым жестом проткнула воздух перед собой.

— Дядю?! Да ты... Да как... — Я бросился на колени, ухватил ее за плечи. — Ведь это же из-за него твой отец...

— Я слышала! — перебила она сердито. — Все слышала. И не тряси меня... я тебе не груша.

— Конечно, не Груша. Ты ж Лариса. — Я глуповато хмыкнул.

Она прыснула в ответ, я усмехнулся. И вдруг, не сговариваясь, мы начали хохотать. Я ржал без удержу, не мог остановиться, сквозь гогот повторял: вот видишь, вот видишь! Что я имел в виду — бог знает, смех просто пер из меня. Лариса заливалась, вытирая кулаком слезы, раскачивалась, точно в каком-то ритуальном языческом танце. Внезапно, безо всякого перехода, она схватила мое лицо, схватила ладонями, пальцами — на миг вперив в меня безумные рысьи глаза — и хищно впилась мокрым ртом мне в губы. Мы стукнулись передними зубами, ее пальцы вцепилась мне в волосы, она рычала, плотоядно вгрызаясь горячим ртом, зубами, мне в лицо, в шею, в грудь.

— Лариса... — промямлил я. — Ты что?..

— Заткнись! — Задыхаясь, она стянула с себя майку, сорвала лифчик, коротко рявкнула: — Ну?!

50

Когда мы вернулись на кухню, мертвеца там не было. Труп исчез.

Я остолбенел и замер в дверях. Лариса крадучись, точно ступала по первому льду, приблизилась к блестящей малиновой луже. Наклонилась, осторожно дотронулась указательным пальцем. Приблизив к глазам, долго разглядывала красное пятно на кончике пальца. Потом, медленно повернувшись, ошалело показала палец мне.

По полу тянулся кровавый след и уводил в кладовку. Я заглянул: в нос шибанул крепкий нафталиновый дух, с перекладины в холщовых саванах, точно повешенные декабристы, свисали мамины шубы. И никого. Я бросился в прихожую. В два прыжка очутился у входной двери — она была заперта. В зеркале промелькнуло отражение: серые губы, белые глаза — господи, кто это? Кинулся по коридору. На ходу распахивал двери, истерично щелкал выключателями: туалет — пусто, ванная — никого. Он что, испарился?!

Испарился?! Нет, нет, испариться он не мог! Я остановился, заставил себя успокоиться. Тяжело дыша, оглядел коридор, медленно вернулся к кладовке.

Обеими руками, точно пудовый занавес, я рванул мешки в стороны и увидел его. Забившись в угол, он сидел, скрючившись, как уродливый горбун, как злой карла из немецкой сказки, сжавшись, словно пытался уменьшиться до неприметного размера мыши или паука. Его рука, блестящая, лаковая, будто в багровой перчатке, сжимала мокрое пятно на груди. Вдруг вспомнил: когда играли в прятки, Колька был умней, он подтягивался на перекладине и поджимал ноги.

— Ад опустел. — Дядя Слава скривился, как от судороги. — Все бесы тут…

Я бросился на него. С деревянным хрустом, звонко, точно сук в лесу, сломалась перекладина, мешки с шубами, охнув, повалились вниз.

Мы барахтались в мягком нафталиновом месиве, тяжелом и душном, как пуховая перина купеческой вдовы. Его пальцы судорожно шарили по моему лицу, пытаясь выдавить глаза. Я откинул руку, навалился, между нами топорщился податливый аморфный хаос пушистых шкур, упакованных в мешковину. Мой кулак, как во сне, беспомощно бил в ватную стену. Мои пальцы жадно рыскали в поисках его горла, но находили лишь мохнатую вялую мякоть мертвого меха. Он был подо мной, я слышал его сиплое дыхание. Он кашлял, что-то хрипел, я смог разобрать лишь «сволочь». Я снова дубасил, колотил, наваливался всем телом, сгребал ленивую нафталиновую кашу и душил, душил. Но с дотошной убедительностью ночного кошмара каждый раз ему удавалось ускользнуть.

И тут он ошибся. Его палец оказался у меня во рту; ухватив щеку изнутри, точно крючком, он рванул вбок, пытаясь порвать мне лицо. От боли все побелело, казалось, я услышал, как трещит кожа. Из-под тряпичного вороха в меня воткнулись его глаза, страшные глаза раненого зверя — безумная ярость, ненависть, смертельный ужас. Теперь он попался. Я крепко схватил его руку, вывернул, подавшись вперед, прыгнул ему на грудь. Мое колено уперлось в горло, сцепив кулаки замком, я замахнулся и с утробным «гаком» хрястнул его по лицу. Потом ударил справа, и еще раз слева. Бил в висок, бил наотмашь, как молотом. Из уроков анатомии я помнил, что клиновидная кость, примыкающая к височной, — самая тонкая из всех двадцати девяти костей черепа.

51

Я выполз из кладовки. Привалившись к стене, с тупым изумлением разглядывал свои изуродованные руки — ссадины и царапины, костяшки, сбитые до мяса; очень подмывало слизнуть кровь языком, но останавливала мысль, что на руках была не только моя кровь. Из распахнутой кладовки, из-под вороха шуб, бесцеремонно перегородив коридор, торчали ноги в черных кроссовках. Лариса сидела рядом на корточках и с тихим вниманием изучала серые рифленые подошвы.

Оглушенные и раздавленные, точно чудом уцелевшие пехотинцы после вражеского артудара, будто жертвы кораблекрушения, выброшенные на берег по чистой случайности, или как те пациенты, что пережили клиническую смерть, мы заново учились дышать, заново учились видеть, на ощупь пытались опознать этот новый негостеприимный мир. В том, что именно тут и сейчас мы пересекли границу и ступили в новую, неведомую вселенную, у меня не было ни малейшего сомнения. Коридор утратил черты конкретной части знакомого места, став чем-то вроде кессонной камеры в батискафе или входным шлюзом космического корабля. Дверь открылась, холодная бескрайняя бездна разинула пасть. Ад опустел, все бесы были здесь.

Пахло нафталином, мужичьим потом, свежей кровью — ржавый соленый дух, так пахло начищенное столовое серебро; бабка сама смешивала зубной порошок, толченый кирпич и аммиак и этим зельем, едким и зловонным, как ведьмино снадобье, до исступления драила ножи, вилки, ложки и ложечки, суповые и соусные половники, лопатки паштетные, салатные и икорные, а после раскладывала их в ровные ряды, точно для продажи, на бархатной тряпке, огромной, как полковое знамя, тревожного багрового цвета. Столовый прибор на двенадцать персон состоял из трехсот сорока семи предметов и прибыл в трофейном багаже деда из завоеванной Германии сразу после войны; на каждом предмете, даже на игрушечной двузубой вилке для поедания устриц, стояли клеймо с головой льва и ювелирная проба, подтверждавшая благородность металла. Помимо столового серебра по квартире разбрелись и другие «трофеи» — мебельный гарнитур мореного дуба, напольные часы в резном футляре, двухметровый голландский натюрморт с вареным омаром, фарфоровые сервизы и прочая мелочь. Трофеи. Истинный смысл этого эвфемизма открылся мне классе в пятом на уроке истории Средних веков. До этого трофейное добро мне казалось чем-то вроде добровольного подношения. Осознание безусловного факта, что я родился и вырос среди награбленного хлама, что простодушно пользовался вещами, украденными у конкретных немецких обывателей, помнится, здорово меня ошарашил.

И сейчас, в этот самый момент, сидя в полутемном коридоре, в моем контуженном сознании запах начищенного трофейного серебра, нафталиновая вонь шуб и неподвижность удивленных пяток убитого, считавшего себя центром мироздания, с неожиданной ясностью, свойственной аксиомам, практически безо всякого моего участия, выстроились в кристально логическую цепь. В очевидную и неоспоримую связку причин и следствий.

И другое открытие: миллион раз я мог проигрывать в воображении это убийство, с дотошностью чистоплюя стараясь избежать крови, хрипов и агонии, всего кошмара, сопутствующего насильственному отнятию жизни, но все равно — и я уверен в этом теперь — смерть неизбежно вводит тебя в новую касту, касту убийц. Я еще не понимал, не мог осознать — да и откуда? — что в дальнейшем будет означать принадлежность к этому разряду, но жар каиновой печати ощущал в полной мере: переживание смерти въелось в поры моего существа подобно тому, как въедаются в тела каторжан синие тюремные наколки.

52

— Ноготь сломала, — тихо пожаловалась Лариса неизвестно кому.

Она сидела спиной ко мне, произнесла фразу, не поворачиваясь. Я машинально поглядел на свои пальцы. Надо было что-то решать.

Убийство высосало мои жизненные силы — истощило волю, опустошило мозг. Внутри меня схватились две сущности — человеческая и звериная; первая, измордованная и оглушенная, жаждала прекращения кошмара любой ценой, милиция и покаяние казались желанным избавлением. Звериная суть вопила о спасении: плевать на душу, главное — спасти тело. Думаю, не будь рядом Ларисы, я бы уже набирал ноль два.

В ванной, не глядя в зеркало, я старательно намылил руки и лицо. Долго и тщательно смывал серую пену. Тер пальцами ладони, плотоядно прислушивался к жгучей боли ссадин и царапин. Вернулся в коридор. Лариса продолжала сидеть на корточках. Я тронул ее плечо, она подняла голову. Я кивнул.

Выбор сделан — пришло время действовать.

Я отбросил укутанные в мешки шубы, наклонился над мертвецом. Его глаза, открытые, но уже подернутые мутью, как у снулой рыбы, удивленно таращились в потолок. Много раз видел в кино, как ладонью закрывают веки покойнику, плавно и буднично, будто гладят спящего ребенка, но сам все-таки не решился. Ухватив за тощие голени, вытянул тело в коридор. Лариса боязливо прижалась спиной к стене. Нагнувшись, я обшарил карманы куртки: в боковом нашел ключи от машины. Из внутреннего выудил бумажник — здоровенный лопатник свиной кожи с тисненой эмблемой Таллина. Совсем новый, запах, как у хорошей книжки в коленкоровом переплете. Раскрыл: по бесчисленным отделениям и кармашкам были педантично разложены документы, деньги и бумаги. Вывернув наизнанку, я вытряс содержимое бумажника на паркет. Розовым веером рассыпались новенькие, точно фальшивые, червонцы, много, наверняка больше сотни, вывалились техпаспорт, права, удостоверение с золотым гербом и надписью «КГБ СССР». Дядя Слава оказался майором и состоял в должности заместителя начальника некой таинственной группы при подотделе второго управления. На черно-белой фотографии он походил на хмурого подростка из трудной семьи. Фиолетовая каллиграфия, аккуратная, с перьевым нажимом, напоминала об уроках чистописания в начальной школе. Внизу типографским курсивом было набрано: «Владельцу удостоверения разрешается владение и хранение огнестрельного оружия». Семантика комитетчиков показалась забавной — что интересно подразумевало слово «хранение» рядом с «владением», не говоря уже о лингвистическом убожестве фразы: владельцу разрешается владение.

— У него пистолет есть? — повернулся я к Ларисе.

— Он его не носит, — бесцветно ответила она. — Дома в сейфе. Говорит, пистолет для трусов. — Она замолчала, потом уточнила: — Говорил...

Конечно, для трусов. Я собрал деньги и документы, сунул в задний карман джинсов.

— Что ты делаешь? — тем же тусклым голосом произнесла Лариса, казалось, у нее не было сил придать фразе вопросительную интонацию.

Я не ответил. Вытащил из кладовки верхний мешок, вытряхнул на пол шубу, пахучую и тяжелую, из чернобурой лисы; мамаша в ней преображалась, выпрямлялась, становясь надменно-плавной, как английская баронесса. По паркету зацокали таблетки нафталина. Никогда не упаковывал мертвецов, решил, что сподручней будет начать с головы. Пожалуй, с головы. Я не хотел, по возможности, вовлекать Ларису в эти мрачные сборы. Да, по возможности. Приподняв голову, я натянул мешок покойнику на плечи.

— Что ты делаешь? — повторила Лариса.

Мешок оказался узковат, мне приходилось втискивать, пропихивать тело внутрь, мешали руки, локти капризно торчали в стороны и никак не хотели влезать; возможно, лучше было бы начать с ног.

— Что? — переспросил я, поворачиваясь к Ларисе. — Что я делаю? То, что мы решили. То и делаю.

Я не хотел говорить грубо, наверное, так вышло. Решимость моя была хрупкого свойства, я боялся отвлечься, упустить сосредоточенность; понимал, что, стоит распустить нюни, все пойдет прахом. Подобно канатоходцу, скользящему над бездной, мне оставалось лишь двигаться вперед. Двигаться вперед или погибнуть. Пафос чужд мне, но других слов в голову не пришло. Зачем-то собрал таблетки нафталина и бросил в мешок. Кинул туда и пустой бумажник. Веревку, обмотав вокруг щиколоток мертвеца, затянул двойным узлом.

— Как? Куда? — Она растерянно покачала головой. — Не-ет, нет. Нет.

Присев, сгруппировавшись, как штангист, я крепко сжал в кулаках мешковину и одним рывком закинул мертвого майора на плечо. Поднялся, медленно и стараясь сохранить равновесие. Выпрямился. Проделать все это оказалось не так сложно, дядя Слава весил не больше шестидесяти килограммов.

— Открой дверь. — Скрипя паркетом, я побрел в сторону прихожей. — Проверь, чтоб никого на лестнице не было.

53

На лестничной клетке не было никого. Только с нижних этажей кисло тянуло сигаретным дымом. Лариса закрыла входную дверь. Тихо ступая рядом, она поглядывала на меня с настороженным ужасом, точно я тащил на себе поднос, уставленный богемским хрусталем.

Равновесие, главное, сохранять равновесие. Еще подумал, что легче было бы тащить его наверх. Не легче, проще. Осторожно ставил ногу на ступеньку, медленно переносил вес, делал шаг. Кровь приливала к голове, пятнистый крап ступеней — бетон с белой каменной крошкой — напоминал серую любительскую колбасу, от этой мельтешни рябило в глазах и подташнивало. Впрочем, мутить могло и от другого, причин было хоть отбавляй.

Лариса ступала беззвучно, как матерый индеец-разведчик, вышедший на тропу войны. Шарканье моих шагов отдавалось шершавым эхом и уносилось в темный пролет лестницы, закручивающейся бесконечно, точно на гравюре Эшера. От пота щипало глаза, я остановился и шепотом попросил Ларису вытереть мне лицо; платка не оказалось, она бережно, как сестра милосердия, стерла пот ладонью — все это в пролете между шестым и пятым этажами. Внизу, прямо под нами, грохнула дверь, кто-то, покашливая, вышел на лестничную клетку. Лариса так и застыла с ладонью у моей щеки; я вспомнил ее рассказ про «живые статуи» — вот уж действительно занятная скульптурная композиция: влюбленные с трупом.

Снизу послышались голоса, мужской и женский. Слов было не разобрать, говорили тихо, да и эхо превращало разговор в монотонный бубнеж. Я привалился плечом к стене, спина затекла, задранные руки онемели и налились колючей болью. Внизу закурили, потянуло сигаретным дымом; судя по тону, разговор стал переходить в разряд выяснения отношений. Похоже, мы здорово тут застряли.

Рубаха прилипла к ледяной спине. Я не рискнул опустить мешок, боялся шума. Еще больше боялся, что не найду потом сил взвалить майора снова себе на горб. Лариса смотрела на меня горестно, с участием и состраданием: так добрый хозяин глядит на своего хворого пса, стараясь хоть часть боли всосать в свою душу. Разделить боль с любимым — это ли не счастье.

Внизу разгоралась ссора: женское торопливое сопрано атаковало, долетели обидные «эта лахудра» и «эта шалава»; мужской баритон уныло занимал оборону, униженно долдоня: «Ну Галя, ну ладно, ну Галя». После яростного вскрика зычным полушепотом «Вот и проваливай к ней!» звонко шлепнула пощечина. Торопливые шаги и бешеный грохот двери; эхо взмыло, заметалось и тихо умерло в темноте лестничных пролетов. Я зажмурился, представил, как сейчас мои заспанные соседи в пижамах, халатах и бигуди выскочат на лестницу. Но нет, никто не вышел. Лишь баритон ясным шепотом произнес нецензурное слово, выругался смачно, хлестко и с душой, точно сплюнул. Покашливая закурил, потом опять выматерился, уже смиренно, без азарта. После, уныло шаркая, поплелся домой.

Я отклеился от стены, от напряжения ныли икры. Сделал шаг, оступился; пытаясь удержаться, ухватил за перила, крашеное дерево выскользнуло из потных пальцев, и я, выпустив мешок, кубарем полетел вниз. Мертвец грохнулся и с гулким стуком покатился вниз по ступеням.

Траектория падения, затейливая геометрия, наполненная калейдоскопом всех оттенков боли — от фиолетово-глухого до пронзительно-оранжевого, — завершилась на кафеле межэтажного пролета. Полет майора зрелищностью не отличался: упав, он просто сполз по ступеням, как мешок яблок.

— Ты что?! — Лариса испуганным шепотом дышала мне в лицо. — Ты что?! Ты как?!

Она оказалась рядом со мной моментально, будто телепортировалась с верхнего лестничного пролета на нижний.

— Все нормально! — Я бодро попытался подняться и тут же, охнув, схватился за голень.

Лариса вскрикнула, вскрикнула вместо меня, потерянным взглядом уставившись на ногу.

— Перелом, — выдохнула она обреченно.

— Не-е, — бережно поднимаясь по стенке, неуверенно пробормотал я. — Ерунда. Растянул просто...

— И что... — Она запнулась, точно поперхнувшись. — Что теперь?

— Ничего. — Я ухватил за мешковину, волоком подтащил мертвеца к лестничному пролету и столкнул вниз.

Мешок лениво покатился по ступеням. Держась за перила, стараясь не очень наступать на больную ногу, я спустился следом. Из-за двери какой-то квартиры пятого этажа торжественно грохнул гимн Советского Союза, после трех могучих тактов угрожающего оптимизма кто-то дерзкой рукой выключил радио; я взглянул на часы — да, наступила полночь. Нагнувшись, я поволок майора к следующему лестничному пролету. Мешок легко скользил по кафелю, так что особых усилий не требовалось.

54

После пяти этажей, после бесконечного коридора, с новым пониманием слова «самоотверженность», с обкусанными в кровь губами — пару раз, неосторожно ступив, я был на грани обморока от дикой боли в лодыжке — мы наконец доковыляли до выхода. Конец коридора тонул в непроглядном мраке, черном, как смертный грех. Лариса помогала, как могла. Точно брейгелевский слепец, выставив чуткую руку, я пытался нашарить в потемках дверь. Понятие «черный ход» приобрело конкретный и вполне осязаемый смысл.

Разумеется, мы не взяли фонарь, разумеется, никто не вкрутил новую лампочку взамен перегоревшей. Впрочем, кромешной тьмой я бы это тоже не назвал: у меня перед глазами плыли пестрые круги, похожие на летние мыльные пузыри, те, трепетные, с радужными разводами; иногда вспыхивали и гасли чудесные звезды, ослепительные, ртутные, — эти от приступов боли; иногда накатывала краснота, словно некий мастер света, как в театре, опускал малиновый фильтр и окрашивал весь мир тревожным крап-лаком.

— Дай ключ, — сипло попросил я, хватая ртом воздух.

Ларисины пальцы нашли мой локоть, спустились к запястью, вложили мне в ладонь кусок прохладной стали.

Нащупав замочную скважину, я вставил ключ и повернул. В замке что-то звонко хрустнуло. У меня в руках остался огрызок ключа. Я тихо выругался.

— Что? — Лариса испуганно сжала мой локоть. — Что там?

— Ключ... — Я никак не мог отдышаться. — Ключ сломался. В замке... застрял.

Из замка торчал острый, как гвоздь, черенок ключа. Я мог ухватить его пальцами, но, чтобы повернуть, нужны были плоскогубцы или некий подобный слесарный инструмент из семейства шарнирно-губчатых. Клещи, кусачки, пассатижи — полцарства за пассатижи, черт бы вас побрал!

— И что теперь? — В темноте ее голос прозвучал обреченно, это был не вопрос, скорее приговор.

Да, что теперь? Я взялся за ручку, дернул. Попытался вспомнить, куда открывается проклятая дверь. И что теперь? Можно подняться наверх: тут же из темноты выплыл ящик с инструментами — такой доступный, такой знакомый, — я знал точно, где он хранится; в столе. Среди отверток, гаечных ключей, жестянок с гвоздями, мотков проволоки, гаек, шурупов и прочего слесарного хлама соблазнительно поблескивали хромированные кусачки.

— Ты не помнишь, куда эта чертова дверь открывается? — спросил я.

— Дверь?

Лариса замолчала, а я в этот момент отчетливо вспомнил — наружу.

— Кажется, — неуверенно произнесла она, — от себя, вроде... Туда...

Да, да, наружу! Подавшись назад и выставив плечо, как таран, я бросился на дверь. Грохот превзошел ожидания, шарахнуло так, точно уронили средних размеров буфет. Терять теперь было нечего, я с разбегу саданул плечом еще раз. И еще. В двери что-то крякнуло, жалобно, с металлическим скрипом, будто кто-то тянул клещами старый гвоздь из сухой доски.

Я навалился, дверь затрещала и распахнулась.

Снаружи притаилась летняя ночь, мирно пахло остывающим асфальтом и помойкой. Тишина большого московского двора, двора, где я вырос, где началось и закончилось мое детство, странным образом успокоила меня; вон там, над гаражами, рядом с «Иллюзионом», мы лупили в футбол, теперь там собачья площадка; за гипсовыми балясинами темнели кусты сирени, там прячутся скамейки, а еще дальше, в глубине, — маленькая дачная беседка, в которой я целовался с Ленкой Аросьевой, наверное, классе в третьем, после ее родители куда-то переехали, сейчас я даже не могу вспомнить ее лица; а вон с той горы, что круто подбирается к задней стене церкви, только самые отчаянные сорви-головы осмеливались гонять зимой на санках — неслись на сумасшедшей скорости, петляя между седых от инея деревьев, по накатанному, точно молочное стекло, ледовому спуску.

Я состою из опыта и памяти, коллекция была собрана здесь — ссадины и содранные колени, молочные зубы, отчаянье предательства, я не говорю уже о трусости, восторг дружбы, робость детской любви, упоение собственной храбростью. А щедрость, а жадность; постепенное осознание невероятного факта, что все люди разные, что очевидное не всегда истинно, но что первое впечатление, как правило, самое верное...

Тут, в этом дворе, простирались мои дикие прерии, мои джунгли и бескрайние саванны, тут я мог быть самим собой, не прикидываться паинькой и скромником, пионером или комсомольцем — черный низ, белый верх, аккуратная стрижка — с пятеркой по поведению, физкультуре и Ленинскому зачету. Вырвавшись из школы, сорвав с себя тюремную мышиного цвета робу (особую ненависть, помню, вызывал галстук — эту алую удавку, скомкав, я совал в карман, едва выпорхнув на волю), в этом дворе я мог моментально перевоплотиться и стать храбрым пиратом или ловким индейцем, задиристым мушкетером или благородным разбойником.

Банальность истины не девальвирует ее ценности. Тут, в этом дворе, я осознал смысл слова «свобода»: тривиальность понятия, стертого от непомерного употребления, неожиданно открылась мне. У тебя всего два пути: или ты играешь по их правилам, или ты сам придумываешь правила и играешь по ним. Или ты плывешь по течению, или...

— Слышишь?! — Лариса испуганно шепнула мне в ухо.

Из глубины коридора донесся какой-то шум, голоса.

— Консьержка, — пробормотал я. — Наверное, милицию вызвала.

Ухватив мешок, я вытянул его к мусорным бакам. Стараясь не греметь, спрятал между мятых жестяных контейнеров. Под ногами что-то торопливо зашуршало, быстрая тень метнулась в густую темень.

— Дверь прикрой, — шепнул я Ларисе. — Только тихо!

Нагнулся, провел рукой по распухшей лодыжке, надавил пальцами. Нога отозвалась жаркой, но уже тупой болью. Нет, все-таки не перелом, просто потянул связки. Связки или мышцу — и все. Пустяки.

— Нужно найти его машину. — Держась за решетку забора, ограничивающего пределы помойки, я махнул в неопределенном направлении. — Должна быть где-то здесь. Во дворе.

— Зачем? — Лариса оторопело повернулась.

В пыльном свете фонарей ее лицо казалось лимонно-желтым.

— На дачу поедем. Как решили.

Лариса пристально посмотрела на меня.

— Другого варианта нет, — я старался говорить убедительным тоном. — Пошли искать.

55

Машину мы отыскали у северной арки. Аккуратно припаркованная к бордюру под самым фонарем, экспортная «Лада» шестой модели цвета «коррида» влажно сияла рыжим лаком и начищенным хромом. Номерной знак, разумеется, начинался с трех гордых нулей.

Я достал ключи, открыл дверь и забрался внутрь. Мои колени уперлись в руль. Пошарив внизу, нащупал рычаг, до упора отодвинул водительское сиденье назад. Поправил зеркало. После отцовской «Волги», просторной и по-русски грубоватой, «жигуль» казался жеманным, почти игрушечным, вроде тех пестрых ярмарочных машинок, которые толкаются резиновыми боками в «луна-парках». В салоне разило тем же французским одеколоном. Я опустил стекло и приоткрыл ветровик.

— Лариса! — тихо позвал я.

Она открыла дверь и послушно села рядом. Сцепив руки, молча уставилась в темное стекло. С ней что-то было неладно, впрочем, то же самое я мог сказать и про себя.

— Лариса? — Я коснулся пальцами ее скулы, тронул мочку уха.

Она не повернулась, просто продолжала смотреть перед собой, сжав на коленях руки до белых костяшек. И молчать. Я знал, что нужно что-то сказать, непременно и прямо сейчас, но у меня не было слов, не было сил; внутри — там, в мозгу, в сердце, в моей душе — чернела угрюмая пустота. Боль, страсть, смерть, даже усталость — все всосала в себя эта пустота. Подобно черной дыре, она сожрала все. Чувства, мысли, страхи — все! Может, и меня уже больше нет, может, чертова пустота поглотила и меня и кто-то другой сидит в этой дурацкой машине?

— Пожалуйста... — тихо попросила Лариса и повернулась ко мне. — Сделай, чтоб это все кончилось. Пожалуйста. Я больше не могу.

Я подогнал машину к помойке задним ходом, уперся в ограду. Открыл багажник. Да, майор был законченным педантом — в тусклом свете багажной лампы мне предстал образец организации и рационального использования ограниченного пространства: запасная десятилитровая канистра, корзина для пикника с клетчатым пледом, штопором и парой винных бокалов, два банных полотенца, теннисная ракетка в чехле с олимпийской эмблемой, запечатанная коробка чешского пива «Будвар» — дюжина бутылок, холщовые рабочие перчатки, клетчатая охотничья кепка, очки для плавания, резиновые тапки-вьетнамки и цветастые плавки в веселую клетку.

Взяв кепку, я зачем-то понюхал ее — тот же неистребимый «Драккар» — и натянул себе на голову. Перетащил все содержимое багажника, вещь за вещью, к мусорным бакам, что-то засунул в контейнер, что-то бросил рядом. Потом волоком подтянул мешок с майором к машине. Труп, казалось, стал вдвое тяжелее, я с трудом поднял его, перебросил через борт; из багажника теперь торчали ноги, пришлось выкинуть запасное колесо. Наконец удалось втиснуть мертвеца боком. Никак не хотела влезать голова, я уперся руками, надавил всем телом — так закрывают под завязку набитый чемодан — и впихнул. Судя по звуку, напоследок я сломал ему шею. Прикрыв крышку, тихо защелкнул багажник.

Обычно на дачу мы ехали через центр: по бульварам добирались до Сретенки, потом по проспекту Мира, дальше неслись по Ярославке. Вся дорога занимала около часа, зимой дольше, летом быстрее. Как авторитетно заявлял мой отец, от двери до двери — пятьдесят пять минут. Он любил точность, мой папаша, и отчего-то особенно гордился фактом, что от московского подъезда до дачной калитки дорога занимает меньше часа; будто прикладная география служила прямым и неоспоримым доказательством эксклюзивного статуса нашей семьи, наподобие геральдической символики с воинственными атрибутами и хищными животными или разлапистого генеалогического древа с благородными мертвецами, запутавшимся в корнях где-то в шестнадцатом веке.

После солидной и тяжелой, как средний танк, «Волги» легкий «жигуль» казался вертлявым и неустойчивым, да к тому же с истеричным, по-женски капризным норовом: машина реагировала на малейший поворот баранки, на самое легкое касание педали. Езда напоминала фигурное катание, я имею в виду не плавность и грацию, а непредсказуемость кульбитов. Впрочем, тормоза работали отлично.

Покуролесив по ночному двору, не зацепив и не протаранив ни одной машины, освоив поворотники, кнопки и рычаги, я выехал к Яузе. На круглых часах, вделанных в приборную доску, было без четверти два.

56

Вынырнув из арки, я послушно включил правый поворот. Невинно помаргивая желтым глазом, выехал на пустынную набережную. Безлюдные тротуары, скупо расцвеченные кругами желтых фонарей, теплые тени от серебристых лип, провисшая путаница троллейбусных проводов — ни души, ни звука. Лишь гул усталого города, гул, не слышимый, а скорее угадываемый, напоминающий шуршанье невидимого прибоя внутри морской раковины. Московская ночь — запах асфальта, речной воды и летней пыли, сонный дух города под бархатом беззвездных небес.

Дальше — через Астахов мост, там, на кованой ограде, рядом со спасательным кругом, выкрашенным в рыжий цвет, прикручена мраморная доска с профилем некоего Астахова, рабочего, знаменитого тем, что в 1905 году на этом самом месте он был «зверски замучен помощником старшего пристава». Удивительная формулировка интриговала меня с самого раннего детства, но я сознательно (дабы не разрушить мифа) не наводил справок, оставляя визуализацию этого почти инквизиторского сюжета — демонический образ таинственного помощника старшего пристава, вооруженного кровавыми инструментами зверских (именно!) пыток, — на полное растерзание моей хищной фантазии.

Справа остался темный куб «Иностранки»; там наш седьмой класс «Б» проходил практику по немецкой литературе, и мне удалось выкрасть из библиотечных запасников целую подшивку «Плейбоя» — подвиг, сделавший меня одним из школьных героев почти на месяц.

Вырулив на набережную, я прибавил скорость. Ловко вписываясь в повороты, симметрично повторяющие плавные изгибы Яузы, погнал вдоль реки. В приоткрытое окно врывался ветер, по-деревенски пахнущий речной тиной и сырым костром. Редкие фонари скуповато светили себе под ноги, от одного янтарного конуса до другого мы плыли по кромешной, почти осязаемой тьме, толкая перед собой круг бледного света наших фар.

Ехали молча, потом Лариса открыла бардачок и вытащила оттуда магнитолу. Присоединив провод, воткнула в приборную доску, повернула ручку. Радиостанция «Маяк» развлекала ночных слушателей дагестанскими напевами пополам с эфирным треском. Лариса выудила из бардачка пару кассет, кинула одну обратно, другую вставила в магнитолу. Из динамиков вырвался оборванный на полуслове куплет «Отеля Калифорния»: «...ты можешь освободить номер, когда пожелаешь, но покинуть отель — никогда», — дальше потекла сладкоголосая гитара, а я подумал, что дядя Слава так никогда и не дослушает свою песню до конца.

Мне не было его жаль, меня поразила несуразность бытия. Поразила хрупкость и непредсказуемость человеческой жизни, такой бодрой, полнокровной и румяной, напрочь отметающей само существование конца и беспечно настаивающей на бессмертии. От медовой мелодии, снова и снова повторяющей один и тот же музыкальный узор, мне стало тошно. Наверное, Лариса почувствовала что-то похожее: она чуть слышно заскулила и, скривив мокрые губы, заревела в голос.

Покинув тихую набережную, свернули на Краснозарменную, потом через Сокольники выехали на проспект Мира. Выбор окружного маршрута до сих пор оправдывал себя — мы не встретили ни одной патрульной машины, ни одного постового. Теперь меня беспокоил лишь пост на выезде из города.

Оставив позади ВДНХ, я перестроился в средний ряд. Стрелка спидометра уперлась в шестьдесят, на часах было два двадцать, кассета закончилась, и мы ехали под маслянистый рокот хорошо настроенного мотора. Уютный звук походил на сытое урчание большого сонного зверя. Лариса затихла, сцепив пальцы, она снова сложила руки на коленях. Редкие машины, по большей части грузовики, небрежно обгоняли нас и уносились вперед, сияя остывающими рубинами габаритных огней. Я очень надеялся пересечь окружную дорогу в компании какого-нибудь дальнобойщика, спрятаться за мощной фурой, промчаться мимо поста ГАИ под прикрытием «КамАЗа» или «ЗИЛа». Увы, по мере приближения к границе города машин становилось все меньше, Ярославка пустела, и наш «жигуленок» одиноко катил по ночному шоссе.

Промелькнул знак «Пост ГАИ».

— Пятьсот метров… — пробормотал я.

До поста оставалось полкилометра. Я до боли стиснул баранку, в кулаках торопливым метрономом пульсировала прыткая кровь. Из тьмы показалась и принялась неумолимо расти стеклянная будка; она приближалась, яркая и веселая, сияя неоновыми огнями, как гигантский фонарь. На обочине стояла патрульная машина с включенными фарами. Я торопливо вытер ладони о джинсы, снова вцепился в теплый и влажный руль. Как в ночном кошмаре, я в точности, в самых мельчайших подробностях, знал, что произойдет дальше: сейчас из будки по лестнице вальяжно спустится неспешный мент — сапоги и портупея, фуражка, румянец до шеи, — спустится, сунет в рот свисток, ловко, как факир, заученным жестом вскинет полосатую палку…

57

И все-таки я ошибся — свистка не было.

Когда до поста оставалось метров сто, стеклянная дверь распахнулась и из сияющей будки в летнюю ночь, точно кудесник или волшебная фея, выпорхнул милиционер. Ткнул в меня жезлом, будто пригвоздил, точно пришпилил булавкой, как жука; а после прочертил в воздухе повелительную дугу по направлению к обочине. У меня мелькнула шальная мысль дать по газам, врубить на всю железку, умчаться в непроглядную чернь, удрать — и будь что будет; но вялая нога уже безвольно давила на педаль тормоза.

Я прижался к обочине, в свете фар искрилась пыльная, точно вырезанная из фольги, белая трава, беззаботно мельтешили мотыльки. В приоткрытое окно втекала теплая тишина, уже почти подмосковная, с дремотным, едва слышным стрекотом таинственных ночных насекомых. Я натянул кепку поглубже, до самых бровей, вытащил из кармана стопку майоровых документов, нашел права и техпаспорт. Обреченно взялся за ручку двери.

— Сиди! — приказала Лариса вполголоса. — Пусть сам подойдет.

— Но...

— Сиди! — шепотом рявкнула она.

Я повернулся к ней. Апатии не было и в помине, глаза горели — безумные, страстные, просто бешеные глаза. В зеркало я видел, что милиционер не собирается подходить, он стоял, лениво поигрывая полосатой палкой. Стоял и ждал.

— Когда подойдет, — быстро заговорила она, — ткни ему в морду удостоверение, только не открывай. И в руки не давай. И погрубей, погрубей! Нахами ему!

— Слушай... — промямлил я.

— Это ты слушай! Увидит номера, сразу струхнет, а тут ты ему книжку в морду! Менты их знаешь как боятся? С напором и грубо, понял? Понял?!

И она надавила на клаксон. Резкий, хамский звук вспорол невинную ночь. Мое сердце ухнуло вниз, я, перестав дышать, сжал пальцами коленкоровую книжицу и уставился в зеркало.

Постовой явно опешил, нерешительно сделал шаг в нашу сторону и снова застыл, как бы раздумывая: а не послышалось ли? Что-то решив, неспешно, точно прогуливаясь, направился к нам. Постукивая жезлом по голенищу, он приближался, шел небрежно и вразвалку, покачиваясь сытым телом. Я впился в зеркало; так, «походкой с комплиментом», помнится, приближался ко мне в далекие пионерские годы зловещий Фока, коневод таганской шпаны, почти бандит, которого часто видели у пивнушки с настоящими взрослыми уголовниками. Тогда плата была невысока — вывернутые карманы и синяк под глазом.

Да, он задержался взглядом на номерном знаке. Да, номер произвел на него впечатление — шаг чуть замедлился, «комплимент» стушевался.

— Лейтенант Снегирев, — буркнул мент нейтральным тоном, оставляя себе свободу маневра в любом направлении. — Права и документы на машину предъявите.

— А в чем дело? — Я держал удостоверение наготове, но не показывал — рука тряслась безбожно.

— Проверка документов.

— Интересно. А на каком основании? Скорость? — Мой севший голос звучал неприветливо, почти грубо. — Техническое состояние? Машина числится в угоне?

— Проверка докумен...

— Да что ты мне тут долдонишь: «проверка документов»! — неожиданно заорал я. — Скучно стало, лейтенант? Делать нехера, да? Так и скажи — я пойму; ночь, лягушки квакают — тоска зеленая. Решил поразвлечься?

Гаишник растерялся. Меня понесло, впрочем, терять уже было нечего:

— Я тебя сейчас развлеку! Вместе с дежурным по городу! И с генералом Калгановым! Вот мы все вместе повеселимся — особенно ты! Лейтенант Снегирев!

Гаишник застыл, я тут же сунул в окно руку с красной книжицей, сунул ему прямо в нос. В этот момент по шоссе мимо нас, сияя точно болид, с грохотом и ревом промчался гигантский рефрижератор с надписью «Совтрансавто» по бесконечному борту. Горячий бензиновый дух хлестнул в лицо пылью, лейтенант ухватил пятерней фуражку, коротко матюгнулся. Скупо козырнув, он развернулся и торопливо зашагал в сторону своей сияющей хрустальной обители.

Я повернул ключ в замке зажигания, стартер обиженно заскрежетал — я пытался запустить уже работающий двигатель. Точно в дурмане, я включил левый поворот, вырулил на шоссе и вдавил акселератор в пол.

— Кто такой генерал Калганов? — Лариса подула в ладони, будто озябла.

— Калганов? — безразлично переспросил я, пялясь в освещенный круг летящего асфальта. — Понятия не имею.

58

Ровно в три ночи мы остановились перед воротами дачи.

Прошло шесть часов с начала этой грустной истории, самые страшные шесть часов в моей жизни. По крайней мере, я так думал тогда. Смертное причастие — оно ведь подобно потери невинности, обратного пути нет; ты обретаешь дар нового зрения, тело и душа наполняются новым тайным знанием, неведомым и страшным, о котором ты даже не подозревал. Крещение кровью, крещение смертью — но изменился не только ты, изменился весь мир; невинность потеряна раз и навсегда, ты отравлен, и отрава эта, как неизлечимая болезнь, как проказа, пребудет с тобой до могилы. Время лечит — банальная истина, но она не годится для тебя. Время тут бессильно. И проклятый яд даже в твой последний день будет так же горек, как и сегодня. Проживи ты хоть тысячу лет — он будет горек, этот яд. Горек, как полынь.

Я вышел, открыл ворота. Навесной замок не был защелкнут, лишь накинут, согласно нашему плану. Припер левую створку ворот кирпичом, припрятанным в траве, она всегда норовила закрыться. Загнал машину, вернулся, захлопнул ворота. Ночной воздух уже остыл, пахло сырой земляникой, от неподвижной тишины нежно звенело в ушах.

Июньская ночь коротка, заканчивалась и эта; высокое небо быстро светлело, колер теплел, точно кто-то в ультрамарин добавлял лиловой гуаши и тщательно размешивал.

Разворачиваясь у крыльца и подавая задом, нечаянно помял розовый куст. Впрочем, значения это уже не имело. После смерти деда за розами никто не ухаживал, они одичали, и вместо пышных благородных цветов на кустах теперь каждое лето распускался плюгавый шиповник. Я остановился у колодца и выключил мотор. Лариса неподвижно смотрела перед собой. После милицейского поста она не сказала ни слова, лишь кусала губы да сжимала до белых костяшек сцепленные руки.

— Иди в дом. — Я положил ладонь ей на колено. — Дальше я сам.

Она отрицательно помотала головой:

— Я с тобой. Нет, нет.

Спорить я не стал. Мы вышли из машины; вытащить мешок из багажника оказалось сложнее, чем туда его впихнуть. Лариса, чуть наклонив голову, стояла у колодца и наблюдала. От ее завороженной позы, от этого наклона головы — птичье любопытство пополам с детской невинностью — мне стало не по себе. Так в страшной сказке про оборотней из обреченной жертвы вытекает ее лучезарная, солнечная сущность, оставляя лишь угрюмый сосуд, скучную скорлупу, которая даже на вид лишь отдаленно напоминает ту, прошлую, живую.

— Принеси фонарик, — попросил я. — Пожалуйста. Там, в «теремке». В сарае, в смысле...

Фонарь мне был не нужен. Лариса покорно побрела к сараю, я проводил ее взглядом. Она ступала тихой, странной походкой, совсем не раскачивая руками. Я замычал, как от зубной боли, ухватил мешковину, дернул; ткань треснула, и в прореху высунулась рука. Грязная, в запекшейся крови, похожей на засохший речной ил, черный и шершавый, как кора мертвого дерева. Торопливо попытался запихнуть руку обратно; кисть, холодная, ледяная, казалось, была отлита из какого-то пластика и состояла из цельного куска: нет кожи, нет внутри плоти и костей, пусть и мертвых. Как гуттаперчевый протез, как рука магазинного манекена.

Только тут до меня дошла истинная суть обвинений против Микеланджело, даже не обвинений — вымыслов и сплетен, «сказок тупой, бессмысленной толпы», повторяя слова Сальери из пушкинской трагедии. «Пьета», выставленная впервые за год до начала шестнадцатого века, потрясла современников: молодому, неизвестному мастеру удалось воплотить в мраморе саму смерть: его безжизненный Христос — не просто обнаженная фигура, идеальная с точки зрения пластики и анатомии, это не фигура спящего или отдыхающего человека, его Иисус действительно мертв. Завистники из числа скульпторов и художников (эти-то прекрасно понимали, насколько мастерство юного флорентинца превосходит их скромные таланты) распустили слух, что Микеланджело убил натурщика и высекал своего Христа, копируя мертвое тело несчастного.

Мертвец вовсе не похож на спящего; глупцы, утверждающие это, скорее всего в жизни своей не видели мертвого тела вблизи. Труп принадлежит к неживой природе, покойник сродни камню, воде в луже, прелой листве под ногами. Фантастическая трансформация из живого в мертвое есть величайшая тайна природы; какая энергия делает живое живым? что это за энергия? откуда она приходит и куда исчезает? Труп подобен перчатке — банальное, но очень верное сравнение, — она еще хранит тепло руки, еще помнит игривую живость пальцев, целеустремленность движений и жестов — и вдруг, оброненная на мостовой, моментально переходит в разряд мусора. Равно как и тело, лишившись жизненной энергии, становится абсолютно никчемной обузой, невыносимой и пугающей, от которой пытаются отделаться как можно скорей. Скорей-скорей — сжечь, утопить, закопать, — и с глаз долой, как будто и не было!

Мертвое по своей природе, по сути своей противно миру живых. Мертвое — это табу.

— Вот. — Лариса протягивала мне фонарь.

— Что? — Я совершенно забыл о своей просьбе, теперь мне нужна была веревка. — Да. Спасибо. Там веревки нет?

— Не знаю.

Я взял фонарь, вдавил кнопку; луч вырезал из ночи желтый круг под ногами — песок, клочья травы, мелкие камни. Мир за кругом стал черен и густ, как вар. Мы пошли к «теремку». Среди хлама, досок, мятых ведер, пыльных коробок, грязного садового инструмента, цветочных горшков, старых покрышек, скелетов двух ржавых велосипедов — свет фонаря наделял эти обычные вещи театральным драматизмом, сияющим объемом и угрюмыми тенями — я отыскал моток толстой веревки.

Дед научил меня вязать узлы и делать петли. Почему-то он считал это умение важным для мужчины. Наверное, виной тому была память его поморской крови, эхо мозолистого опыта архангельских мужиков, ходивших через Белое море на Мурман и север Норвегии. Впрочем, взрослый мужчина, способный затянуть лишь бантик или «бабий узел», действительно жалок. Когда-то я запросто мог завязать «змеиный штык», «скользящий булинь», «ямполь» и даже мудреную «швейцарскую бабочку», узел, которому доверяли свою жизнь самые знаменитые альпинисты-скалолазы.

Зажав фонарь под мышкой, пальцами проворно скрутил восьмерку, пропустил ходовой конец через петлю, сделал шесть оборотов и затянул штыковой конец — получилась вполне сносная затягивающаяся удавка, или «узел капитана Линча».

— Рука... — Лариса стояла у открытого багажника. — Почему рука вылезла? Он что...

— Нет. — Бросив веревку и фонарь, я взял ее за плечи, сжал. — Лариса! Все кончилось, поверь мне! Еще полчаса — и все. Будто ничего и не было.

— Но ведь было...

Она смотрела сквозь меня.

— У нас не было другого выхода. — Я тряхнул ее. — Очнись! Все закончилось! Да, мерзко, жутко! Да, гадко! Но у нас не было другого выхода! Не было!

— Почему? — тихо отозвалась она. — Был.

— Какой же?

Она промолчала, потом сказала просто, точно речь шла о погоде:

— Не убивать.

— Ты что?! — Я взорвался. — О чем ты говоришь?!

В ярости взмахнув руками, я подскочил к багажнику.

— Не убивать?! Эту мразь? — Я ткнул пальцем в мешок. — Этого подлеца? Подонка и извращенца? Это же не человек! Он даже не животное, назвать его зверем было бы оскорбительно для фауны.

Я плюнул в багажник, во рту было сухо, плевок получился неважный.

— Он — грязь!! Он хуже грязи, он зло. Воплощение зла.

Подхватив веревку, я накинул петлю на ноги мертвецу, затянул.

— Падаль! Выродок! Гад!

Кряхтя и ругаясь, вытянул мешок из багажника. Труп с глухим звуком шлепнулся на песок.

— Сволочь! Ведь это он, он убил твоего отца! Он! — Я со злостью пнул труп ногой.

Лариса неподвижно наблюдала за мной, впрочем, без особого интереса; казалось, она думает о чем-то своем.

— Помнишь, тогда в церкви? — Она спрашивала не меня, а кого-то мне невидимого, кто стоял за моей спиной. — Ты подошел, а мне будто ангел в ухо шепнул: беги! Беги без оглядки!

Она замолчала. Кружевные макушки яблонь почернели и стали плоскими, как картонная аппликация; небо подернула пепельная лиловость, нежная и теплая. Неслышным серым шагом к нам подкрадывалось неизбежное утро.

Тот день в церкви; да, я помнил тот день — копоть свечек, хворый свет сквозь слепые стекла стрельчатых окон, гробовые тени по углам, восковые лики икон и яркие, как яичный желток, резиновые сапоги. Моя жадная память заглотила все нюансы — цвета, запахи и звуки, — она вплела их в фантастическую ткань нашей грустной истории, этот готический гобелен: он в засохших багровых брызгах и в пятнах грязи, к нему прилипли осколки стекла, песок, он испачкан травой и речным илом.

Моя память лелеет отраженную в Москве-реке синеву пополам с горьким запахом томительного ожидания, восторг и ужас, ускользающую надежду и что-то жаркое, похожее на смерть за мгновение до бессмертия. И это при всей абсурдности бессмертия как концепции. Бессмертие и бесконечность — какая глупость! Но я храню каждый трамвайный билет, каждый ромашковый лепесток, крыло каждой лимонницы, погибшей от огненного яда... О да, ты права, коллекция моей памяти — она бесценна, бесценна.

Я намотал конец веревки на кулак, натянул; отступив, Лариса смотрела на меня испуганно, точно я делал что-то ужасное. Я торопился, мне отчего-то пришло в голову, что нужно закопать труп до восхода солнца. Если я успею, тогда все будет хорошо. Все будет хорошо. Все.

— Ну!

Я дернул и волоком, не оглядываясь, потащил мешок через сад, по густой траве, которая казалась серой, между черных стволов корявых яблонь; листья мокрыми пальцами трогали лицо, мешок застревал, я дергал и кричал «Ну!», точно погонял клячу.

— Ну, сволочь! — орал я. — Ну же! Ну!

Верхушки сосен вспыхнули, зажглись, где-то на востоке выползало солнце. Наконец кончился сад, начался бор. Я уже бежал. Падал и вскакивал, бежал снова. Боль в ноге стала тупой и тягучей, но только добавляла мне злости. Спотыкался, цепляясь за чертовы корни — они расползлись повсюду, точно жирные змеи, торчали из земли и лезли, лезли под ноги, норовя поставить подлую подножку, — веревка впивалась в руку, но я не останавливался даже перевести дух, упрямо тянул проклятый мешок за собой.

Вот и яма. Рядом гора земли, лопата.

Упал на колени, задыхаясь, подтащил труп к краю. Мешок, мокрый и темный от росы, порвался в нескольких местах, упрямая рука мертвого майора торчала из прорехи и, будто дразнясь, топорщила белую пятерню. Отдышавшись, я вытер локтем лицо, на коленях подполз к мешку, ослабил и снял петлю. Смотал веревку. От мешка пахло свежей травой и одеколоном, из ямы тянуло сырым подвалом.

Ногой спихнул тело вниз.

Закопать яму я все-таки успел. Успел до восхода. Когда утрамбовывал холм, плашмя постукивая лопатой по земле, меж сосновых стволов, пробив густой подлесок, брызнуло солнце. Луч, острый и меткий, будто выстрел снайпера, будто зайчик, пущенный с предельной точностью, вонзился в меня. Попал прямиком в лицо, в глаза; ослепил, залил весь мир раскаленным белым жаром, сияющим и прекрасным. Рука выпустила лопату; таращá глаза, но не видя ничего, кроме восхитительного сияния, я медленно выпрямился.

Тепло, нежное, будто южный бриз, томительное и манящее, как первое утро на ласковом море из чужого детства, это тепло росло, постепенно разливаясь и ширясь. Тепло втекало сквозь кожу, сочилось внутрь, оно наполнило меня тихим восторгом, упоительным обещанием радости. Где? Когда? Да какая разница! Теперь-то уж точно все будет по-другому, все будет по-настоящему — любовь, дружба, жизнь. Да, жизнь, черт побери! По лицу текли щекотные слезы, но я не плакал, нет — я смеялся. Сказать по правде, я хохотал.

Часть II

59

Память — кольцо. Моя память — змея, заглатывающая свой хвост, тот самый змий-уроборос, символизирующий отсутствие начала и бессмысленность поиска конца. Память обитает внутри меня, и я живу внутри памяти. Мир снаружи, этот так называемый реальный мир жалок, смешон и нелеп, он глуп и примитивен, да просто ничтОжен по сравнению с сияющим совершенством мира моей памяти. Я брожу гулкими анфиладами, гуляю по светлым залам, я любуюсь своей коллекцией. Бесценным собранием уникальных экспонатов, по сравнению с ней Уффици, Лувр и Эрмитаж — пыльная лавка старьевщика, набитая скучным, скучным хламом. Я гуляю, брожу, разглядываю. Шаги мои легки и неспешны.

Время утратило смысл, время для глупцов — да и что такое время? Спроси у ночных фонарщиков, у дозорных на крепостных башнях; я расспрашивал часовых дел мастера, немца по профессии и складу характера — ты не поверишь, старый хрыч рассмеялся мне в лицо. Время! Мир населен шакалами, рыскающими в поисках времени; их похотливые самки вожделеют волков, жадных и сильных волков, которые мечтают править миром. Тем волкам плевать на упрямых самок, волки жаждут крови. Они рвутся в битву, кровь и смерть — их стихия, они — флибустьеры и расстриги, конкистадоры и пройдохи, и сам черт им не брат, они уверены в своей неуязвимости. Их оберегают амулеты из гробниц ацтекских колдунов, на теле выколоты священные мантры и шаманские руны; каждое утро они начинают со стакана теплой голубиной крови. Но им невдомек, что капкан времени уже ждет их, сияя мертвой сталью в чернильном безмолвии гиперборейской ночи.

Тот июнь вопреки опасениям все-таки подошел к концу. Август выдался невероятно душным и тягучим, но кончился и он. Незаметно завершился год, а после закончился век. Незаметно наступило новое тысячелетие. Ты скажешь, что при всем моем пренебрежении ко времени я подозрительно много говорю о нем. О времени. Много и подробно. Пожалуй, ты права, как бываешь права почти всегда.

Однако время для меня не есть метрологическое понятие — мне плевать на стрелки всех будильников и башенных часов в мире, плевать на сетку всех календарей, плевать на все эти вторники и пятницы, меня не интересует отсчет временных интервалов от одной беды до другой. Не согласен я и с проходимцами, которые называют себя философами: чего стоит смехотворное утверждение, что время протекает лишь в одном направлении — из прошлого, через настоящее в будущее. Мне гораздо ближе идея из индуистской космогонии о Махакале — «Великом Времени»: огонь Времени пожирает вселенную, то есть время пожирает само себя, превращаясь в Махакалу — в абсолютное Время над Временем, в Вечность. Видишь, мы снова незаметно вернулись к началу, к нашему закольцованному змию. Помнишь имя его? Уроборос!

60

Я никогда не был в Нью-Йорке, но живу на Манхэттене уже пятнадцать лет — как тебе такой парадокс? У меня мастерская на чердаке размером с баскетбольную площадку, агенты по торговле недвижимостью теперь называют чердаки «лофтами» и продают за сумасшедшие деньги. Тем более если этот чердак где-нибудь в Гринвич-Виллидж или Челси. Мой чердак расположен в Сохо в мрачном доме с ампирным орнаментом по периметру и терракотовыми драконами, выглядывающими из ниш. Драконы похожи на скалящихся доберманов, а из мастерской можно подняться на крышу, уставленную парусиновыми шезлонгами и банановыми деревьями в дубовых бочках. Мой агент, или, как он любит именовать себя, импресарио Виктор, обожает устраивать на крыше пьянки, которые он умело маскирует под деловые мероприятия по маркетингу или акции по общению с прессой и критиками. К полуночи, как правило, вся эта полубогемная публика, состоящая из лысоватых очкариков, грубых лесбиянок, гламурных старух и ватаги томных красоток скаковых пород — последних Виктор, неутомимый жизнелюб, ловелас-эклектик и ласковый сын, живущий со своей парализованной мамашей в Бруклине, набирает из модельных агентств, — напивается в лоск.

Панорама ночного Манхэттена, точно доставленная по заказу из какого-то чужого сна, этот безумный калейдоскоп — сияние огней на стальном острие небоскреба Крайслера, россыпь бриллиантов над башнями Уолл-стрит, мрачная громада Эмпайр-стейт (с почти угадываемым, но все же ускользающим в вязкий мрак силуэтом влюбленного Кинг-Конга), Китайский квартал, Маленькая Италия, Ист-Виллидж — битое стекло под ногами, мелочь и глупость.

Полночь, луна. Добавим легкий бриз — смесь бензина с сыровато-горьким запахом гниющих водорослей, что волнами накатывает со стороны Гудзона. По периметру крыши развешаны пестрые фонарики — оранжевые, ультрамариновые, изумрудные — такие новогодние и такие неуместные в душном сентябре. Модельные красотки, измученные иезуитскими диетами, пьяные и неуклюжие, как сломанные циркули, уже блюют в кадки с банановыми деревьями, высокомерные лесбиянки собачатся с потными критиками, гламурные старухи разъехались и давно уже храпят по своим особнякам на Ист-Сайде и Парк-авеню. Мне удается, отделавшись от Виктора, улизнуть на дальний конец крыши, сумрачный и необитаемый, как обратная сторона луны; циклопическая труба рыжего кирпича закрывает от моего меланхоличного взора унылую картину умирающей вечеринки; я прячусь в тени трубы, становлюсь прозрачным, как медуза, почти невидимым. Закуриваю, сажусь на край крыши; по-детски болтаю ногами — выяснилось, что практически невозможно, сидя на краю крыши, не болтать ногами. Под моими подошвами — пропасть в четырнадцать этажей, по сумрачному асфальтовому дну тащатся такси, по тротуару, от одного фонарного круга до другого, бредут редкие прохожие, похожие на заплутавших ночных странников. Последняя затяжка, выщелкиваю горячий окурок — рыжая звезда взмывает вверх и, описав дугу, падает в бездну.

Я чуть пьян, в меру, я хрупок и ненадежен, что-то вроде тех звонких бокалов из богемского стекла, которые и в руки взять страшно. Я безнадежно холоден и бесконечно одинок. В целом — идеальное состояние для очередного путешествия в прошлое.

Да, закопать яму я все-таки успел. Успел до восхода.

61

Лариса ждала у машины. Мне показалось, она даже не сменила позы, так и стояла у раскрытого багажника, чуть сутулясь и сцепив руки. Она проводила меня настороженным взглядом.

— Все? — спросила едва слышно.

В «теремке» я кинул лопату в угол, повесил веревку на гвоздь. Все?

— Все... — пробормотал я, вдыхая пыльный дух сарая. — Неужели все?..

Задержался на пороге, жмурясь на солнце. Все... Неужели и вправду все?

Над входом в сарай на стальном крюке висела подкова. Она была рыжая и будто мохнатая от ржавчины. Подкову эту, роясь в огороде, раскопал дед. Я подмигнул подкове, подбежав к Ларисе, радостно ухватил ее за плечи и крикнул в лицо:

— Все! Ты понимаешь — все! Все закончилось!

Распахнув крышку колодца, бросил ведро в гулкую, сырую темень. Оно понеслось вниз, весело гремя цепью; придерживая шершавый ворот ладонью, я замедлил падение. Всплеск, утробноельканье тонущего ведра. Я взялся за стальную ручку; упругая тяжесть, скрип, мокрое ворчанье цепи — все это казалось мне каким-то особенно честным и чистым, простым и правильным. И вся грязь и кровь, что остались позади, тоже казались мне правильными. А как же иначе, как по-другому?

— Слей! — попросил я Ларису, именно так командовал дед, сдирая с себя потную майку и подставляя мне бледную спину и жилистую, кирпичную от подмосковного солнца шею.

С моих рук стекала бурая вода, брызги летели во все стороны, на джинсы, на песок; я тер ладони, складывал их ковшом, я окунал лицо в ледяную, отдающую сырым металлом колодезную влагу. Утро, звонкий холод наполняли меня бодрым, нервным азартом, мне хотелось действовать, действовать стремительно и четко. Осталась сущая чепуха — нужно было избавиться от машины майора.

— Не сердись. — Лариса поставила ведро в песок. — У меня нет сил. Честно. Я просто упаду в обморок. Давай передохнем... Хоть час-полтора?

— Ты что?! — Я взъерошил мокрые волосы пятерней, казалось, я не смог бы высидеть на месте и минуту. — Нет-нет! Нет! Ты что!

Мы договорились, что я отгоню «шестерку» в Подлипки и оставлю ее там где-нибудь рядом с железнодорожной станцией. Из Подлипок автобусом доберусь до дачи, заберу Ларису, и мы вдвоем вернемся в Москву. Дальше все по плану.

— Помнишь, где ключ? — Я кивнул в сторону крыльца.

Она кивнула. Я сел за руль, хлопнул дверью, повернул ключ в замке зажигания.

Нехитрая операция заняла около двух часов. Еще минут двадцать я потратил в привокзальном буфете, пытаясь раздобыть бутылку шампанского. Мне непременно хотелось отпраздновать начало новой жизни с шампанским. «На вынос, — заявила буфетчица, высокомерная дива с коралловым ртом и лимонно-желтыми волосами, — мы не отпускаем». Но деньги и лесть сделали свое дело: после недолгих унижений мне было вручено нечто увесистое и округлое, завернутое в местную многотиражку «Болшевская правда».

Ларисы на даче не оказалось. Она даже не открыла входную дверь, ключ так и остался лежать в тайном месте на крыльце. Я понесся в сад, добежал до ямы, холм уже подсох и посветлел. Бросился назад к дому. Я рыскал по кустам, ломал сирень и розы, топтал грядки и даже полез под дом, крича в пыльную тьму: «Лариса! Лариса! Лариса!»

Лариса!

Безумие продолжалось час, год, всю жизнь — не знаю; под конец, осипший, в рваной рубахе, крови и царапинах, я орал что-то невразумительное, бил кулаками в песок, ползая на коленях у колодца. На глаза попалось шампанское, схватив бутыль, я сорвал газету — это было «Крымское игристое». Не знаю почему, проклятая шипучка оказалась последней каплей. Зарычав, я изо всех сил саданул бутылкой в стальную ручку колодца; «Крымское» взорвалось розовой пеной, толстое зеленое стекло вперемешку с малиновым пойлом брызнуло во все стороны — в воздухе тут же завоняло дрожжами и прелыми яблоками.

62

В Москву я вернулся на электричке. Не помню, как добрался до станции в Болшево. Дороги тоже не помню. Позвонил из автомата на Ярославском, слушал бесконечные гудки, безнадежно длинные, утекающие в черный вакуум. Пешком побрел домой — через Сретенку, по бульварам до Яузы. Было пыльно, страшно хотелось пить. Прохожие огибали меня с опаской, где-то в районе Покровки я обнаружил, что я порезал бутылкой руку и вся штанина у меня была заляпана засохшей кровью. Все — точно во сне, собственно, сон это и был.

Квартира показалась мне чужой. В коридоре валялись шубы, под ногами что-то хрустело, противно, точно яичная скорлупа. Двери были распахнуты, повсюду горел свет; я нашел телефон, он почему-то оказался под кроватью. Звонить из дома было безумием, сыщики (по крайней мере, киношные) первым делом проверяют список входящих и исходящих звонков; эта мысль всплыла на задворках сознания и бесследно растаяла.

Набрал номер, семь цифр — эти цифры и сейчас вытатуированы на изнанке моего бедного сердца: 255–19–41. Первые гудки — в них надежда, в этих трех, четырех первых гудках. Пятый звучит уже растерянно, словно застуканный за чем-то неприличным; шестой краснеет, неуверенно разводя руками. Седьмой и восьмой — эти почти покойники. От десятого, одиннадцатого и следующих за ними веет могильной тоской, холодом и пустотой. Какая пошлая фраза «Надежда умирает последней», господи, какая пошлая!

Утром я отправился к зоопарку. Красная Пресня изнывала в мутном мареве тополиного пуха, нещадно смердело енотом. До темноты я следил за подъездом, раз пять звонил из телефонной будки. Слушал безнадежные гудки. Черный вакуум, мертвая пустота.

Следующий день прошел так же, потом еще один. И еще. Сколько их было, этих дней?

В физике, кажется в термодинамике, есть понятие, которое называется «фазовый переход». Им обозначают переход вещества из одного состояния в другое, процесс происходит при изменении внешних условий — давления, температуры. Классический пример — вода и ее три ипостаси: жидкость, лед и пар. В детстве мы пытались заморозить воду в бутылках, бутылки неизбежно трескались; я никак не мог понять, какая сила разрывает стекло, — неужели безобидная вода способна на это? Тогда мне было невдомек, что переход из одного состояния в другое таит в себе много сюрпризов. Да, милая моя, много неожиданных и таинственных сюрпризов.

Сдался я не сразу. Весь июль я пытался найти Ларису, пытался найти ее мать; поиски усложнялись опасностью привлечь внимание — наверняка следственная машина работала уже полным ходом. На себя мне было плевать, я думал лишь о Ларисе: даже самый наивный сыскарь, попадись я ему в руки, в два счета распутал бы наш нехитрый клубок, конец которого прятался в неглубокой яме у дальнего забора моей болшевской дачи.

Август безжалостный, август беспощадный — август стал моей Стеной плача, последней ускользающей надеждой, уже даже не надеждой, а призраком ее, слабым безжизненным эхом. Ла-ри-са... Последнее «а» уже едва слышно, и тает, тает. Тает, точно трель жаворонка в мути перламутрового бессолнечного неба. Август... Царапая каракули своего отчаяния на клочках дней, я скручивал безнадежные послания в тугие трубочки, я пытался впихнуть их в щели между глыбами пустоты и бессилия. Ла-ри-са...

Последний день лета, день большого безумия.

Проснулся с уверенностью, что сегодня мне дается последний шанс. Что если не сегодня, то уже никогда. На такси подъехал к ее дому, прямо к подъезду. В холле за тем же столом сидел тот же любитель кроссвордов. Узнал ли охранник меня, не знаю, вряд ли; за два месяца я здорово отощал и зарос, брился последний раз я в июне, утром того самого дня. Того самого.

— Каширские? — переспросил охранник. — Съехали. Больше тут не живут. Съехали в начале лета. Куда? — Он хмыкнул. — Мне не докладывают.

Последний день лета наполнил меня страшным знанием: смерти нет. Хрупкий лед и легкий пар — реинкарнации вечной воды, предел бессмертия; спроси об этом у высохшего ручья, у сонного снега, у застреленной чайки, у кладбищенского сторожа, что так и не научился засыпать под звуки тростниковой флейты. Смерти нет — вот что они ответят тебе. Вода вечна, а ты, моя дорогая, на восемьдесят восемь процентов состоишь из воды, да-да, воды мертвой, воды живой. Воды. Остальные двенадцать процентов, как и положено, — глупость, спесь и оборванные крючки и блесны, на которые ты по дурости клевала, спеша против течения здравого смысла и общественного мнения.

Пришел сентябрь. Скорее по привычке начал появляться в институте; оказалось, что получить высшее образование можно, даже не приходя в сознание. Незлобин, впрочем, от меня отказался, и мне пришлось защищать диплом на кафедре истории искусств. Тему оставил ту же: «Итальянский Ренессанс. Флорентийская школа», добавил подзаголовок: «Гений и злодейство — две вещи несовместные?» Пижонство, разумеется.

Бродя по городу, пару раз натыкался на фальшивых Ларис; неуемные бесы напяливали ее обличье на свои чертовы куклы: издали действительно похоже, а подойдешь — фальшь так и прет: белила, румяна, крашеные куриные перья.

С родителями приключилась занятная история — они утонули. К отцу, в Танзанию, нагрянул какой-то внешторговский ревизор, в честь которого, вопреки метеосводке, был устроен то ли морской пикник, то ли круиз с рыбалкой на марлина. Обломки яхты выбросило штормом, утопленников так и не нашли. С тех пор я перестал есть рыбу и прочую морскую живность, дабы ненароком не впасть в грех инцестного каннибализма. Личные вещи родителей, переправленные диппочтой в двух коробках, я, не открывая, впихнул в чулан, где в нафталиновом обмороке валялись в мешках мамашины шубы.

Дальше — веселее. Грянула перестройка, страна хрипела, дергалась в агонии; я от скуки торговал своими картинами на Арбате. Залетные голландцы под командой долговязого угрюмца в солдатской шинели и со стальной серьгой в ухе уговорили меня дать им пару картин («Грехопадение Евы» и «Искушение Л.К.») для вернисажа. Я дал. Вернисаж вылился в изумительное безобразие: мероприятие называлось «Русская эротика» и проходило во вместительном подвале где-то на углу Патриарших; помимо живописи и графики, тесно развешанной по грязным стенам, в подвале выступали музыканты невнятной половой принадлежности, а под конец в зал, забитый взопревшей публикой, вынесли обеденный круглый стол с живой и абсолютно голой девицей. В программке она значилась как «Женщина-торт Марина Персик». У Марины Персик были громадные коричневые соски и грустный олений взор. Девицу обмазали разноцветным кремом и сбитыми сливками, после чего желающие могли подойти и полизать сладкое. Желающих полизать оказалось гораздо больше, чем я мог себе вообразить. Если честно, то я тоже не удержался — слизнул крем с плеча. Смесь пота, сахара и ванили — любопытная комбинация.

Под конец появилась неизбежная милиция.

Сам не знаю, зачем рассказываю тебе всю эту чепуху, да еще и в таких деталях. Да, кстати, того голландца с серьгой в ухе звали Август — славное имя, правда? и милый намек на тот месяц, что стал пределом, за которым вода живая превратилась в воду мертвую, — он, этот голландец, устроил мне выставку в Амстердаме, где я познакомился с парой жуликов из «Сотбис». Один из них, тот что повыше, Виктор Адлер, предложил мне свои услуги в качестве художественного агента. Или, как он выразился, импресарио.

Я уже обмолвился, что время утратило смысл; помнишь, «Распалась связь времен» — каково, а? вот ведь лихо выдал, сукин сын, попробуй скажи звонче! Распалась связь... Посему промотаем восемь тысяч дней и еще восемь тысяч ночей — и вот он я, сижу на краю крыши. Сижу, свесив ноги в ночную пропасть, в лунной тени от кирпичной трубы, прячусь.

Моя цепкая память мужественно хранит всю звонкую мелочь прошлого столетия — копеечка к копеечке, пятачок к пятачку. Блестящий мусор, медяки да серебро — хлам, забава нумизмата. Перебираю, подобно скупому рыцарю, свое богатство — дни, часы, минуты; взгляды, вздохи, слова. Перебираю, пытаясь найти намек. Стараюсь понять ответ. Мой мозг свела судорога, проклятый вопрос свел меня с ума: почему? Почему ты решила исчезнуть? Почему? Почему, черт тебя побери?!

63

Кажется, за все минувшие с того убийственного июня годы не было дня и не было ночи, чтобы я не вспоминал о тебе. Ты стала частью меня, неким дополнительным органом, который позволил мне, подобно вдруг выросшим жабрам, плыть сквозь муть времени и пространства. Ты всегда была тут (я со спокойной грацией прикладываю кулак к груди — мужественный и чуть жеманный жест).

В своем воображении я конструировал варианты твоего внезапного появления, подобно режиссеру, я выстраивал эффектные мизансцены нашей встречи, перебирал сотни декораций: от пошловато-лимонного мавританского барокко закатной Венеции — отраженные дворцы в лиловом стекле залива, лебединые шеи траурных гондол, застывшие в розовой пустоте голуби над площадью Святого Марка — до черно-белого аскетичного реализма банальной уличной встречи где-нибудь на углу Бродвея и Сорок второй.

С легкостью я мог представить твое лицо — твое сегодняшнее лицо, твою шею, руки, тело... Боже, сколько раз карандаш в моей руке чертил эти божественные изгибы! Кажется, я смог бы нарисовать тебя на ощупь, с завязанными глазами. Да, ты всегда была со мной. И ты не могла не появиться.

Думаю, что-то подобное испытал недоверчивый апостол Фома — он верил, но хотел убедиться, потрогать, вложить персты в раны. Я тоже верил. Но верить в возможность чуда и стать его свидетелем, согласись, это не одно и то же. Еще сложнее выразить чувства, описать словами тот взрыв эмоций, спрессованных, сжатых до критической массы тысячи бессонных ночей, тысячи безумных дней. Как описать чудо, возможно ли его описать? Какие ангельские краски нужны, какие дьявольские слова, какие божественные ноты?

В современном изобразительном искусстве важен не сам предмет искусства, а суждение о нем. Некая вербальная формула, определяющая этот предмет. Само произведение искусства, его так называемые художественные достоинства, при этом никакого значения не имеет: уверен, появись Рембрандт сегодня, то без соответствующей рекламной раскрутки он бы умер нищим.

Винсент Ван Гог, за которого сейчас платят сотни миллионов на аукционах, точно так же как и при жизни, сегодня не смог бы продать ни одной картины. Предмет искусства — ничто, суждение о нем — все. Первым это понял Дали, гений и пройдоха: он бессовестно продавал за сумасшедшие деньги чистые листы бумаги со своей подписью в углу.

Успешный художник сегодня — это товар, его картины являются лишь составной частью этого товара, мастер и его произведения сплавлены в единое целое, имя ему, прости господи, имидж. Именно имидж и продается. Стиль художника должен быть моментально узнаваем: как глаз курильщика молниеносно выхватывает из сотни пачек в табачной лавке любимый сорт, так и твоя картина, висящая в галерее, напечатанная в журнале, мелькнувшая на экране компьютера, телефона, телевизора, должна быть узнана немедленно. Домохозяйка и таксист, офицер-подводник и массажистка, учитель пения и пожарник без запинки опознают «Джоконду» Леонардо и «Крик» Мунка, «Подсолнухи» Ван Гога и «Давида» Микеланджело. Ну, может, переврут слегка имя автора или не вспомнят название, но узнают точно.

Над созданием моего имиджа трудится неутомимый Виктор Адлер. Мой предприимчивый импресарио, этот льстивый змей-искуситель и бессердечный шантажист, юркий плут и бессовестный пройдоха; в его ловких пальцах — нити, что тянутся к арт-критикам, культуртрегерам, владельцам галерей, устроителям выставок, заправилам международных аукционов, а также к плотвице помельче — журналистам, блогерам, телеобозревателям и радиокомментаторам.

Благодаря стараниям Виктора мой живописный стиль обрел даже имя — «мистический эротизм», имя звонкое, но невнятное. Критикам и рецензентам мерещилась в моих картинах «инфернальная сексуальность», особо проницательные видели в них «сладострастную меланхолию смерти» и «сатанинскую похоть хаоса»; самой значительной моей работой считалась «Ночь испанской королевы», на лондонском аукционе какой-то сумасшедший выложил за нее почти пять миллионов.

Лиз Каннингем из «Нью-Йорк таймс» писала: «Вычурная живопись Голубева является воплощением порока, визуализацией грехопадения, его картины похожи на эротические сны узника, приговоренного к гильотине, это реинкарнация Густава Климта в образе похотливой самки, впавшей в нимфоманию. Золото и пурпур — его палитра, его томительно-тягучий колорит — царский пир для алчущих визуальных лакомств. Художник приоткрывает занавес, мы точно заглядываем сквозь витражное окно в будуар, мы можем различить сквозь багряно-лиловый морок очертания и массы, волнующие и будоражащие наше либидо на глубинном, подсознательном уровне; художник манит зрителя за собой, увлекает его в свой запретный и опасный мир. Мир прекрасных цветов зла, мир, где дозволено все. Мир, из которого нет возврата».

Какая восхитительная чушь, не правда ли?

Осенний сезон в Нью-Йорке мы открывали в новой галерее «Игла» на площади Колумба, на втором этаже стеклянного колосса, нависшего над пыльной зеленью Центрального парка. Сумерки густели, зажигались фонари, к красной дорожке причаливали длинные лимузины с вальяжными гостями, фотографы и зеваки толкались, галдели и щелкали вспышками.

Я узнал тебя сразу, даже нет, я почувствовал — знаешь, как во сне, когда события предвосхищаются пророческим чувством. Я стоял на втором этаже у стеклянной стены, смотрел вниз, просто наблюдал, так бездумно глазеют на воду или огонь, смотрел на прибывающих гостей, и вдруг — точно разряд тока — укол в мозг. Укол в сердце. Знак грядущего чуда.

Беззвучно подкатил «Линкольн», распахнулась дверь — и из темноты салона появилась ты. Вся моя жизнь, прожитая с того безумного дня, сжалась в дрожащее ничто и исчезла. С тихим хрустальным звоном рвущейся струны.

Следом за тобой выбрался плотный господин, седой, не первой свежести, но удовлетворительного качества; я мигом наделил его кучей пороков и грехов — банкир, делец, барыга, — превратил в карикатуру и тут же забыл о нем. Ты шла чуть впереди, такая же легкая, но с новой грацией, уверенной и взрослой. Шла так, словно наша вздорная суетливая вселенная имела к тебе лишь относительное касательство, словно ты пребывала в каком-то своем, более совершенном, неспешном измерении. Ни этот старик, никто другой, из живущих на земле, никто и ничто теперь не имели ровным счетом никакого значения. Они все испарились, просто перестали существовать.

Шагая к распахнутым дверям, ты подняла голову, ты нашла мои глаза и улыбнулась.

64

Сон всегда обрывается на этом месте. Некто настырный, не знаю, какой дотошный бес (должно быть, немец) у них там заведует департаментом ночных развлечений, с завидным упорством показывает мне этот сон раз в месяц. Раз в месяц — как минимум, иногда я вижу его два, а то и три раза.

«Запоминай!» — словно говорит настырный, предлагая моему вниманию новую подробность, ранее не замеченную мной: перламутровую прядь в твоих волосах, стаю голубей, кружащих симметричным узором над лиловым парком, или запах шиповника, контрабандой доставленный на Манхэттен с моей болшевской дачи.

Вещественность знаков, материальность символов делают почти невозможным отличить фантазию от минувшей реальности. Я давно уже не пытаюсь заниматься подобным вздором: чем, скажи мне, отличается мастерски придуманная фикция от слепка неверной памяти? Ведь с неумолимой точки зрения текущего момента и то, и другое не существует в абсолютно равной степени. С позиции «сегодня» они девальвированы в одинаковое ничто.

Для художника, впрочем, как и для любого творца, понятие реальности есть не более чем химера. Рабское копирование реальности — еще ее называют «правдой жизни» — является свидетельством бездарности и прямым следствием отсутствия той самой искры божьей, что сближает нас, избранных среди смертных, с всемогущим Мастером. По мне, пусть «правдой жизни» занимаются проходимцы и самозванцы, жаждущие примазаться к божественному Искусству, все эти хроникеры и публицисты — унылые стенографисты нелепого нагромождения случайных событий, эти летописцы минувших времен, фотографы давно умершего света. Правда жизни — какая глупость!

Я давно живу в ажурной паутине, прочно сотканной из стеклянных снов, свинцового бреда и солнечных фантазий: да, там есть вкрапления и «правды жизни», и так называемых реальных событий, но они, эти тусклые нити, с таким мастерством вплетены в общий узор, что даже я не в состоянии порой опознать их.

Но ты просишь меня, ты хочешь узнать, что же случилось на самом деле. Так и быть, я постараюсь. Я сделаю это для тебя. Не хочу искать виноватых, но для полноты картины мне придется нырнуть на самое дно, опуститься к самым истокам жизни, дабы из-под завала дней, лиц, городов и событий извлечь на свет божий первопричину всех бед моих. Наша жизнь полна тайных символов, внимательный глаз и острый ум непременно составит из них логическую картину: если тебе кажется, что беда на тебя рухнула как гром среди ясного неба, я готов поспорить, что ты просто прозевал предупредительные знаки. Оглянись — и ты непременно отыщешь их во вчерашней пестроте мокрых кленовых листьев, в шелесте осоки и шепоте песка. Ничто не происходит случайно, каждое событие имеет свою причину и свое следствие. Будь внимателен!

Как будто предчувствуя свой жребий, мне с детства запало в душу наше русское правило: «Если любишь — люби всем сердцем, в остальном — доверься судьбе». Родись я швейцарцем или, не дай бог, англичанином, уверен, моя история сложилась бы иначе: педантичная рациональность, впаянная в генетический код, уберегла бы меня от акта самоуничтожения. Любовь для европейца — категория умозрительная, вроде поэзии или филателии, не входящая в рамки практического употребления, любовь же «русского разлива» — это вообще психическая болезнь с острыми антисоциальными последствиями. Наша страстная вера в судьбу — дикарский фатализм и языческое идолопоклонство, недостойное просвещенного и прилежного, застегнутого на все пуговицы протестантского ума.

Мучимый весенней бессонницей, я лежу с закрытыми глазами, передо мной неспешными картинами течет моя жизнь — такое, я слышал, бывает на смертном одре. Пытаюсь разложить все по полочкам, обнажить все связи, нащупать первопричины. Так рождается смысл. Пустота наполняется чувством, превращаясь в притчу, становясь символом. Из символов складывается судьба. В нашем, русском, случае имя ей — рок.

Итак, слушай. Моя беда началась с раннего детства. Само мое появление на свет явилось, скорее всего, недосмотром или досадным недоразумением. Едва родившись, я начал свои скитания: мои родители, находившиеся тогда в Бангладеш, отправили меня в Москву к бабке и деду. Старики повозились со мной, но постарались отфутболить обратно при первой возможности. Отца перевели в Афганистан, какое-то время я провел в Кабуле; мы жили в советской колонии за беленым каменным забором, по верху которого хищно сияли топазами битые бутылки. Сверху висело невероятно синее небо — чистый ультрамарин. К полудню поднимался юго-западный ветер — кара-буран, черная буря. Местные называли его «боди шурави», советский ветер. Он дул с нашей территории, от верховьев Амударьи. К полудню небо становилось серым, как асфальт, песок проникал внутрь закрытого спичечного коробка, красил тонкой мышиной пудрой подоконник и стол. От пыли у меня начался кашель, доктор сказал, что через пару месяцев мы будем иметь дело с полноценной астмой.

Так я окончательно обосновался на Котельнической набережной. Бабка смирилась с моим вторжением; дед меня почти не замечал, интерес я вызывал у него не более чем морская свинка или забавный хомяк — для генерала, похоже, существа допризывного возраста просто не существовали. Я пошел в первый класс. В доме у нас царила диктатура чистоты: даже грубый слесарь-сантехник Николай с татуировкой на руке покорно снимал свои кованые чеботы перед входной дверью. Друзей в гости я не приглашал, поскольку, по мнению бабки, от гостей проку нет — одна грязь.

— Не лапай полировку! — одергивала меня бабка. — Не ерзай по дивану! Не шаркай по ковру — не ребенок, а наказание!

Шкафы и серванты были закрыты от меня на ключ.

— Бабуль, — канючил я. — Открой шкаф, я хочу книжку почитать.

Старуха отпирала книжный шкаф, отходила в сторону, скрестив под мягкой грудью дряблые руки, подозрительно наблюдала за мной.

— Выбрал? — недовольно спрашивала она. — Мопассан? Про что это?

Ласковый, исполненный нежности, я жил в бездушной атмосфере холодного безразличия — прости за пошлость слога, но точней не скажешь. Неизрасходованная любовь распирала меня, подобно тайной энергии, она копилась, грозя неминуемым взрывом.

Потом умер дед. В последний его год мы неожиданно сблизились, он разглядел во мне маленького мужчину, привычный материал, с которым он работал всю жизнь. В его отношении ко мне не было ни ласки, ни нежности, но был интерес, желание научить чему-то важному. Так старые волки учат волчат вынюхивать след зайца, загонять жертву, перегрызать ей горло. Утилитарный подход командира, прагматичная дидактика генерала.

Похоронив деда, моя бабка сошла с ума. Это не фигура речи и не преувеличение. На второй день после панихиды родители укатили обратно в свой Улан-Батор. Вечером из коридора в щель приоткрытой двери я видел, как бабка, стоя на коленях в мятой ночной рубахе, монотонно кланялась и крестилась, сонно покачиваясь из стороны в сторону. Перед ней на стуле стояла метровая фотография деда, черно-белая, в траурных лентах, та самая, которую солдаты из почетного караула несли перед гробом. Утром я застал бабку там же.

Иногда на кухне она поднималась с табуретки на стол, и, неслышно ступая тапочками, вставала на подоконник; раскинув руки, она прижималась всем телом к стеклу, точно пыталась выдавить окно.

Те летние каникулы я провел на кладбище. Каждое утро мы отправлялись к Новодевичьему монастырю на восьмом автобусе. На кладбище бабка отпирала ограду, протирала памятник из черного, как антрацит, лабрадора — до сих пор помню название этого камня, с ярко-васильковыми, точно электрические искры, прожилками; старуха возилась с цветами, что-то сажала, пропалывала. Я таскал здоровенную лейку от дедовой могилы до латунного водопроводного крана, торчащего из кирпичной стены колумбария. Туда и обратно. На обратной дороге чертова лейка плескалась водой и больно била по щиколоткам, оставляя кровавые ссадины на костяшках. К вечеру, одурев от жары, я сидел на корточках в теплой траве, вдыхая тошнотворный кладбищенский дух — сладковатую смесь прелых роз, чеснока и цветущих одуванчиков, — и зачарованно наблюдал за изумрудной гусеницей, неспешно отмеряющей свой путь забавными вершками младенческих пальцев вверх по железному копью дедовой ограды.

Ты спросишь: какого черта я плету всю эту ахинею — про зеленых гусениц, мою чокнутую бабушку, трупный смрад, плывущий над могилами? Про угасший свет и давно растаявшую тень? Какого черта? Да, какого?

Если честно, мне просто страшно. Знаешь, как трусливый ребенок боится выйти в темный коридор? И еще у меня есть наивная надежда, совсем малюсенькая, что я смогу заговорить зубы дьяволу, если буду плести всю эту околесицу, если буду нести эту чушь... Вдруг и он, рогатый, запутается в моих байках, запутается и случайно забудет о тебе. Оставит тебя в покое. Ведь мне-то и нужно всего два часа! Два часа, не больше! Те два проклятых часа, когда я бросил тебя, а сам уехал на майорских «Жигулях» в Подлипки.

65

Оживлять прошлое я научился с завидным мастерством — гляди, какая убедительная лужа с прошлогодней лесной опушки: с парой длинных сосновых иголок, таких ярко-зеленых, с мертвым жуком-носорогом и зеркальным отражением низкого октябрьского неба, уже подернутого тоскливой желтизной предчувствия заката. Можно добавить мокрую тропинку скользкой рыжеватой глины, уползающую в еловую глушь. Там, за ельником, неожиданно распахивается даль с туманной рекой, правый крутой берег облюбовали стрижи — они стремительно выпархивают из своих нор и тревожно носятся, почти касаясь воды крыльями. Левый, пологий, берег тянется до самого горизонта, каждую весну он становится яично-желтым от цветущих одуванчиков. Миллион цветущих одуванчиков, представляешь? Густой горьковатый дух так и ползет по округе, аж в горле першит: недавно я прочитал, что эту маслянистую горечь одуванчикам придает тот же химический элемент, что присутствует в сперме и разлагающейся человеческой ткани.

Я никогда не жил в Нью-Йорке, я там ни разу не был. Да и вообще дальше Софрино я, считай, не выбираюсь. Стал матерым сельским жителем, круглый год обитаю на даче.

После гибели родителей — этот эпизод абсолютно правдив — мне удалось весьма выгодно сдать московскую жилплощадь на Котельнической: немецкая фирма «Сименс» расквартировывает там своих заграничных сотрудников и каждый месяц исправно переводит на мой счет две тысячи евро в рублевом эквиваленте по текущему курсу Центрального банка. Денег хватает — если честно, я даже не знаю, сколько их там у меня, этих денег.

Я продолжаю рисовать. Брожу с блокнотом по полю или по лесу, делаю карандашные наброски мшистых пней, сухих деревьев — в путанице сучков пытаюсь найти гармонию и смысл, рисую сочные пятнистые мухоморы, понурые матовые поганки, мертвые листья. Порой встречаются занятные лопухи. А то попался нарост на березе — вылитый ассирийский профиль. Как-то набрел на скелет вороны, провозился с эскизами до самых сумерек; изящные кости походили на перламутровые украшения, носатый череп напоминал венецианскую маску — и все это на фоне прекрасно сохранившихся черных перьев.

Весной меня тянет к живой натуре — звучит плотоядно, не правда? Поскольку я живу один, не считая двух пятнистых пойнтеров, добряка Лорда и пройдохи Тейлора, я часто разговариваю вслух — так сказать, пробую звуки, слова, интонации. Вот послушай: тянет к живой натуре...

Отцовская «Волга» еще на ходу, ей уже сто лет, но по пробегу она почти девственница — меньше десяти тысяч. Я выгоняю машину на дорогу, закрываю ворота. Умницы Лорд и Тейлор, шоколадные в белых яблоках, внимательно следят за мной с заднего сиденья, глядят степенно — вылитые аристократы: они знают, грядет веселье. Вдавив до упора педаль газа, пролетаю чистую березовую аллею — белые стволы кажутся прозрачными, точно молочное стекло, в ветвях едва угадывается зеленый звон. Нынешний апрель больше похож на март — холодно. После горбатого моста сворачиваю на проселок, сбрасываю на вторую передачу, машину качает на рессорах, кобели, выставив щучьи морды, сладострастно подвывают. Съезжаю на обочину, глушу мотор.

Ничего нет лучше весеннего луга! Вранье, конечно, — очень многое на свете гораздо лучше весеннего луга. А также летнего и осеннего, не говоря уже о зимнем. Ну да черт бы с ним — весенний луг тоже ничего. От земли пахнет черносливом, стрижи неубедительно пробуют летние трели, но мы ближе к зиме, чем к лету; мы в чистилище, строгом черно-белом небытии под линяло-голубым небом. Сама возможность лета выглядит сейчас достаточно спорно. Некоторую надежду, впрочем, сулит робкая трава, похожая на зеленый туман, ползущий по лугу в сторону горизонта.

Крышка багажника проржавела, край напоминает поджаристую корку на французской булке. Щелкаю замком, поднимаю крышку. Сую в карман куртки теннисный мяч, достаю старую теннисную ракетку. Оплетка с рукоятки давно потерялась, натяжка ослабла, я пару раз бью струнами по ладони. Лорд и Тейлор внимательно следят за мной. Втроем мы молча поднимаемся на холм.

Неожиданно распахивается сизая даль — тени облаков похожи на темные острова, они дрейфуют между желтых отмелей куриной слепоты и заводями розоватого дыма сонных верб. Я достаю мяч из кармана, показываю псам, они теперь не сводят с него глаз. Я — властелин их вселенной. Подкидываю и с размаху луплю мяч ракеткой. Лорд и Тейлор срываются и несутся под откос, их упругие тела вытягиваются, они похожи на скаковых лошадей со старых английских картин.

Тейлор возвращается галопом, мяч в зубах. Совершает вокруг меня танец, кладет мяч к ногам. Лорд продолжает самозабвенно носиться вдали, пытаясь убежать от исполинской тени, крадущейся следом. Поднимаю мяч, он мокрый и теплый. Хлестко бью ракеткой.

Я хотел рассказать тебе историю про любовь, а она вышла о смерти. Не твоей и даже не моей, а о нашей общей смерти. Нам не удалось вырваться, разомкнуть круг. У нас не получилось воплотиться в спираль и взмыть вверх, мы снова вернулись к началу. Уроборос, змей, пожирающий свой хвост, — наш символ. Порочный круг, диаметр которого неумолимо стремится к нулю, — вот наша судьба.

Мой дед был ровесником двадцатого века, с него начинается история нашей семьи; по странной, но вполне объяснимой причине предыдущие поколения превращены в смутную череду почти сказочных персонажей, что-то наподобие картинок Билибина к «Царю Салтану» — неясные контуры, линялые краски. Невнятные аксельбанты на униформе, кринолины и кружева, чудом уцелевшие картонки фотографий с тусклым золотым клеймом ателье «А. Пазетти, С.-Петербург, Невский 24». Призраки, и имена их — только шепотом.

И лишь дед, точно само воплощение исторического материализма, трехмерен и осязаем в своем наивном порыве построить новый справедливый мир. Он был романтик, мой дед, он свято верил, что солнце, кое-как нарисованное на листе фанеры, может светить и греть. Главное — верить и быть преданным святому делу. Его сын, мой отец, идеализмом уже не грешил — атрибутами его веры стали простые предметы: финский гарнитур, канадская дубленка, автомобиль «Волга» в экспортном исполнении.

Я — третье поколение, я вернулся к романтизму, но только с другой стороны. На моем щите скрещенные топор и молот, и девиз «Разрушить все!». Да, я верю в честность, добро, уважение, верю, что репутация превыше всего, что мужчина должен открывать дверь перед женщиной и дарить ей цветы. Верю в долгие поцелуи и неторопливые прогулки по осеннему лесу, верю в неповторимость каждого заката и неизбежность расплаты за грехи. Романтик и идеалист, я неисправимо старомоден; мир меняется слишком быстро и не в лучшую сторону. Ему осталось не так много, этому миру, и я надеюсь застать финальный акт. Уроборос заглатывает свой хвост, кольцо сжимается.

66

Я исчерпал лимит чудес в своей жизни. Чудеса закончились тем летним днем, когда я оставил тебя одну. Оставил тебя одну и вернулся на дачу через два часа.

Твое тело висело в проеме распахнутой двери сарая. Босые ноги почти касались порога, рядом валялось пустое ведро. Конец веревки тянулся к крюку, на котором болталась ржавая подкова. Петлю, «узел капитана Линча», я собственноручно завязал несколько часов назад. Когда мне удалось перерезать веревку, я не удержал тебя, мы вместе грохнулись и покатились по песку. Тело еще не остыло, я взял тебя на руки и понес в дом. От петли на твоем горле остался сизый след — будто шрам, по диагонали, к левому уху. Я положил тебя на кровать, раздел; сам лег рядом, предварительно сняв ботинки и носки. Смотрел на твой профиль и пытался представить, что ты просто спишь. На потолке покачивались серые тени от веток сирени, а когда солнце выползало из-за облаков, потолок вспыхивал и будто начинал светиться изнутри.

Незаметно надвинулись сумерки, день сузился до раскаленной щели в лиловом горизонте; оттуда, как из раны, сочился желтый жар. Спальня наполнилась густым перламутровым светом. Блики на твоей груди и животе стали лимонными, волосы на лобке вспыхнули шафраном, в тенях появились сиреневые ноты. Мне никогда не нравился Ренуар именно этой вульгарной пестротой. Я встал, в гостиной нашел свой пенал с карандашами, в специальном кармашке там хранилось лезвие, которым я доводил грифель до остроты иголки. Я вернулся в спальню, опустился на край кровати, вытер бритву о край простыни от графитной пыли и взрезал себе вены на обоих запястьях. Потом лег рядом с тобой и закрыл глаза.

Умереть мне не удалось, я очнулся на рассвете. Человек на самом деле очень живуч. Крови вытекло много, но она все-таки свернулась — тогда я еще не знал, что вены вскрывать нужно в теплой ванне. Мы лежали в черной липкой луже, пахло ржавым железом, в саду какая-то упорная птаха пробовала свою утреннюю трель, повторяя одни и те же четыре ноты. Должно быть, малиновка, что я пристрелил в детстве.

Нехитрая птичья мантра, этот стеклянный посвист, точно спираль водоворота утянули мое сознание в какую-то вязкую муть, из которой я снова вынырнул где-то к полудню. Я сразу же уловил перемену — тебя в спальне не было. Рядом лежало женское тело, лишь отдаленно похожее на тебя. И дело тут было даже не во внешности, поменялась суть: ты исчезла, а этот труп, это мертвое тело принадлежало к миру неодушевленных предметов — как можно испытывать нежность к камню или предмету мебели? Осознание этой трансформации так меня потрясло, что я тут же принес альбом и начал делать эскизы. Я рисовал и рисовал — твои черты я знал наизусть — подмена была налицо! Маска, именно маска: усохшие губы странно свекольного цвета, тонкий фарфоровый нос, запавшие глаза с незнакомыми льняными ресницами. Веки казались склеенными, невозможно было вообразить, что под ними вообще когда-то были живые глаза.

Я делал наброски твоей руки, чужой и мертвой, больше похожей на сухой кусок дерева — ивы, наверное. Рисовал торс — белый гипсовый слепок с живого оригинала. Грудь стала меньше и округлей — я тронул пальцем бледный сосок, — ледяной пластик, тугая резина. В альбоме кончилась бумага, последний эскиз я сделал на грубом картоне оборота обложки.

Дальнейшее бледно и скучно. Любой эпилог по своей природе скучен и напоминает унылое приведение дома в порядок после ухода гостей. Безнадежно скорбный ритуал. Сунув карандаш за ухо, я запеленал тебя в простыню, вынес из дома. Прежде чем спуститься по ступеням, задержался на крыльце. На коньке крыши «теремка» сидела сорока, черно-белая, как китайская гравюра; в дверном проеме висела обрезанная веревка, откуда-то тянуло костром. Было душно, пара крупных мух спикировала на простыню в районе твоего лица и деловито принялась изучать окрестности.

Оказывается, наступило полноценное лето, и вместе с этим бесполезным откровением до меня вдруг дошла та связь символов и знаков, разглядеть которые мне раньше не позволяла моя фатальная влюбленность: похороны бездомной собаки, твой профиль в церкви, точно вырезанный из черной бумаги, мертвый Иисус на коленях матери, саламандра, выколотая на твоей лодыжке, и Уроборос, которым клеймен я. И, конечно, последние слова, произнесенные умирающим принцем на ступенях эльсинорского замка.

Жизнь умнее нас, а мы высокомерны и нелюбопытны. Мы снисходительно игнорируем все непонятное, довольствуемся толкованиями базарных гадалок — с сердечным замиранием следим за сальными валетами и королями, внимаем глупостям про казенный дом и дальнюю дорогу; мы верим в приметы и предсказания, убедительные разве что для детей или идиотов. Мы готовы боготворить любую чушь, лишь бы она не нарушала нашего представления об устройстве вселенной — черепаха, три слона, сверху плоский блин. Мы не хотим знать правды, правда нас пугает.

Я закопал тебя под сосной у забора, шагах в десяти
от могилы твоего дяди. Иногда я опускаюсь в мох; лежа
на спине и вдавив затылок, я могу слышать, как кто-то
шепотом переговаривается там, под землей. Вот тебе еще
один неожиданный завиток в нашем узоре: кто бы мог
вообразить, что именно я помогу майору оказаться рядом
с тобой. Навсегда — иронично, не правда ли? Впрочем, как
уже говорилось, время — материя коварная. Закончился
век, наступил новый, с того июня минула чертова уйма лет,
а я до сих пор ощущаю в пальцах шероховатость простыни,
в которой похоронил тебя.

Ты спросишь: почему я все-таки не убил себя?
Отвечу: нельзя убить мертвое. Звучит пафосно, звучит
вульгарно — прости, понимай, как хочешь. Продолжаю
жить по инерции. Стены дачи увешаны моими рисунка-
ми в несколько слоев, я не снимаю старых работ, просто
прикалываю сверху новые. Комнаты становятся ощу-
тимо меньше, но до клаустрофобии еще далеко. Иногда
я перебираю листы, как страницы отрывного календаря.
Разглядываю старые эскизы. По большей части это при-
родные зарисовки: вот желудь на сухой дубовой ветке,
вот грач — очень похож на носатого цыгана; какие-то
пни, кусты боярышника. Есть портреты, есть и обнаженка.
Да, обнаженная натура.

Их, своих натурщиц, я нахожу на железной дороге: в электричках, на станциях. Ты себе не представляешь, сколько неприкаянных душ бродит по миру; одни
от кого-то бегут — от любовников, мужей, родителей;
другие куда-то стремятся, точно перемена географиче-
ских координат как-то связана с понятием счастья. Третьи
хотят просто исчезнуть — этих я понимаю лучше других.
Иногда я помогаю им: смерть порой не самое страшное,
что может с тобой приключиться в нашем странном мире.

Я перестал бояться правды. Правда подобна Медузе Горгоне — если и не убьет наповал, то уж точно сведет с ума. Ведь и Гамлет, напяливший колпак шута, становится вестником правды, безумным архангелом с серебряной трубой, лишь пройдя через душераздирающий ад правды, — его мозг отравлен смертельным ядом знания: мать — соучастница убийства твоего отца. Знание беременно действием, а действие порождает смерть.

67

Из своей московской квартиры я перевез сюда, на дачу, все пятьдесят томов Большой Советской Энциклопедии. Других книг я не читаю, да и о чем в них пишут? О любви? О смерти? Что эти дилетанты понимают в любви, что эти фантазеры знают о смерти? Другое дело — энциклопедия: чистота фактов, стройность дат, гармония цифр. Аскетизм формулировок, квинтэссенция смысла. Эти пятьдесят толстенных книг в темно-синем коленкоре заключают в себе все знание мира — это ли не чудо!

Кстати, известно ли тебе, что слово «монстр» происходит от латинского слова, переводимого именно как «чудо», и первоначально оно обозначало явления или существа, наделенные сверхъестественными, или (цитируя энциклопедию) «надприродными качествами физического или психологического доминирования». Выходит, и сам Аполлон, покровитель искусств, этот томный бог с лукавой ухмылкой, тоже монстр.

А искусство? Что такое искусство, как не лекарство для наших душ; волшебный эликсир, способный облегчить наши страдания, заглушить боль и ужас смерти. Беспощадное время с убийственным безразличием уничтожает все, что нам дорого, сулит гибель всему живому, неотвратимую гибель. И лишь искусство позволяет прикоснуться к вечности: вот мраморный изгиб Венериного бедра, он так же совершенен, так же прекрасен, как и две тысячи лет назад. Невинный румянец Флоры чист, точно Боттичелли минуту назад отложил кисти и вышел из мастерской, лазурь над Венецией звенит, поет — кто поверит, что Каналетто умер пять веков назад? Дюрер бодр и прекрасно себя чувствует, Вермеер продолжает работать, Леонардо и сейчас живее всех живых. Искусство — вот лучшее лекарство от смерти.

Этой волшебной медициной я врачую и своих натурщиц. Мои модели не отличаются совершенством форм, грацией или плавностью линий. Я научился видеть красоту в уродстве — качество, бесценное для художника. Да и сами категории красоты и уродства обрели для меня совершенно новый смысл. Не я первый, не я последний: вспомни балерин Дега, проституток Тулуз-Лотрека, вспомни крестьянок Домье и островитянок Гогена.

Сама судьба посылает мне их: Елену — в мае, Юлию — прошлым сентябрем, Варвару — в конце февраля... Или это уже был март? Да, середина марта... Такие разные и такие похожие; всегда узнаю их по глазам — смесь испуга и ненависти. А на дне — остывший пепел. Что гонит их в Москву, чем притягивает их этот город? Этот враль, хитрец, танцор, задира — этот распутник и пьяница, чем он манит?

Варвару я выследил в электричке, после мы кружили по площади трех вокзалов; с Ярославского, выбеленного и пропахшего канцелярским клеем, она нырнула в только что вымытый Ленинградский, сияющий и скользкий. Чистый, как латышский костел. Выскользнула оттуда, я — за ней. Настиг ее в татарском чаду Казанского, в жарком гомоне, среди пестрого разноцветья витражей, рассыпанного по грязному полу привокзального шалмана.

— Я закричу! — отчего-то шепотом пригрозила она. — Позову на помощь!

— На помощь? — Я засмеялся. — Кого? Милицию?

— Да! Полицию!

Я достал деньги — несколько скомканных бумажек, дал ей, похоже, она никогда не держала в руках доллары. Вытащил из кармана альбом.

— Полчаса посиди не двигаясь, — попросил. — Лицо ко мне чуть поверни. Вот так.

Ласково тронул скулу указательным пальцем, она послушно наклонила голову.

— Да, вот так...

Взял карандаш. Прищурился, вглядываясь в глаза. Мистика и колдовство, чистая магия: точно индийский факир, как тот заклинатель кобр — под моим взглядом она тут же притихла. В кулаке зажаты деньги, шея вытянута, почти не дышит. Точно от неподвижности зависит сама жизнь. Терпи, терпи, моя беглая нимфа, терпи, моя строптивая Дафна.

Рассказываю ей легенду — разумеется, раньше не слышала.

Бог солнца и покровитель искусств, балагур и насмешник Аполлон как-то невзначай обидел Эроса — отпустил какую-то шутку насчет стрел любви. Капризный Эрос, избалованный и развращенный мальчуган (чего ожидать, если твоя мать — богиня плотских утех), решает отомстить: стрелой любви он поражает обидчика. Аполлон тут же воспылал страстью к прекрасной нимфе по имени Дафна. Коварство плана в том, что Дафна дала обет целомудрия, она живет среди лесных нимф и речных наяд, она спутница Артемиды, убежденной девственницы и профессиональной охотницы.

Месть удалась: Овидий в «Метаморфозах» пишет о пламени страсти, охватившем Аполлона; еще бы! — гордый бог никогда раньше не испытывал этого чувства. Он теряет голову, он совершает необдуманные поступки. Гонимый похотью, Аполлон преследует быстроногую нимфу, буйная кровь кипит в жилах, алчущие лакомств руки тянутся к ней. Но Дафна — такая лапочка, она непреклонна, нимфа готова пожертвовать всем ради сохранения своей девственности. Она молит богов вступиться за нее.

И в тот момент, когда цепкие пальцы мускулистого прелюбодея уже касаются ее тела, она неожиданно застывает и превращается в лавровое дерево. Ее волосы становятся свежей листвой, руки преображаются в ветки, ноги, быстрые и стройные ноги, замирают, они уходят в землю змеистыми корнями. Боги услышали мольбу нимфы. Греховодник Аполлон не верит своим глазам, его потные ладони ощущают под свежей корой пульс трепетных грудей прекрасной Дафны. Аполлон рыдает: его страсть, неудовлетворенная, безумная страсть, теперь станет его проклятьем.

— Каждый, кто будет искать наслаждения в мимолетной красоте, — заканчивая набросок, нравоучительно говорю я натурщице, — очнется с руками, полными листвы и горьких ягод.

Дурочка смотрит на меня, открыв рот.

Показываю ей рисунок. Оскорбительная дурь комплиментов — ой, как живая, лучше фотографии, все эти охи и ахи. Удивительно, но сразу же исчезает подозрительность, словно талант рисовальщика является эквивалентом порядочности. Словно художник не может быть мерзавцем или убийцей.

Улыбается. Теперь ей уже неловко брать столько денег, да еще, считай, даром. Ведь она просто сидела и ничего не делала. Так, теперь мой черед нести чушь.

— Ничего? — возмущаюсь благородно. — Точно так же ничего не делала и Джоконда! И прекрасная всадница Карла Брюллова! И незнакомка Крамского! И обе махи Франсиско Гойя! Все натурщицы Модильяни и Пикассо, Репина и Серова, Врубеля и Бакста — все они ничего не делали. Просто сидели, а некоторые даже лежали!

Смеется.

— А знаешь ли ты, что не только лицо и тело, даже имена этих натурщиц стали бессмертными? Дочь булочника Форнарина висит во дворце Питти лишь потому, что позировала Рафаэлю! А Симонетта Веспуччи — ее курносый профиль легко узнается на картинах Боттичелли. Гетера Фрина вошла в вечность лишь потому, что копию ее божественных форм высек из мрамора Пракситель! И было это больше двух тысяч лет назад! А известно ли тебе...

Разумеется, нет. Красивые имена и мои мягкие манеры производят нужный эффект.

Принимает приглашение перекусить в местном шалмане. Дальше все катится как по маслу. Настороженность возвращается только на даче, как правило, ненадолго. Им всем почему-то кажется, что я буду их насиловать — тут явно сказываются стереотипы массовой культуры и наш дрянной журнализм.

А я даже не прошу их позировать голыми. В их плебейском сознании, искалеченном школой, церковью и семьей, нагота напрямую связана с развратом, с блудом, с порнографией. Меня забавляет их наивная уверенность, что вот эта вот бледная кожа, рыхлые ляжки, невнятные ягодицы и робкая грудь могут возбудить во мне какое-то эротическое шевеление. Бедные дурочки, для меня ваши сомнительные прелести ничем не отличаются от изгибов кувшина, выпуклостей гипсового шара, нежности атласной драпировки или шероховатости дикого камня. Вы — натура. Да, не более чем nature morte.

Я рисую. Варвара в кресле попивает вино. У меня в запасе вечность, я закончил один портрет, начал другой. Попросил Варвару повернуться в профиль. У нее выразительное ухо с крепкой мочкой. Попросил снять сережку — послушно сняла, зажала в кулаке. Вечерний свет не дает полутеней, лицо графично, энергичный ракурс, сильная крестьянская шея. Варвара уже пьяна, она рассказывает, как ее изнасиловал сосед по имени Гоша. Я слушаю вполуха, отчего-то они все рассказывают похожие истории. Гоша отсидел и вернулся. Оказывается, он изнасиловал ее в одиннадцать лет. Сейчас ей восемнадцать. Гоша сказал, что все равно найдет и зарежет.

Она говорит о страшном с какой-то отстраненностью, чуть ли не с иронией. Почти насмешливо. Через какую толщу ада надо пройти, чтобы у тебя появился такой тон? Боль должна врасти под кожу, страх должен стать основным компонентом твоей ржавой крови. Впрочем, если бы мне вздумалось кому-то исповедаться, кто знает, в каком из двух ладов гармонической тональности пел бы я свои гробовые мадригалы?

В который раз удивляюсь русскому языку: плотскую любовь, наиважнейшую часть нашей жизни, по-русски можно описать двумя способами — кабацкими матюками или гинекологическими терминами. Варвара использует первый способ, произносит слова без жеманства, с какой-то почти детской невинностью. Помогает себе руками. Я прошу ее не жестикулировать.

Я рисую, спешить мне некуда. Рисую и жду. Наконец она сама, игриво и как бы в шутку, предлагает позировать голой.

— Обнаженной, — поправляю я. — Голые в бане.

Она смеется, проливает вино на пол.

Я иду за дровами. Когда возвращаюсь, Варвара бродит по гостиной, разглядывает рисунки на стенах.

— Гля, во развалилась! Растрепа! Вроде как спит.

Нет, не спит. Это Татьяна.

— Ух ты! Ну и сисяндры у этой! Во дает! Ну и жопенция, моя так просто жопулька-с-кулачок по сравнению!

Да, Юля была превосходным экземпляром. В официальном списке профессий «натурщик» определяется как «демонстратор пластических поз». Думаю, ядреная Юля вдохновила бы Рубенса не меньше, чем Елена Форман или Изабелла Брант. Увы, на меня эта румяная щедрость нагоняет лишь скуку.

В спальне сваливаю дрова на пол, распахиваю печь, неторопливо развожу огонь. Почти ритуал. Мятая бумага (газету важно скомкать, но не сильно, оставить рыхлость) загорается, синий огонек, он прыгает, растет; бумага чернеет, скрючивается. Превращаясь в пепел, она успевает передать пламя дереву. Вспыхивают лучины, береза, эти горят как спички. Горят рыжим веселым огнем. Лениво занимаются поленья. Через минуту печь наполняется упругим гудящим жаром, рвущимся в дымоход. Я проверяю вьюшку, она открыта.

Варвара, подпирая косяк двери, наблюдает за мной. В руке — захватанный бокал с остатками рислинга, по краю стекла — жирные следы губ. В глазах — вопрос пополам с разочарованием: неужели импотент? Или педик? Женщина безошибочно определяет похоть, даже если ты ее старательно прячешь. Тут ты права, моя милая, желания у меня — ноль.

У нее скучное батрацкое тело.

Комкает серый лифчик, сует под сложенные штаны на край кровати. Хочет спросить про трусы, но, передумав, снимает сама. Прячет туда же. Влезает на кровать, жеманно потягивается, прикрыв лобок рукой.

— Так? — С покорной игривостью смотрит мне в глаза.

Так. Я протягиваю ей вино, она делает глоток.

Подбрасываю пару поленьев в печь. Огонь поет в трубе, я захлопываю чугунную дверцу, смотрю на часы.

Засыпает она сразу. Я вынимаю бокал из немых пальцев, ставлю на пол. Сгребаю ее одежду, засовываю в печь. Надо подождать, а то будет страшная вонь. Тряпки прогорят за пять минут, я иду на кухню, открываю воду. Сую в раковину полотенце. Отжимаю, скручиваю жгутом.

Одежда сгорела, зубцы молнии сияют на огненной головешке как стальная змейка, тут же медная пуговица. Кочергой привожу в порядок пылающие угли, они горят, точно россыпь рубинов. Задвигаю вьюшку.

Дым, плотный и белый, тут же начинает валить из распахнутой печи. Он сползает на пол, точно молочный кисель растекается по спальне, лезет под кровать. Щелкаю выключателем, не знаю сам, зачем выключаю свет. Теперь комната наполняется багровым, кровавым и пульсирующим, точно мы обосновались внутри чьей-то больной печени. Дым, мутно-алое месиво, доходит мне до колен, ползет к Варваре. Она еще жива, она просто спит. Ее тело кажется мне почти прекрасным; кожа, мерцающая розовым жемчужным огнем, ленивая поза, рука безвольно упала, дым струится между пальцев. Подбирается к перламутровому бедру. Ползет, точно туман, поднимается, как облако. Нимфа, спящая на облаке сильфида. Моя быстроногая Дафна. На этот раз Аполлону удалось перехитрить тебя. На этот раз ты попалась.

Угарный газ обладает любопытным свойством, назовем это побочным эффектом, — он румянит. Да, именно так. Труп человека, отравленного дымом, выглядит на удивление здоровым. Из энциклопедии, том номер сорок семь, страница шестьсот пятая, я узнал, что это следствие каких-то окислительных реакций, которые нарушают биохимическое равновесие в тканях организма. Для меня это чистая абракадабра. Никогда не дружил с химией, в школе довольствовался трояком, который, правду сказать, тоже не заслуживал.

Более дельная информация из умной книги: при концентрации углекислоты в воздухе выше одного процента смерть наступает через три минуты.

Помнишь, я рассказывал тебе историю про Микеланджело? Как завистливые художники распустили слух, что он убил натурщика, чтобы с абсолютной достоверностью изобразить мертвое тело — помнишь? Мне смешно! Какие-то жалкие дилетанты, пачкуны и неумехи, обвинили гения — и в чем? В чем?! Что для создания своего шедевра он пожертвовал одним натурщиком. Для создания величайшей скульптуры мастер убил какого-то человека, какого-то никому не известного Джованни или Джузеппе. Пожертвовал натурщиком, чтобы создать величайшее творение всех времен! Великую «Пьету»! Такое впечатление, что у нас недостаток этого добра! Да тут не жаль пустить под нож целую деревню, целый город! Что такое жизнь десяти, сотни, да черт с ним — тысячи человек по сравнению с божественной материализацией величайшего из гениев!

Их, этот человеческий мусор, отправляют на убой миллионами. Без смысла и без цели. Войны, крестовые походы, революции, концлагеря и тюрьмы — и вы осмеливаетесь ставить в вину гению смерть одного ничтожного натурщика?! Я назвал бы это ханжеством, если бы это не было такой глупостью! Гений — творец, отмеченный божественным даром! Вы, безмозглые, повторяете: Господь создал человека по образу и подобию Своему. Да, но только не вас, а его, гения. Одного на миллиард! Моцарта и Шекспира, Леонардо и Микеланджело! В него он вдохнул божью искру, отметил его ангельской печатью избранника — наделил способностью творить. Ведь и Его, отца небесного, мы называем не иначе как великий Творец!

Рисую! Рисую как одержимый! Несколько упои-
тельных часов — жизнь уже покинула тело, а смерть еще
не овладела им. Мышцы пластичны, расслаблены, такой
текучести позы невозможно добиться от живого. Варвара —
ты прекрасна! Гармония тела совершенна, я подкладываю
подушку под локтевой сустав, делаю еще серию эскизов
сангиной. Лихих, летящих эскизов. Блистательно, боже-
ственно, бесподобно! В горле сушь, безумно хочется пить,
но мне не до того — ставлю большой (метр по вертикали)
планшет на мольберт, достаю коробку с углем. Превосход-
ное английское качество, фирма «Виндзор». После жирной
сангины уголь кажется излишне сухим, ломким. Тут важно
не оробеть, неуверенность тут же передастся линии, линия
потеряет полет и жизнь.

Сознательно выбрал сложный ракурс. Поймал себя
на мысли — это же поза Христа со «Снятия с креста» Караваджо. Какой ракурс! Сколько энергии! Это тебе не горизонтальный Гольдбейн, про которого писал Достоевский,
тот мертвый Иисус, который так нравился этому купцу...
как его? Рогозин? Рогожин?

Чертов уголь крошится, срываю лист, терзаю в клочья. Время, проклятое время! — крадется ригор мортис,
вползает, вползает в тело. Через час от непостижимой
красоты не останется и следа, чудесная нимфа скрючится
и превратится в обычного мертвого урода. В труп. В куклу,
в манекен, в чучело.

Новый лист. Быстро начинаю — уже в первых ли-
ниях можно ощутить успех или провал. Главное — смелость! Решительность! Гёте прав: именно в решительности
заключены гениальность, волшебство и сила. Наношу

стремительный силуэт, динамика покоя — скрытая пружина композиции, даже в рисунке глиняного кувшина должна быть динамика. Техника рисования углем невероятно благодатна, уголь — самый покладистый и отзывчивый материал, в нем нет капризности акварели или занудства карандаша. Уголь чудесным манером воплощает в себе преимущества разных материалов: острым концом можно провести тончайшую кинжальную линию, ребро дает живописный мазок.

Я стремителен, но не суетлив. Все мое существо сосредоточено в правой руке — в ней квинтэссенция моего мастерства, моего опыта, моего таланта! Кто направляет мою руку, кто он, мой шустрый гений, — бес или ангел? Кто вдыхает божественную легкость в прозрачность теней, кто с дьявольской точностью ставит сияющие блики? Сатана или херувим — кто он? Кто... Если уж откровенно, мне плевать!

По богатству тональной роскоши уголь превосходит все другие материалы. В любой градации уголь отличают бархатистость и сочность — от дымчато-серого до черной сажи. Углем легко работать, он хорошо ложится на бумагу, не требуя от художника большого физического напряжения: малейший нажим уже оставляет на бумаге видимый след. Это свойство угля позволяет рисовальщику быстро работать даже тогда, когда приходится покрывать на бумаге большие поверхности. Попробуй сделать то же самое карандашом!

Внутри меня буря! Цунами! Извержение Везувия! Ни с чем не сравнимый восторг творения! Вот настоящий экстаз! Глупцы и ничтожества, воспевающие плотские утехи — любовную страсть, эйфорию опьянения, наркотический транс, — как же мне жаль вас, подслеповатые кроты! — ваш интеллект не выше обезьяньего, ваши чувства грубы и примитивны, ваши желания сродни коровьей экзальтации. Творчество — вот несравненный наркотик! Божественный ток трясет мое тело, в жилах моих не кровь — кипящая ртуть! Но лихорадка, в которой бьется душа, никак не отражается на твердости моей руки. Никак! О боги, не чудо ли это!

Уже почти не глядя на натуру, завершаю рисунок. Пылко и страстно. Обобщаю, растирая уголь пальцем, ладонью — жесты похожи на ласку. Трогаю бедро, закругляю, закругляю двуглавую мышцу бедра, увожу в тень рефлекс от простыни на ляжке. Ласкаю! Подчеркиваю тени — слегка, почти не касаясь углем бумаги. Добавляю леонардовского сфуматто, тень должна быть размытой и прозрачной, тогда возникает объем, появляется воздух. Рисунок оживает.

Все! Отступаю от мольберта, шаг, два, три. Стою и вглядываюсь. Дышу так, точно карабкался на гору. Как же хочется пить... Кажется, все удалось. Да, рисунок получился. Он хорош, да что там хорош, он просто великолепен! В горле ком — боже, какое же это чудо! Настоящее чудо! Черными от угля руками вытираю лицо, размазываю пот и слезы. Как такое возможно? Бумага и уголь, черное и белое, плюс набор приемов и знаний, немного опыта и упражнений. Свет и тень, тень собственная, тень падающая, полутень, рефлекс, блик... Непостижимо...

Ты спрашивала, отчего я не убил себя. Надеюсь, теперь ты поняла, надеюсь, мой ответ тебя удовлетворил. И дело тут не во мне, я — никто, меня не существует. Все дело в этом божественном огне, который Творец вдохнул в меня, я не более чем сосуд. Оболочка.

Земля еще не оттаяла. Весна в этом году не задалась, неделю назад снова выпал снег. И это в середине марта. Лопата со звоном врубается в грунт, я откидываю тяжелые пласты, на черном срезе битым стеклом искрятся кристаллы льда. Чуть глубже начнется песок, и дело пойдет веселее.

Подтащил тело к краю. Варвара, закутанная в простыню, напоминала гигантский белый кокон. Спихнул труп в яму, взял лопату и начал забрасывать землей. С непривычки ныла спина, за зиму обленился, наверное, прибавил килограмма три.

Пару раз останавливался, очень хотелось закурить, но я пересилил себя. Теперь курю три сигареты в день. Две уже выкурил, последнюю приберегу на ночь. Кто знает, что может случиться, когда наступит темнота...

Получился аккуратный холм, срезаю лишний грунт, с силой втыкаю лопату в землю. Отряхиваю ладони. Вот и все, наивная Варвара, спи с миром. Тебя тут никто не потревожит.

Холм Ларисы сровнялся с землей, но я точно знаю, где он. Опускаюсь на колени, беззвучно, мягко; из-под опавших сосновых иголок пробиваются крокусы, бесстыдно-яркие, такие неуместные, такие живые, на жухлом мертвом ковре. Трогаю пальцем упругие фиолетовые бутоны — они холодные, почти ледяные. После, раскинув руки, прижимаюсь к земле. Озноб медленно входит мне в грудь, чистый и настороженный, я ощущаю пульс: Лариса, это ты?

Я знаю, что в чем-то виноват, но не могу понять, в чем.

Меня мучает простой вопрос: как нам удалось создать такой бесчеловечный мир? Ведь каждый из нас по отдельности не так уж плох. Каждый из нас любит свою мать и свою дочь. Или сына. Каждый беседует с распятым Богом, тем, который страдал и был убит за то, что учил милосердию. Милосердию, понимаешь? Почему же мы с таким упоением продолжаем унижать друг друга? Ведь Бог просил нас этого больше не делать.

Я наивен, я стар. У меня нет никого, кроме двух старых псов. У меня нет ничего, кроме карандаша и листа чистой бумаги. Я почти перестал спать — зачем? Впрочем, я продолжаю видеть сны — ты знаешь, о чем я говорю. Лариса, шепчут беззвучно мои губы, Лариса, ты слышишь меня?

Еще мне снится река, быстрая и шумная. Темная вода сильным потоком несется вниз, сверху цветут яблони, еще выше — небо. Если долго смотреть на воду, то начинает казаться, что ты сам плывешь куда-то. Что мы все плывем куда-то. В темной воде исчезла ты, в нее канули мои родители, дед и бабка, кажется, вода проглотит все без следа. Скоро там исчезну и я.

Но я уверен в одном: там, в этой темноте, ты протянешь руку и поведешь меня в тот мир, где мы были счастливы. И ты снова будешь опускаться на стул, затянутый драпировкой, и мой карандаш снова с тихим шорохом будет касаться белой бумаги. И из ничего, из пустоты, из небытия будет возникать твое лицо, твои глаза, твои губы. Из пустоты... Да, ты права, это похоже на колдовство. Я скажу больше: это чистая ворожба.